HANNES FINKBEINER

EINER GEHT NOCH

ROMAN

 FISCHER

Mark Twain soll gesagt haben: »Lass niemals die Wahrheit einer guten Geschichte im Wege stehen«. Ganz in diesem Sinne sind die Personen und die Handlung dieses Romans frei erfunden. Ähnlichkeiten mit lebenden oder toten Personen sind rein zufällig und nicht beabsichtigt.

Erschienen bei FISCHER

© 2024 Hannes Finkbeiner
Für diese Ausgabe:
© 2024 S. Fischer Verlag GmbH,
Hedderichstr. 114, 60596 Frankfurt am Main
Die Nutzung unserer Werke für Text- und Data-Mining
im Sinne von § 44b UrhG behalten wir uns explizit vor.
Dieses Werk wurde vermittelt durch die
Literarische Agentur Michael Gaeb.
Satz: Dörlemann Satz, Lemförde
Druck und Bindung: GGP Media GmbH, Pößneck
ISBN 978-3-949465-17-8

EINS

KOPF RUNTER, DAS WIRD SCHON

Irgendwo hier, verborgen hinter Wänden, lag mein Vater Fred. Schicksalsergeben. Hingestreckt. Im Tunnellicht des Todes, die Augen zahlloser OP-Leuchten auf ihn gerichtet. So stellte ich ihn mir zumindest vor. Ich saß draußen, alleingelassen mit meiner Phantasie im Wartebereich der Notaufnahme des Hetzelstifts. Mit verknoteten Fingern verharrte ich im Krankenhausflur, einem mintgrünen Halogenschacht, und es war warm. Nicht diese Ich-zupf-ein-bisschen-an-meinem-Hemd-Wärme: Ich fühlte mich, als säße ich in der prallen Sonne.

Die Ellenbogen hatte ich auf meinen Beinen abgestützt, mein Kopf baumelte am Rumpf herab, ich zählte jeden meiner warmen Atemzüge. Dann spürte ich plötzlich Opa Fidus' Arm um meine Schultern. Ich musste nicht aufblicken, um zu wissen, dass er es war, der sich neben mich auf die Bank gesetzt hatte. Seit ich ein kleines Kind war, zog er denselben Geruch mit sich. Ein Duft, als käme er gerade aus dem Wald in den Hausflur geschneit, im Schlepptau eine frische Brise – hatte meine Mutter ihn angerufen? Sie musste ihn angerufen haben.

5

Ich hob den Blick, sah ihn aber nicht an, weil ich wusste, dann würden mir die Tränen kommen. Ein Patient, das Gesicht so faltig wie ein Speckbrot, patrouillierte unaufhörlich in einem dunkelbraunen Bademantel den Flur auf und ab. Er wirkte grimmig wie ein Grenzbeamter und hatte den Infusionsständer wie ein Gewehr zwischen Oberkörper und Arm geklemmt. Die Gummisohlen seiner Sandalen quietschten auf dem Linoleumboden. Kurz blieb er stehen und schaute mit zusammengekniffenen Augen den Gang hinab, als blinzelte er durch eine Schießscharte. Er beobachtete einen blassen Mann mit pomadigem Haar, der mit einem zerfledderten Blumenstrauß den Gang hinaufstürmte. Er stellte sich einer Schwester in den Weg. Mit einer Stimme wie eine Sprungfeder erkundigte er sich nach der Säuglingsstation. Sie zeigte nach rechts. Er rannte nach links.

Opa brummte. Ich schloss kurz die Augen, war unendlich erleichtert, nicht mehr alleine zu sein, fühlte mich fast geborgen, hier, an diesem unwirtlichen Ort. Es kribbelte in meiner Nase, ich war kurz vorm Heulen. Da war jemand, der mit mir die Last schulterte. Ich holte Luft, schaute ihn gefasst an, und klar, keine Frage, ich erwartete, in einen bekümmerten Gesichtsausdruck zu blicken, eine von Sorgen zerfressene Miene. Mitfühlend, todtraurig, beängstigt, bestürzt, gepeinigt, zermürbt, wenigstens betroffen, all das hätte im Bereich des Fassbaren gelegen. Stattdessen schaute ich in strahlende hellblaue Augen. Opa lächelte.

Alles in allem schien er bester Dinge zu sein. Als würde er gleich seine Lippen spitzen und ein Liedchen pfeifen. Seine weißen, zottigen Augenbrauen klebten wie Topfschwämme an seiner Stirn, sogar aus seinen Ohren standen die Haare heraus, als hätte ihm jemand zwei bauschige Trichterchen in die Gehörgänge gesteckt. Sein kreideweißer Haarkranz war halbordentlich nach hinten gekämmt, die Haut unterhalb seines Kinns hatte sich verselbständigt und hing herab wie ein windgegerbtes Segel – aber seine Augen leuchteten schelmisch, wie eh und je. Zu seinen Füßen hatte er eine Tüte abgestellt. Was passiert war?

Mein Vater war tot.

Opas einziger Sohn.

Zumindest war das der letzte Stand der Dinge.

Herz schlägt nicht.

Herz schlägt.

Herz schlägt nicht.

Noch drei Stunden zuvor war ich mit ihm in den Ritter gegangen, eine alteingesessene Gaststätte nahe unserem Haus. Papa aß Schnitzel, trank Apfelschorle. Wir saßen in einer kleinen Nische, die an den Festsaal angrenzte. Alles wie immer. Er war vielleicht etwas blasser als sonst. Als wir auf das Bananensplit warteten, bemerkte ich den Schweiß in seinem blutleeren Gesicht. Er tupfte sich mit der Serviette ab, schien sich unwohl zu fühlen. Er rutschte auf der Bank hin und her. Öffnete den obersten Knopf seines Hemdes, lockerte seinen Gürtel. Er entschuldigte sich schließlich, wollte wahrscheinlich zu den Toiletten. Stattdessen klappte sein Kopf nach hinten weg, einfach so, nach hinten weg, dann kippte er von der Bank.

Ich sprang auf, stieß an die Tischkante. Gläser fielen scheppernd um. Die Blumenvase drehte eine Pirouette. Doch noch bevor ich mich befreit hatte, war ein anderer Mann bei meinem Vater. Er legte ihm das Ohr an den Mund. Mit aller Kraft warf er sich plötzlich auf seine Brust. Er legte die Hände übereinander, drückte fest nach unten, pumpte und pumpte in kurzen Abständen. Mir schwindelte. Die Menschenmeute drehte sich gaffend um mich. Der Wirt kam mit Schürze aus der Küche gerannt. Er blickte ein paar Sekunden zu seiner Kellnerin, die verdattert versuchte, die Notrufnummer in das Funktelefon einzugeben, aber immer wieder abbrach, weil sie sich vertippte. Der Wirt riss es ihr schließlich aus der Hand, und kurz hasste ich meine Wankelmütigkeit, mein ewiges Zaudern und Hadern – wieso war ich nicht am Telefon?

Wieso hielt ich meinem Vater nicht die Hand?

Wieso blaffte ich nicht die ganze gaffende Menge an, Abstand zu halten?

Als die Sanitäter in die Gaststätte trampelten, sagte jemand »Herzstillstand«.

Das Wort stand kurz wie der Rauch einer ausgeblasenen Kerze im Raum.

Löste sich auf, langsam um sich selbst wirbelnd.

Opa umfasste meine Schulter etwas fester. Er rüttelte kurz an mir, als sei ich ein Pflaumenbäumchen, beugte sich etwas zu mir herüber und flüsterte: »Schön dich mal wieder zu sehen, Junge, ri-ch-tig schön!«

»W-was?«

»Stimmt es, dass du eine neue Flamme hast? Na, na, musst du jetzt gar nicht leugnen. Das hat mir Marie vorhin am Telefon erzählt«, sagte Opa Fidus. Marie. Meine Mutter. Er stupste mich mit dem Ellenbogen an. »Und deine Herzensdame kommt euch nächste Woche sogar besuchen. Aus Amerika. Mensch, Mensch. Du bist ein richtiger Globetrotter geworden, Alo. Lerne ich sie dann auch mal kennen?«

Ich blickte ihn entgeistert an, er wartete anscheinend ernsthaft auf eine Antwort.

»Wie heißt sie denn?«, fragte Opa weiter.

»Bintou.«

»Wie?«

»Bintou.«

Opa nickte. »Toll. Deine Mutter wird übrigens vor morgen früh nicht da sein, soll ich dir ausrichten, aber sie ist auf dem Weg«, sagte er, nahm seinen Arm von meinen Schultern und machte es sich etwas bequemer.

Da war er also. Der Altersstarrsinn. Die senile Brüchigkeit, die irgendwann jedem Geist den ersten Riss zufügte. Fidus hatte die Situation nicht im Geringsten erfasst. Oder er war übergeschnappt? Dabei war er eigentlich zeitlebens bei Verstand, aber irgendwann musste es ja so weit kommen. Wie alt war er jetzt? Dreiundneunzig? Wann hatten wir uns das letzte Mal gesehen? Vor drei Jahren? Zu seinem Neunzigsten? War das möglich?

Irgendetwas brodelte in mir. Ich wusste nicht, ob es maßlose Wut oder unendliche Trauer war. Ich blickte Opa an, wusste nicht, was ich tun sollte. Und offen und ehrlich: Genau genommen kannte ich diesen Mann nicht einmal richtig. Die ersten Jahre meines Lebens, in denen Opa Fidus mit meiner Oma Klara noch in einem Märchenhaus gelebt hatte, war er immer eigenartig distanziert gewesen, immer lustig und gut aufgelegt, voll unbändiger Lebensfreude, er war ständig spazieren, bei Wind und Wetter, aber an mir schien er kein sonderliches Interesse gehabt zu haben, außer vielleicht, dass er mich oft aufmerksam beobachtete. Den größten Teil meines Lebens hatte er in einer Seniorenresidenz verbracht. Zuletzt war er nicht einmal mehr an Feiertagen bei uns aufgetaucht.

Opa lehnte sich zurück, sah sich kurz um. Er spielte mit dem Ehering meiner Oma, den er seit ihrem Tod an der rechten Hand trug. Dicke blaue Adern zeichneten auf seinem Handrücken die Schrift der Zeit. Ich hatte das Gefühl, dass er gegen einen leichten Tatterich ankämpfte. »Du, die haben hier ja ganz schön Geld in die Hand genommen, seit ich das letzte Mal hier war«, sagte er, »Neubau, moderner Eingangsbereich, schicke Cafeteria in der Lobby, die Schnittchen sehen genießbar aus – sollen wir was essen gehen? Du musst doch hungrig sein.«

»Wieso sollte ich denn hungrig sein?«, knurrte ich.

Opa zierte sich etwas. »Deine Mutter erwähnte in unserem Telefongespräch, dass du dich auf der Fahrt hierher übergeben musstest.«

»Stimmt. Mir war speiübel. Ist es immer noch.«

»Willst du einen Kamillentee? Das haben die bestimmt im Angebot.«

Ich schüttelte den Kopf.

Fidus schwieg einen Moment. »Und wie läuft es beim Psychologiestudium?«

»Ich studiere jetzt Neue Amerikanische Geschichte«, sagte ich und verschwieg, dass ich mich zwischendurch ein zweites Mal für ein Semester Literaturwissenschaft eingeschrieben hatte, was dann der Ausgangspunkt für Psychologie war, aber hey …

»So ein Ärger, und ich habe meiner Heimleiterin schon mit dir gedroht …«, sagte Fidus, »was stimmte denn mit Psychologie nicht?«

»Zu viele Statistiken, zu wenig Menschen.«

»Und was reizt dich an Geschichte?«

Ich schwieg.

»Na ja, Geschichte ist ja auch spannend.« Opa schaute sich um, klopfte auf seine Schenkel. »Ich weiß nicht, ob du es weißt, aber genau hier, an der Stelle, an der jetzt das Krankenhaus steht, war früher mal ein …«

»Opa!« Ich bellte das Wort mehr, als dass ich es aussprach, ich war nervös, zappelig, mit den Nerven völlig am Ende.

»Ich bin froh, dass du hier bist, wirklich. Aber willst du dich vor unserem Smalltalk vielleicht ganz kurz erkundigen, wie es deinem Sohn geht?«

Opa wirkte erschrocken. Er legte seine Hände in den Schoß, setzte sich aufrecht hin. Der Saum seines grauen Anoraks rutschte auf die Bank, in seiner Seitentasche erkannte ich ein zerfleddertes Buch, mit Sicherheit einer seiner Krimis, die zu ihm gehörten wie Hüte zu Miss Marple.

»Hör mal, ich bin doch nicht senil, ich habe mich längst erkundigt. Am Empfang habe ich eine der Schwestern bezirzt. Es gibt angeblich nichts Neues, habe ich dir das nicht gesagt? Muss ich vergessen haben«, erklärte er und zog die Augenbrauen hoch. »Weißt du, mit hundertdreizehn Jahren ist der Kopf nicht mehr ganz so frisch.«

»Ich bin gerade nicht zum Spaßen aufgelegt.«

»Schon gut«, sagte Opa, tätschelte mir den Oberschenkel, »bei Bewusstsein ist er aber noch nicht, oder?«

»Bei Bewusstsein? Tot! Opa! Er war tot!«, rief ich, ich war wirklich aufgebracht.

Opa blies kurz die Backen auf. »Ja, das ist unangenehm«, entgegnete er, »tot zu sein ist eine unangenehme Sache, aber auch nicht der Weltuntergang.«

Ich konnte nicht mehr stillhalten, sprang entgeistert auf, baute mich vor ihm auf. Fuchtelte ich mit den Händen? Stemmte ich sie in die Hüften? Keine Ahnung, ich stand, das war die Hauptsache. Denn Stehen war Aufruhr, Rebellion, Krawall gegen das Nichtstun und Warten. »Was redest du denn da, Mann!?«, rief ich.

Auf Opa wirkte ich offensichtlich bedrohlich, verteidigend hob er beide Hände. »Junge, jetzt beruhige dich und setz dich hin. Ich war schon dreimal tot. Das wird überbewertet«, sagte er und blickte den Gang hinunter.

Irgendwo schellte ein Telefon. Eine Tür ging auf. Und wieder zu. Der Patient mit Infusionsständer patrouillierte. Seine Schuhe quietschten. Er und Opa grüßten sich wortlos. Über einem Raum begann eine Lampe rot zu leuchten.

Ich war angespannt, verwirrt, tänzelte von einem Bein auf das andere. »Wie? Dreimal tot? Was meinst du damit?«, fragte ich.

»Ich bin von den Toten zurückgekehrt, war übern Styx. Drei Mal«, sagte Opa, seine Stimme kam bei mir an wie ein fernes Prasseln.

»Styx?«, fragte ich ratlos.

Opa blickte kurz ins Leere. »Jordan«, antwortete er schließlich. »Jordan, meine ich.«

Ich zuckte mit den Schultern, schüttelte den Kopf, seufzte, alles auf einmal. »Was heißt das? Wie bist du denn gestorben?« Ich wusste in diesem Augenblick wirklich nicht, ob er mich foppte.

Opa erzählt Märchen.

Opa hat eine blühende Phantasie.

Opa übertreibt gerne.

Sätze, die ich in meinem Leben schon zig Male gehört hatte.

Ich ging einen Schritt rückwärts, ließ den Mann mit seinem Infusionsständer vorbei. Er nahm keine Notiz von mir, schaute weiter finster wie ein Grenzbeamter drein.

»Nimmst du mich gerade auf den Arm?«, fragte ich. »Weil, wenn das hier ein Versuch ist, mir Hoffnung zu ... «

»Wieso sollte ich? Das erste Mal bin ich 1945 gestorben, das zweite Mal 1962 ...«, unterbrach mich Opa, überlegte kurz und korrigierte sich, »falsch, 1969 bin ich das zweite Mal gestorben, das dritte Mal 2001. So etwas vergisst man nicht. Sind ja so etwas wie Geburtstage«, sagte er, hielt kurz amüsiert inne: »Geburts-tag-e. Mehrzahl. Das muss ich mir merken.«

»2001? In dem Jahr, in dem Oma starb? Du bist also hypothetisch gestorben …«, stammelte ich, »also … metaphorisch oder so … so bist du gestorben: metaphorisch. Das meinst du, oder?«

»Nein, nein, ich bin schon richtig gestorben. *Final de la vida.*«

»Ich spreche kein Spanisch«, grummelte ich.

»Mausetot eben. Aus und Ende«, sagte Opa, »willst du die Geschichte hören?«

Drei Pfleger und eine Schwester schoben drei leere Betten an mir vorüber, die mit Plastikfolie überzogen waren. Zwei Ärzte folgten der Karawane. Ich ging aus dem Weg, drückte mich an die Wand, so dass meine Fersen an die Fußleiste stießen. Mir war flau. In meinem Mund konnte ich noch die Galle schmecken, obwohl es eine gefühlte Ewigkeit her war, seit ich mich an der Ampel aus dem Seitenfenster meines Wagens erbrochen hatte. Dass ich die Fahrt hierher überhaupt überlebt hatte, grenzte an ein Wunder. Ampeln übersehen. Blinken vergessen. Glück gehabt.

Meine Blicke huschten unverbindlich durch den Krankenhausflur, doch Opas Augen hielten mich gepackt, wartete er auf eine Antwort? Er sagte: »Neulich habe ich in der Fernsehzeitschrift etwas über eine Wissenssendung gelesen, die spät nachts lief – wusstest du, dass Leere den größten Teil des Universums ausmacht?« Gedankenverloren blickte er kurz den Gang hinab, ein fast spitzbübisches Lächeln umspielte seinen Mund. »Und ich nehme an, da wurden die ganzen Hohlköpfe der Nazis noch nicht einmal mit eingerechnet …«

* * *

Es war nicht einfach, ein Plätzchen zum Küssen zu finden. Fidus' Herz galoppierte durch die Koppel seiner Brust, von links nach rechts, unstet wie ein junges Pferd. Jedes Mal, wenn Klara ihn ansah, bäumte es sich obendrein auf. Gerade hatte er seinen Mut beisammen, da quoll plötzlich Rauch unter dem Türspalt hervor. Klara hustete. Sie saßen auf den obersten Stufen des Treppenaufgangs zur Selchkammer, die sich unterm Dach befand. Fidus schlug ihr vor, ein paar Treppenstufen herunterzurutschen. Nur drei oder vier, dann wären sie gegebenenfalls immer noch vor den Blicken der Familie verborgen, aber wenigstens nicht mehr vollends in der Schneise des Speckrauchs, der sich im Treppenaufgang zur Dachkammer staute. Nein. Es war nicht einfach, im Winter 1945 ein Plätzchen zum Küssen zu finden.

Ihre Kammer teilte sich Klara mit ihren älteren Schwestern. Kussungeeignet. Draußen klirrte die Januarkälte. Kussungeeignet. In der Stube saß die Großmutter im Ohrensessel, mit Häkeldecke auf den Beinen, im steten Halbdämmer ihrer Betagtheit – wovon man sich nicht täuschen lassen durfte, die Alte bekam einfach alles mit, vor allem die Dinge, die sie nicht mitbekommen sollte, also: kussungeeignet. In der Küche rührte die Mutter im Topf. Küssen? Gott bewahre. Im Keller lag die Sau, die es nicht störte, was Menschen taten, aber es stank. Kussungeeignet. Im Rauchfang hing eine Sau in Einzelteilen, die es nicht mehr stören konnte, was Menschen taten, aber es stank auch. Blieb was?

Unten bereitete sich Klaras Mutter offensichtlich fürs Brotbacken vor oder feuerte den Ofen für die Zubereitung eines Staatsbanketts an. Vielleicht schlug auch ihr Mutterinstinkt Alarm, und sie ahnte, dass zwei Stockwerke über ihrem Kopf die Sünde ins Haus einzuziehen drohte. Sie legte Holzscheite nach, bis dichter Rauch aus allen Spalten der Tür quoll, samt Türschloss. Im Gleichtakt rutschten Fidus und Klara nun ein paar Stufen herab. Das zeigte Wirkung. Es war nicht mehr so stickig. Ihre Küssposition hatte sich sogar geringfügig verbessert, wie Fidus fand: Sein Abstand zur Kontaktperson war nunmehr mit einer beherzten Vorbeugung erreichbar. Doch da gab es noch ein anderes Problem.

Fidus hatte entschieden, dass es an der Zeit wäre, Klara zu küssen – und wenn nicht hier und heute, wann denn dann? Nur hatte er eben Klara in diesen verwegenen Plan kaum, nun, beziehungsweise – wenn man es jetzt an dieser Stelle wirklich ganz genau nahm – fast gar nicht einbezogen. Aber sie hatten bereits sechs Monate Händchen gehalten, heimlich natürlich, sie hatten sich sogar mehrmals zusammen davongestohlen, wenn sie mal wieder ohne Vorankündigung vor den geschlossenen Schultüren gestanden hatten – was kam nun, wenn nicht ein erster Kuss? Und dennoch bockte Fidus' Puls weiter. Er wischte seine schweißnassen Hände an seiner Hose ab – was, wenn sie ihn nicht küssen wollte und er sich eine saftige Maulschelle abholte?

Gut, irgendwann stand man im Leben auf, machte erste Schritte, auch mit der Gefahr hinzufallen. Wer schluckte bei den ersten Schwimmzügen nicht einen Schwall Wasser? Und wer beim Radfahren nie gestürzt war, sollte sich hier und jetzt bitte schön melden! Das Leben hatte Hürden, das wusste Fidus, und er war bereit, sie zu nehmen. Was aber wieder ganz praktische Fragen aufwarf: Wie küsste man sich? Denn die Details waren verzwickt. Waren die Köpfe gerade, stießen doch die Nasen aneinander, oder nicht? Legte man die Köpfe schräg, musste der jeweils andere den Kopf in die entgegengesetzte Richtung schräglegen. Aber woher wusste man, in welche Richtung in diesem speziellen Fall die zu Küssende den Kopf neigte? Gab es dafür eine Regel? Und trafen sich die Lippen, was mit ihnen tun?

»Wann geht's los?«, fragte Klara, obwohl sie es schon einmal gefragt hatte, aber es ging auch nicht mehr so sehr um den Austausch von Neuigkeiten, es ging um das Zusammensein, was man in diesem Alter noch nicht wortlos ertrug. Klara war fast vierzehn, Fidus gerade fünfzehn geworden, vor nicht einmal zwei Wochen – sogar der Führer hatte ihm in Vertretung gratuliert: Fidus bekam zu seinem Ehrentag eine Einladung, sich am Volkssturm zu beteiligen, um den »Heimatboden« zu verteidigen.

»Wir treffen uns um halb acht am Bahnhof«, sagte Fidus.

»Ah«, sagte Klara.

»Müssen bis Mittag in der Orff sein.«

Klara überlegte. »Ist das die Kaserne? Wisst ihr, wo die ist?«

Fidus nickte und richtete sich auf. »Im Norden der Stadt, das ist die alte Pionier-Kaserne, die finden wir schon«, sagte er im Brustton.

Unten im Haus ging eine Tür. Klara zuckte zusammen. War ihr Vater zu Hause? Sie klatschte jedenfalls mit einem Mal auf ihre Schenkel, rutschte etwas nach vorne auf der Treppenstufe und Fidus wusste, dass er zu lange gezögert hatte. Bei aller Mannhaftigkeit, die er vor Klara zur Schau zu stellen versuchte, konnte er nichts mehr dagegen tun: Klara war im Begriff aufzustehen, und mit dem Ende ihres Stelldicheins fiel der Vorhang. Nichts mehr trennte seine Gedanken vor dem Folgetag. Ein Schauer von Verzweiflung erfasste ihn. Seinen glasigen Blick versuchte er mit einem windschiefen Lächeln auszubalancieren.

Klara bemerkte seine Wandlung. Ihre Hand schnellte nach

vorne, sie streichelte seine Wange. »Kopf hoch, das wird schon«, sagte sie.

Fidus schlug die Augen nieder. »Ich halte mich besser geduckt«, entgegnete er gefühlsbesoffen, verkniff sich das Wort *Kugelhagel* und spürte das Aufbäumen, jetzt oder nie: Nur ein Schritt, nur eine Kopfbewegung – der Moment war gekommen.

Klara lächelte: »Also dann, Kopf runter, das wird schon«, entgegnete sie, presste betrübt die Lippen aufeinander und huschte mit hochgezogenen Schultern in die Dachkammer. Zurück kam sie mit einem kapitalen Stück Bauchspeck, schwarz wie Kohle. Mit rußverschmierten, fettigen Fingern drückte sie es in Fidus' Hände, der feststellen musste, dass sich zwischen ihm und dem großen Kuss nun eine Speckhälfte befand. »Versteck es gut, damit es meine Mutter nicht sieht – und vergiss nicht zu schreiben, du hast es mir versprochen.«

»Versprochen.«

* * *

Meine gute, liebe Klara,

an der Front bin ich noch nicht, aber ich wollte Dir dennoch einen ersten, kurzen Gruß verfassen und mein Versprechen einlösen. Offen gestanden bin ich noch nicht einmal in der Kaserne. Ich ~~liege~~ *sitze in meinem Bett.* ~~Es hat zu schneien begonnen, hast Du das auch bemerkt?~~ *Als der Tag noch jünger war, saßen wir in trauter Zweisamkeit vor der Selchkammer auf Eurem* ~~idyllischen~~ *Buckelhof.* ~~Wenige Stunden trennen also unser letztes Treffen und bereits jetzt habe ich Heimweh nach Dir. Heimweh? Ja, denn ein Heim muss kein Ort, es kann auch ein Mensch sein!~~

Kein Wo, ein Wer! Was schreibe ich da nur für einen Unsinn!?
Wenige Stunden trennen unser letztes Treffen, und bereits jetzt
habe ich Sehnsucht nach Dir.
Von meinen Eltern soll ich Dir meinen Dank für den Speck
aussprechen, denn ich habe Dein Geschenk mit meiner Familie
geteilt. Die stille Freude über das unerwartete Festmahl war
ihnen anzumerken. Es verschaffte uns eine Stunde schweig-
samen Schwelgens mit vollem Magen – ein kleines Stückchen
habe ich als Wegverzehr für mich behalten, der Herrgott wird es
mir hoffentlich verzeihen. Hast Du eigentlich gespürt, dass ich
Dich küssen wollte? Wahrscheinlich nicht. Ich habe mich nicht
getraut. Es ist wahrscheinlich meine Bestimmung, ungeküsst in
den Krieg zu ziehen – verliebt über beide Ohren, aber ungeküsst.
Erinnerst Du Dich, als wir uns an Neujahr an der Hand gehalten
haben? Hinter der Kirche? In meiner Manteltasche, weil es für
unsere nackten Hände an der Luft zu kalt war? Daran denke
ich jetzt!

Küsse Dich in meinen Träumen,
wünsche nicht aufzuwachen,
Dein nach Speckrauch riechender,
Dich verehrender
Fidus

* * *

Die kristallklare Luft schnitt in Fidus' Lungen, als er vor die
Tür seines Elternhauses trat, ein kleiner Tagelöhnerbau mit
mehr Türen als Zimmern, der am Rand von Brunnweiler
lag – ein Zweitausendseelen-Dorf zwischen Wachenheim
und Neustadt. Zu klein, um es zu beachten. Zu groß, um es
zu ignorieren. Es war ein eiskalter, grabesstiller Januarmor-

gen. Die Uhr drinnen schlug zwar sieben. Das Ding wusste besser als alle anderen, dass es bald dämmern sollte. Es war stockfinster, der Morgen zeigte nicht einmal eine Ahnung von Licht. Schnee glitzerte im Schein der Stubenlampe. Seine Mutter, sein Vater und seine jüngere Schwester harrten in Gemäldepose im Türrahmen aus. Schweigend hatten sie ihr Frühstück eingenommen, schweigend standen sie voreinander. Ihr Atem schwebte vor ihnen wie Seelen.

»Sollen wir nicht doch mitkommen?«, fragte seine Mutter fast flehend.

»Viel zu kalt, viel zu früh«, antwortete Fidus, der sich aber nichts sehnlicher wünschte, als dass sich seine Eltern über ihn hinwegsetzten. Im Grunde wusste er gar nicht, wie ihm geschah, denn gestern war der Tagesanbruch noch so weit weg gewesen – oooh, dieses elende, lauernde Jetzt!

»Lass dem Jungen seinen Willen«, sagte sein Vater, er trat vor die Tür. Seine Wangen waren hohl und eingefallen vom Alter und der Arbeit an den Stanzmaschinen der Metallfabrik. »Sie dürfen euch nicht an der Front einsetzen, vergiss das nicht, Wach- und Sicherungsaufgaben«, sagte er mit eisernem Händedruck und erstaunlich fester Stimme, als wollte er nicht nur seinen Sohn, seine Frau und Tochter von seinen Worten überzeugen, sondern sich selbst gleich mit: »Ihr macht Wach- und Sicherungsaufgaben«, wiederholte er und hielt Fidus' Hand gepackt – es sollte das letzte Mal sein.

Fidus nickte, schulterte seinen Rucksack und fand sich nach einer stockenden, eineinhalbstündigen Bahnfahrt in Speyer wieder, auf Gleis eins. Im Schlepptau hatte er zwei Kameraden. In seiner Brusttasche steckte neben einem Stellungsbefehl des Reichsarbeitsdienstes auch ein Brief an Klara, den er am Abend zuvor begonnen hatte. Auf der Zugfahrt hatte er daran weitergeschrieben, dann fein säuberlich

Klaras Namen und Adresse auf den Umschlag geschrieben. Dabei war er gerade einmal auf halbem Weg zur Westfront, aber er hatte ihr schließlich drei Briefe pro Woche versprochen, da galt es unermüdlich den Bleistift über das Papier zu bewegen. Außerdem vermisste er sie schon jetzt, berührte immer wieder sanft seine Wange, die Klara gestreichelt hatte.

Fidus marschierte im Tross von allerhand Jungvolk in die kleine Bahnhofshalle, in der reger Betrieb herrschte. Um eine Suppenstation drängten sich Soldaten. Frauen schleiften schwere Koffer oder alte Männer durchs Gebäude, meist beides auf einmal. Zwei Burschen in ihrer Gruppe scherten aus, gingen schnurstracks auf zwei bewaffnete Soldaten zu, die sich eine Zigarette teilten. Sie erkundigten sich offensichtlich nach dem Weg. Mit Kopfzeig wiesen die Männer in Richtung Bahnhofsvorplatz. Fidus sah sich seine Leidensgenossen an, die hier kurzzeitig aus dem Tritt gekommen waren. Zwei Dutzend Burschen mussten es sein. Sie waren sechzehn, fünfzehn, vierzehn Jahre jung. Viele steckten noch in ihrem Kindeskörper. Sie setzten ihre Rucksäcke ab, schauten nach dem Ausgang, bissen die Zähne aufeinander, so dass ihre Kieferknochen hervortraten. Sie sprachen laut, lachten kraftvoll, und schafften es doch nur mit Müh und Not, die mutigen Männer darzustellen, die sie nicht waren. Egal, wohin Fidus blickte, er schaute in den Spiegel seiner eigenen Furcht.

»Ich bin hungrig«, sagte Blau-Max wehleidig und mit hochgezogenen Schultern. So nannten sie ihren Freund scherzhaft. Zumindest im Winter. Im Sommer wurde er zum Rot-Max. Er war ein schmächtiger Kerl, konnte keine Mistgabel heben, ohne zu keuchen. Er hatte blasse Haut, bleich wie ein Laken, die auf jegliche Temperatur anschlug, die über lau hinausging. Bei Hitze lief er rot an, in der Kälte wurde er blau, gelegentlich mit Nuancen ins Lilafarbene, so wie an diesem Morgen. Er zitterte auch unter den zwei Mänteln, die ihm seine Großmutter angezogen hatte – seine Mutter war bei seiner Geburt gestorben. Max' kalter Atem hing wie Wölkchen in der kalten Halle, er zog den Kopf ein, als würde er sich am liebsten in seinem Mantel verstecken.

Sah Fidus Max an, kam ihm oft sein eigener Großvater in den Sinn, der im Ersten Weltkrieg beide Beine verloren hatte und zu Lebzeiten zu sagen pflegte, dass der Herrgott dem Menschen nur so viel Unglück auf die Schultern packe, wie derjenige auch imstande sei zu tragen. Was zugegebenermaßen bei einem Mann ohne Beine ein eigentümliches Sprachbild war, aber sein Opa hatte ohne Wehklagen oder Gejammer seine letzten Jahre genossen und war glücklich über jedes Glas Federweißer gewesen, an dem er noch nippen durfte. Ob der Spruch auch bei Max zutraf, da war sich Fidus allerdings unsicher.

»Was ist mit der Suppenstation dort drüben, kriegen wir dort was?«, fragte Fidus und dachte kurz an die Speckhälfte, mit der er seiner Familie gestern Abend eine Freude bereitet hatte. Er selbst hatte keinen Appetit gehabt. Das hatte er immer noch nicht, heute weniger als gestern. Max redete von nichts anderem als Essen. So verschieden waren die Menschen. Fidus dachte kurz daran, ihm das Stück Speck zu geben, das er für sich abgeknapst hatte, verwarf allerdings den Gedanken. Er zog stattdessen sein letztes Pfefferminz aus der Tasche und reichte es ihm. Max stopfte es sich gierig in den Mund. Fidus sah zu, wie er es knirschend zerkaute.

Arnulf, der Dritte im Bunde, fuchtelte wirsch in Richtung der Suppenstation. »Kapierst du es nicht, Fidus, schau hin, du brauchst eine Essensmarke«, entgegnete Arnulf, an dem alles irgendwie unproportional geraten war: Nase zu Ohren, Hände zu Armen, Kopf zu Oberkörper. Viele stellten deswegen seine Schönheit in Frage, aber niemand seine Kraft und Energie. Eine seiner Lieblingsbeschäftigungen war es, im Haardt kleine Bäume auszureißen und daraus zeltartige Behausungen zu bauen. Das einzige Mal, das Fidus ihn weinerlich erlebt hatte, war heute Morgen gewesen. Er hatte sich an die Hand seiner Mutter geklammert, die ihn zum Bahnsteig von Brunnweiler begleitet hatte. Fidus hatte so getan, als hätte er die Augen seines Kameraden nicht bemerkt, die wie zwei Teiche schillerten.

»Was ist denn mit deiner Verwandtschaft«, fragte Arnulf großspurig und wandte sich an Max. »Du hast eine Cousine hier, richtig? Ist das weit weg?«

»Großcousine«, piepste Max. »Müssen wir nicht sofort zur Kaserne?«

»Da kannst du deinen letzten Reichspfennig drauf verwetten«, entgegnete Arnulf und pfiff durch die Vorderzähne, »aber wie sollen die rausfinden, wann wir in der Stadt angekommen sind? Kommen wir halt eine Stunde später, werden schon keine Tragödie draus machen.«

»Es gibt aber angeblich nicht genug Feldbetten in der Kaserne, ich will nicht auf dem Boden schlafen müssen ... «

»Ach, wir kriegen schon ein Bett, wenn nicht, dann teilen wir uns eins. Ich könnte wirklich was zum Futtern gebrauchen. Außerdem sind die anderen hier ja wohl auch keine Rennpferde, nicht?« Er zeigte auf die zwei Dutzend Volkssturmer, die angestrengt in ihren Rucksäcken kramten oder sich geschäftig im Kreis drehten, als suchten sie die Richtung, in die sie zu marschieren hatten. Dabei wollten sie nichts anderes, als sich an Ort und Stelle im Kreis drehen. Und niemals weitergehen.

Max haderte. »Ich weiß nicht einmal, ob meine Verwandten was zu essen haben.«

»Du hast doch erzählt, ihr hättet denen über Jahre viel Wein geschickt, da wird deine Cousine …«

»Großcousine«, fiepte Max. »Ich habe sie nur einmal in meinem Leben gesehen, das ist Jahre her.«

Arnulf schnaubte. »Deswegen kann sie doch trotzdem einen Kanten Brot für uns übrighaben.«

»Einen Versuch ist es wert«, warf Fidus ein und pustete sich dabei in die Hände.

* * *

Essen bekamen sie nicht, es gab keines.

Aber ihnen wurde ein Glas Pfefferminztee mit einem Stück Zucker zuteil.

Und ein Ratschlag.

Das Heim von Max' Großcousine war nur wenige Gehminuten vom Bahnhof entfernt. Sie lebte mit ihrer Familie in einer kleinen Mansardenwohnung. Stickig, dunkel, aber immerhin: warm. Vier spindeldürre Kinder saßen um den Küchentisch und beäugten die drei unangemeldeten Gäste. Ob es die Kinder, gar schon die Enkelkinder, der Großcousine waren? Fidus wusste es nicht, die Frau war einsilbig, rang sich kraftlos ein paar höfliche Erkundigungen nach dem Befinden der Verwandtschaft ab, und versank dann in sich selbst.

Fidus trank so schnell seinen Tee, dass seine Zunge schon pelzig wurde. Gerade überlegte er, sich demonstrativ auf die Schenkel zu klopfen, um den unausweichlichen Aufbruch anzukündigen – in der Kaserne konnte es nicht schlimmer sein als hier –, da hörten sie das Türschloss knacken, und ein Mann mit ordentlichem Zwirbelbart humpelte zur Tür herein – der Hausherr, Ehemann und Vater? Er warf wortlos einen Blick in die Küche, nahm seine Melone ab und hängte sie säuberlich an die Garderobe. Max' Großcousine sprang auf. Bevor sie ihm aus dem Mantel half, zog er ein dickes Bündel Zeitungspapier aus einer Seitentasche. Die Kinder wurden plötzlich nervös, reckten die Hälse. Die Großcousine wickelte das Paket auf. Fidus glaubte grüne Äpfel zu erspähen.

Max' Großcousine legte das Paket auf der Diele ab, deckte einen Schal darüber und flüsterte dem Mann etwas zu, er warf dabei einen schnellen Seitenblick auf die Burschen. Er schlurfte in die Küche, setzte sich schwerfällig auf einen Stuhl, streckte sein Bein aus, es schien steif und unbeweglich zu sein. Aus der Nähe entpuppte sich seine gepflegte Erscheinung als Fassade. Seine wachen Augen lagen tief in den Höhlen, unter seinen Fingernägeln klaffte der Schmutz, sein Hemd war löchrig. Dennoch hatte er eine Ausstrahlung und Autorität, die auch die vielen Lagen Dreck nicht überdecken konnten. Und noch etwas fiel Fidus auf: Die Ähnlichkeit mit Max' Großcousine. War es vielleicht gar nicht ihr Mann, sondern ihr Bruder?

Er goss sich ein Glas Wasser aus einem Krug ein und trank. Kurz war sein Schlucken das einzige Geräusch im Raum. »Was wollt ihr an der Westfront?«, fragte er schließlich, ohne sie eines Blickes zu würdigen.

Arnulf war es, der von seinem Stuhl aufsprang. »Willst du für unser Heimatland, ein Opfer von uns haben, stehn wir zu dir mit Herz und Hand, wir Mädchen und wir Knaben«, posaunte er pflichtbeflissen, wie er es in Deutsch auswendig gelernt hatte. Heute wurde er obendrein kreativ und stellte noch ein einsames »Endsieg« bedeutungsschwanger in den Raum. Seine rechte Schulter zuckte. Er überlegte offensichtlich den Arm zum Hitlergruß zu heben, ließ es aber wahrscheinlich aufgrund der Lampe sein, die er dann zertrümmert hätte.

Für einen Außenstehenden klang er äußerst überzeugt. Fidus wusste es besser. Arnulf leierte im Grunde nur Parolen herunter, die er, wie alle anderen deutschen Kinder dieser Zeit, über viele Jahre gelernt hatte. In der Schule wurde ihnen unermüdlich eingehämmert, dass Deutschland der Nabel der Welt war, der reinrassige Deutsche das überlegenste der ganzen Menschentiere. Arnulf hatte mit Großreichen und Rassen aber nichts am Hut. Er mochte es, im Kunstunterricht Kriegsschiffe zu basteln. Und im Wald Bäume auszureißen. Am liebsten spielte er Fußball.

»Endsieg.« Der Mann sprach das Wort fast spöttisch aus und verfiel wieder in Schweigen. Ein Holzscheit knackte im Ofen. »Buben, habt ihr es noch nicht begriffen? Der Krieg ist verloren. Ihr seid Kanonenfutter.« Max' Großcousine wandte sich erschrocken ab, doch der Mann sprach nur noch lauter: »Musst dich nicht wegdrehen, Rike! Könntest das Artilleriefeuer riechen, würdest du dich mal in den Wind stellen. Wirkt nicht, als würde das Deutsche Reich größer werden.«

Fidus stockte der Atem, er suchte den Blick von Arnulf, der wieder saß und derweil den Blick von Max suchte, der aber wiederum nur auf seinem Stuhl hin und her rutschte, und dabei den Blick von Fidus suchte. Und als sich schließlich ihre Blicke trafen, waren sie alle flüchtig, schüchtern, verwirrt. Auch der größte Patriot musste längst bemerkt haben, dass sich die Schlinge um den Hals des Landes zuzog. An Wunderwaffen glaubten nur noch die Verblendeten. Knisternde Volksempfänger sendeten schließlich in abgedunkelte Wohnstuben allerhand Informationen. Ungarn war weg, Polen besetzt, die letzten Hoffnungen auf eine Wendung im Kriegsverlauf in der Normandie und in Paris zerschlagen worden. Dennoch hatte es bislang niemand laut ausgesprochen, nicht einmal sie selbst: Die Tatsache nämlich, dass Deutschland den Krieg verlieren würde, den es angezettelt hatte. Nein, die Welt würde den Krieg verlieren. Was gab es zu gewinnen?

Fidus senkte den Kopf.

Der Tod, er hatte gut zu tun in diesen Tagen.

Mord. Gemetzel. Leid.

Überall.

Viel schlimmer als es sich jedes weiche Herz ausmalen konnte.

Um was ging es in diesem Krieg überhaupt?

So ganz genau?

Was ging Fidus dieser Krieg an?

Fidus wusste nicht, als er in der Dachwohnung saß, dass Hitler mittlerweile mit seiner Lichtgestalt vornehmlich den Führerbunker erhellte. Er wusste nicht einmal, dass die Russen die Ostfront niederwalzten und über die Weichsel setzten, also längst auf altdeutschem Boden waren und gen Berlin marschierten. Er wusste nicht, dass Kollaborateure, Kriegsverbrecher, Generäle, Scharfmacher und sogar Fahnenflüchtige ihren Kopf in einem Strick wiederfanden. Er wusste auch nicht, dass mit der Asche der Toten die Kohlfelder gedüngt wurden. Fidus wusste von Mord. Gemetzel. Leid. Zerstörung. Überall. Woher kam dieser Hass? Wie Fidus so dasaß, wusste er nämlich vor allem von seiner Liebe. Zu Vater, Mutter, Schwester. Klara. Es gab sie also. Liebe. Musste sie geben, sonst wäre die Welt am Ende.

»Geht heim, Buben«, sagte der Mann, stand auf und humpelte aus dem Raum. »Geht wieder heim.«

* * *

Als eine Ärztin auf uns zukam, unterbrach Fidus seine Erzählung. Er erhob sich schwerfällig. Die Frau war klein und zierlich und außerordentlich hübsch, mit dunklem Teint und langen dunklen Haaren. Sie trug eine Brille mit dünnem rotem Gestell und hätte auch Kunsthistorikerin sein können. Oder Fernsehmoderatorin.

»Herr Bergmann?«, fragte sie.

»Ja«, sagten Opa und ich aus einem Mund.

»Mein Name ist Judith Otto-Coşkun, ich habe Ihren Vater in den letzten Stunden behandelt – beziehungsweise Ihren Sohn?«, sie nickte kurz Opa Fidus zu, ich glaubte in ihren Augen ein zartes Funkeln von Hoffnung zu erkennen, einen Ausdruck von Gelassenheit, der nichts anderes als Entwarnung signalisierte. Sie sagte: »Er ist wieder bei Bewusstsein. Er hat einen Herzstillstand erlitten. Wir mussten ihn mehrmals reanimieren, aber er ist jetzt seit einer Stunde stabil. Seit einer Viertelstunde ist er wach und ansprechbar. Es ist alles soweit in Ordnung.«

Da war er, der Satz, den ich hören wollte. Der Satz, den mein Unterbewusstsein in den letzten Stunden in ritueller Dauerschleife heraufbeschworen hatte. Mir kamen die Tränen, Opa umfasste mich am Handgelenk und drückte zweimal fest zu. »Können wir zu ihm?«, fragte ich und legte Opa im Freudentaumel meinen Arm um die Schultern.

»Unbedingt«, sagte die Ärztin lächelnd.

»Darf ich mich nach der Laune meines Sohnes erkundigen?«, fragte Opa mit eigentümlicher Tonlage.

Ich legte die Stirn in Falten, verstand die Frage nullkommagarnicht, wie sollte es meinem Vater schon gehen? Er war natürlich müde, erschöpft, geplättet, aber froh, am Leben zu sein, was sonst? Erstaunlicherweise schien die Ärztin über die Frage – amüsiert? Kurz blitzte es in ihren Augen, ihre Mundwinkel zuckten. »Bedingt gut«, antwortete sie, »aber darüber sprechen wir vielleicht auf dem Weg zur Intensivstation.«

Opa nickte. »Der Apfel fällt nicht weit vom Stamm«, sagte er, schmatzte einmal laut mit den Lippen und blickte mich an. »Wann, hast du noch einmal gesagt, kommt deine Freundin zu Besuch?«

»Nächste Woche, warum?«, fragte ich und wurde ungeduldig. »Auf, Opa, die Ärztin wartet.«

Doch Opa verharrte an Ort und Stelle. »Kommt sie denn Ende oder Anfang nächster Woche?«, fragte er.

»Anfang? Ist das jetzt wirklich wichtig?«

»Das wird knapp«, sagte Opa und zwinkerte.

Ich verstand kein Wort. »Knapp? Was meinst du mit knapp?«

Opa klopfte mir auf die Schulter. »Geh du mal, die Ärztin wartet schon«, sagte er und hob seine Tüte vom Boden auf.

»Kommst du nicht mit?«

Opa schüttelte mit weit aufgerissenen Augen den Kopf, als sei schon die Frage absurd. »Ich besuche Alfred besser morgen oder vielleicht übermorgen. Ich will nicht riskieren, dass er gleich noch einen Herzstillstand erleidet«, entgegnete er.

»Wie kommst du heim?«, fragte ich.

»Lass das mal ruhig meine Sorge sein«, antwortete Opa bemüht fröhlich und voll gespieltem Elan, dass jeder merken musste, dass hier Kampf und eiserner Wille, keine Schwäche zu zeigen, im Spiel waren. Opa zwinkerte schon wieder. Er zuckte die Schultern und machte eine abtuende Handbewegung.

»Nimmst du den Bus? Oder ein Taxi?«, fragte ich.

»Bus ... Ein Taxi ist eine gute Idee.«

»Sie können aber gerne beide mitkommen«, platzte die Ärztin hervor. »Ist kein Problem. Sie sind Familie.«

»Nein, nein«, seufzte Opa, »mein Sohn und ich haben … So ist es besser.«

Er wandte sich zum Gehen, machte dann aber noch einmal halt und drehte sich zu mir um. Aus der Tüte, die er mitgebracht hatte, zog er ein hellbraunes Päckchen, es schien ein Buch zu sein, dick mit Kordel verschnürt. »Wärst du so lieb und würdest deinem Vater das von mir geben?«, fragte Opa. Ich nickte und nahm das Päckchen an mich. »Und nimm es ihm gleich nicht übel, Alo«, fügte Opa hinzu.

Doch noch bevor ich nachhaken konnte, was er meinte, hatte Opa sich schon umgedreht und ging steifbeinig den Gang hinunter, als wäre seine Hüfte vom vielen Sitzen steif geworden. Jeder Schritt kostete ihn Kraft. Das sah man. Seltsamerweise hielt er neben einer Mülltonne an und stopfte die Tüte hinein, dabei schienen darin eine Menge Gegenstände zu sein. Auch das sah man. Dann bog er ums Eck und war verschwunden.

»Geben Sie mir bitte noch eine Minute«, sagte ich zur Ärztin, und weil ich wusste, dass das genau die Bitte war, die man einer Ärztin nur schwer abverlangen konnte, fügte ich an: »Mein Opa ist über neunzig.«

Die Frau nickte duldsam. Ich durchmaß mit fünf großen Schritten den Flur, schlenkerte dabei übertrieben mit den Armen, als sei ich der Leiter eines Aerobic-Kurses. Opa war bereits im Windfang. Zielstrebig ging er auf ein Taxi zu. Er beugte sich zum geöffneten Fahrerfenster und stieg danach ein. Ich stand neben der Mülltonne, ich weiß nicht warum, ich zog die Tüte hervor. Darin waren Malutensilien. Mehrere Pinsel, ein Farbkasten. Einige Plastikbecher mit Farbresten. Ich runzelte die Stirn, stopfte alles zurück. Man musste ja nicht alles verstehen.

»Haben Sie schon einmal von *Koprolalie* gehört?«, fragte

die Ärztin, als ich zurückkam, drehte sich im Wort um und ging voraus.

* * *

Auch wenn mich die Ärztin darauf vorbereitet hatte, stand ich neben mir, wenn das überhaupt noch ging. Wir betraten das Krankenzimmer. Überall standen Monitore und Ständer mit Zeug dran. Ein Bild, das ich bislang nur vom kurzzeitigen Zappen in Arztserien oder aus Filmen kannte. Nichts piepte, aber in allen Winkeln blinkten Geräte. Kleine und große Leuchten, Bildschirme mit Zacken und Zahlen. War ich jemals in einem Krankenzimmer gewesen? Eine Schwester machte sich an einem Schubfach zu schaffen. Papa saß in seinem Bett, aufrecht, blass – und mit Zornesfalten zwischen den Augen. Er blickte mich kurz an, schien mich aber nicht zu erkennen. Er zupfte an den Kabeln, die von einer Maschine – ein Gerät zur Messung der Herzfrequenz? – zu seiner Brust führten.

»Machen Sie die beschissenen Kabel ab«, zeterte er. »Los, auf der Stelle, Herrschaftszeiten!«

»Die lassen wir besser dran, Herr Bergmann«, antwortete die Schwester in ruhigem Ton.

»Ich hatte es Ihnen schon erklärt, Herr Bergmann«, schaltete sich die Ärztin ein und ging auf das Bett zu, »Ihr Herz hatte mehrfach einen Aussetzer. Wir sollten die Pads noch eine Weile dran lassen, wir wollen ja wissen wie es Ihnen geht, ist das für Sie in Ordnung?«

»Nein, ist es nicht!«

»Wir sollten es trotzdem dran lassen.«

Mein Vater starrte die Frau kurz an. »Miststück!«, sagte er grimmig.

»Papa«, sagte ich fassungslos, immer noch an der Tür.

»Ihr Sohn ist hier«, antwortete die Ärztin seelenruhig.

»Glauben Sie, ich erkenne meinen Sohn nicht. Blöde Kuh!«

»Papa!«, rief ich entgeistert, sah zur Schwester, dann zur Ärztin, versuchte mich an einem weltmännischen Großstadtlachen, das man sonst nur brauchte, wenn man zum dritten Mal hintereinander einem Mitmenschen in der U-Bahn auf den Fuß latscht und keine Entschuldigung die Peinlichkeit noch überspielen könnte.

Da saß er. Mein Vater. Der stillste, höflichste und ausgeglichenste Mensch der Welt, von dessen Lippen ich niemals auch nur den Hauch eines Fluchs gehört hatte. Kein *Scheiße*, kein *Kacke*, nicht einmal an ein harmloses *Mist* konnte ich mich erinnern. Wenn er sich den Kopf stieß oder mit dem Zeh gegen die Kommode rannte – Situationen also, in denen jeder Shaolin-Mönch alle irdischen und kosmischen Mächte im Universum verfluchte – dann bellte er bestenfalls ein *Menschenskind!* Oder *So was aber auch!* Stress kompensierte mein Vater mit Gartenarbeit und Spazierengehen. Oder er las ein Magazin. Und jetzt war er von den Toten zurückgekehrt und fluchte wie ein Rohrspatz, ach was, *Rohrspatz*, er fluchte wie ein Aasgeier. Wie nannte das die Ärztin? *Koprolalie?* Ich hatte eher den Eindruck, ein Dämon hatte auf der anderen Seite von ihm Besitz ergriffen. Ich wollte mich gerade erkundigen, ob die Krankenhausseelsorge zufällig in Exorzismen bewandert war, da sah ich ihn Luft holen.

»Du – dumme – Fo…«, brüllte er los.

»Reiß dich zusammen!«, kläffte ich dazwischen.

Papa blickte mich entgeistert an, als verstünde er kein Wort von dem, was ich sagte, als redete ich fiesestes Kauderwelsch oder gab hier im Krankenzimmer die komplett überarbeitete Neuauflage von Babel in einer Uraufführung zum Besten. Er hob seine Hand, schaute sie dann aber verwirrt an, als wüsste er nicht, ob er sie zu einer Faust ballen sollte, um mir zu drohen, oder ob er den Zeigefinger ausfahren sollte, um sich an die Stirn zu tippen. Er zögerte, fuhr den Finger dann sogar wirklich aus, richtete ihn aber spitz drohend auf mich. Seine Miene verdüsterte sich, und dabei stand eine panische Hilflosigkeit in seinen Augen. Er versuchte etwas niederzukämpfen, das aber plötzlich wieder die Oberhand bekam. »Du sagst mir nicht, was ich zu tun habe, Bürschchen! Wollen mich umbringen! Verdammte Kurpfuscher!«, brach es aus ihm heraus, presste sich plötzlich die Faust auf den Mund. Er stieß auf, schmatzte einmal angewidert und sagte: »Sch-Schnitzel ge-ge-gessen.«

Die Ärztin wandte sich mir wieder zu und sagte etwas leiser. »Stimmt es, dass er heute Abend Schnitzel gegessen hat?«

Ich nickte. »Ja.«

»Prima«, die Ärztin lächelte mich aufmunternd an, »er kann sich gut an die Geschehnisse vor seinem Herztod erinnern. Das ist ein gutes Zeichen.«

Ich entschloss, keine Diskussion über den Zusammenhang von Rülpsen nach und Erinnerungen vor Wiederbelebung zu beginnen. »Klasse«, murmelte ich – überfordert von allem.

Die Ärztin bemerkte meinen Tonfall, sie suchte meinen Blick. »Ich habe viele solcher Fälle, Herr Bergmann, Ihr Vater hat ein Herz wie ein Ochse, machen Sie sich nicht zu viele Sorgen. Da passiert erst einmal nichts mehr.«

»Wann gibt es in dem Scheißladen was zu essen?«

Ich schluckte. »Es tut mir wirklich leid«, sagte ich, »ich kann mich für meinen Vater nur entschuldigen. Und Sie sagen, dass das – normal ist?«

»Normal ist nach so einem Vorfall nichts«, antwortete die

Ärztin und schob ihre Brille zurecht. »Bei so einer langen und mehrmaligen Reanimation kann man nie sagen, welche Areale im Hirn ausreichend mit Sauerstoff versorgt wurden und welche nicht. Da gibt es die eigentümlichsten Erscheinungen. Manche Menschen schlafen tagelang nach einer Nahtoderfahrung, andere zählen unaufhörlich oder sind tagelang in einer bestimmten Episode ihres Lebens regelrecht gefangen. Sie erzählen dann ausschließlich von ihrer Grundschulzeit oder sogar von Erlebnissen im Kleinkindalter. Wie Sie das selbst merken, scheint ihr Vater einen Hang zum Fluchen zu haben. Auch dieses Symptom wurde schon dokumentiert.«

»Mein Vater hat noch nie geflucht«, entgegnete ich.

Die Ärztin lächelte. »Vielleicht wurde es Zeit.«

»Komm wir gehen, Alo«, sagte mein Vater. Ich sah ihn hoffnungsfroh an. Es war der erste normale Satz, den ich von ihm hörte, seit ich das Zimmer betreten hatte. Außerdem sagte er meinen Namen. Dann verdüsterte sich seine Miene, hatte Anflüge von Jähzorn, von Wahnsinn, von – ich wusste auch nicht was, von »Nicht-mein-Vater« jedenfalls. »Nichts zum Anziehen!«, knirschte er, »die Quacksalber haben mein Hemd zerrissen!«

Ich seufzte, rieb mir die Augen, die ganz trocken waren und brannten. Es pochte hinter meiner Stirn. Opa Fidus' Stimme hallte plötzlich in mir nach: *Das wird knapp* – wusste er, was mich in dem Krankenzimmer erwartete? Wenn Bintou in ein paar Tagen zu Besuch kam, konnte ich sie schlecht von meinem Vater durchbeleidigen lassen. »Und, also, wie lange, ich meine, hört das bald wieder auf?«, stammelte ich, spürte das schlechte Gewissen aufkeimen, in diesem Augenblick an mich selbst zu denken, und sah dabei meinen Vater über die Schulter der Ärztin an. Papa tippte sich gerade an die Stirn und schüttelte danach mit zusammengekniffenen Lippen den Kopf. Er seufzte laut, seine Lippen vibrierten.

Ein Pfleger erschien in der Tür. »Frau Doktor«, sagte er.

»Ich komme«, sagte Frau Doktor und sah mich an: »Wir sorgen uns jetzt erst einmal darum, dass Ihr Vater stabil bleibt. Ich glaube aber, er kann morgen, spätestens übermorgen schon von der Intensivstation verlegt werden. Das Fluchen sollte sich in wenigen Tagen oder Wochen verlieren, seien Sie erst einmal froh, dass die Sache so glimpflich ausgegangen ist«, sagte die Ärztin und zog die Augenbrauen nach oben. »Wenn Sie keine Fragen mehr haben?«

Ich starrte sie an. Brauchte einen Moment. »Nein, ich habe keine Fragen mehr, danke.«

»Gut, dann bleiben Sie noch ein paar Minuten hier, ich würde Ihrem Vater allerdings gerne bald etwas zur Beruhigung geben. Schlaf täte ihm gut«, sagte sie, sah der Schwester in die Augen, die nickte, und verließ das Zimmer.

Ich setzte mich auf Papas Bettkante, legte Fidus' Päckchen auf dem Pflegewagen ab.

Er drehte den Kopf weg.

»Opa war vorhin da«, sagte ich aufmunternd.

»Sack«, sagte Papa. »Alter.«

»Er wollte wissen, wie es dir geht.«

»Fidus«, entgegnete Papa, als sei ihm der Name erst gerade wieder eingefallen.

Auch die Schwester verließ den Raum.

Ich schwieg eine Weile.

»Ich wusste gar nicht, dass Opa im Krieg war.«

»Schwachsinn. War nie im Krieg.«

* * *

Zielstrebig marschierten sie den Bürgersteig entlang, schweigend, entschlossen, mit kraftvollen Schritten, als führten sie den Befehl eines Oberbefehlshabers höchstpersönlich aus – und musste er das nicht sein, ein Oberbefehlshaber? Mit dieser Aura? Mit diesen leuchtenden Augen? Mit diesem Befehl, der den Verstand einfach umschiffte und direkt am Hafen ihres Herzens anlegte?

Geht heim, Buben.

Geht wieder heim.

Es war das Befreiendste, das sie jemals gehört hatten.

Die Worte waren pures Glück, die reinste Gnadenklausel.

Als hätte der Allmächtige selbst zu ihnen gesprochen.

Eine Kolonne aus Armeefahrzeugen donnerte an ihnen vorbei. Arnulf nickte dem Fahrer des vordersten Fahrzeugs zu, tippte sich lässig an den Mützenschild, als seien sie eine Einheit und würden sich gleich in der Kaserne zum Zapfenstreich versammeln. Aber das taten sie nicht. Sie marschierten nicht zur Kaserne, nicht zum Dienst, nicht zur Front, sondern im Stechschritt über den Bahnhofsvorplatz, vorbei an einem Trupp Soldaten, vorbei an einem Offizier, der mit Gewehr in der Bahnhofshalle patrouillierte, hinein in den Zug, der nach Neustadt fahren sollte, was sie wieder bis vier Kilometer an Brunnweiler heranbringen würde. Heimat. Das war ihre Aufgabe.

Nicht einmal als der Zug sich ruckelnd in Bewegung setzte, kam ihnen in den Sinn zu sprechen. Sie atmeten flach. Fidus war schwindelig, sein Herz flatterte in seiner Brust. Als der Zug nach wenigen hundert Metern quietschend bremste und zum Stehen kam, schloss er die Augen und betete zum Herrgott, dass er ihm alle Last der Welt auf die Schultern packen möge, nur keine Westfront. Arnulf schluckte unentwegt, nestelte an einem Loch im Sitz und zog das Futter hervor. Max war bleich und zitterte, seine Tränensäcke waren blutgeädert. Ein älterer Mann, der neben ihnen im Abteil saß, stand auf, zog die Scheibe herunter und blickte kurz hinaus. Dann sahen sie durch das Fenster zwei Offiziere mit Schaftmützen. Mit Gewehren bestiegen sie den Waggon neben ihnen. Sie kamen durch ihr Abteil. Die steinharten Absätze ihrer kniehohen Stiefel hämmerten auf den Boden, ihre Ledermäntel knarzten. Arnulf ballte angstgeplagt die Fäuste. Sie gingen vorbei.

»Wir gehen einen Umweg über den Kriegergarten und den Mandelring«, sagte Arnulf entschlossen, als sie am Nachmittag in Neustadt aus dem Zug stiegen, nach einer Fahrt, auf der sie länger gestanden als sich bewegt hatten, »oben am Waldrand an den Rebzeilen entlang.«

»Sollen wir nicht besser über den Lindenberg und am Silbertalbach durch den Wald runter?«, warf Max vorsichtig ein.

»Bist du blöd? Da sind wir ja morgen noch nicht daheim.« Augenblicklich marschierte Arnulf los. Fidus und Max trotteten ihm hinterher. Er hielt an, drehte sich nochmals zu seinen Kameraden um. »Habt ihr 's gefressen? Wenn jemand fragt, wir wurden aus dem Dienst entlassen, klar?«

Fidus nickte.

»Und was machen wir, wenn wir in Brunnweiler sind?«, fragte Max. »Wir können doch nicht einfach heimgehen.«

Arnulf schmatzte mit den Lippen, zog sie etwas in den Schatten des Bahnhofsgebäudes. »Habe ich mir auch schon die ganze Zeit überlegt, wir müssen uns bedeckt halten. Wir bleiben am Waldrand, bis die Dämmerung hereinbricht, so kommen wir unbemerkt ins Dorf.«

»Und dann?«

»Es ist besser, wenn wir zusammenbleiben. Was ist mit eurer Scheune, Max? Wir können uns doch auf eurem Heuboden verstecken. Und morgen, wenn die Luft rein ist, klauben wir uns irgendwo was zum Essen zusammen. Drüben beim Müller oder so, wir finden schon was.«

Max schien hoffnungsfroh, das erste Mal in den letzten Stunden. »Die Scheune ist nie verschlossen und das große Tor geht zum Weingarten raus, da kommen wir unbemerkt rein«, sagte er.

»Dann ist das unser Plan«, sagte Arnulf und sah ihnen verschwörerisch in die Augen. »Aber heute gibt's nichts mehr zu essen, bist du dir sicher, dass du das schaffst, Max?«

Max biss die Zähne zusammen. »Das schaffe ich schon.«

»Wir bleiben zusammen.«

Es klang wie Abenteuer.

Zwischen Gimmeldingen und Königsbach musste Fidus anhalten. Sie waren nicht einmal eine halbe Stunde unterwegs. Aber er war durstig und warf seinen Rucksack auf den Weg. Knorrige Reben standen in Reih und Glied am Hang. Kälte kroch den Hang herauf. Der warme Atem der Burschen stieg in die Luft, verlor sich weit über ihren Köpfen. Max' Lippen und Ohren hatten eine lilafarbene Tönung angenommen, sein Gesicht war blutleer. Das Bächlein, das sich aus dem Wald schlängelte, war größtenteils gefroren. Es gluckerte. Eisperlen hatten sich im Geäst am Ufer gebildet. Fidus wollte gerade ins Bachbett steigen, um sich einen Schluck Wasser herauszuschöpfen, da bemerkte er Arnulf. Sein Freund stand still, beobachtete wie in Habachtstellung, sein starrer Blick verharrte in der Ferne.

»Was ist los?«, fragte Fidus, sah es dann aber selbst: Auf ihrem Weg marschierte ein Trupp Soldaten, der sie längst ins

Visier genommen hatte. »Los, in den Wald, schnell«, fauchte er.

»Haben uns längst gesehen«, knirschte Arnulf.

»Verfolgen die uns, wenn wir in den Wald rennen?«, hauchte Max.

»Kannst du Gift draufnehmen – denkt dran, wir wurden entlassen, klar?«, sagte Arnulf.

»Ist das an der Spitze Ernst Ermlich?«, wisperte Max.

Fidus entwich bei dem Namen aller Mut. Seine Augen tränten, so sehr versuchte er die Person an der Spitze zu erkennen. Und selbst als er ihn längst identifiziert hatte – seinen stieren Blick, seine Pausbacken, die schwülstigen Lippen und hässlichen Falten seines Marionetten-Mundes – wartete Fidus noch ab und hoffte, dass sich der Lauf der Dinge ändern würde. Dass der Trupp vielleicht rechts in den Wald abbiegen würde, dass er kurz haltmachte, und sie sich davonstehlen könnten, dass er vielleicht sogar umkehrte, sich in Luft auflöste. Aber der Trupp ging stramm auf die drei Kameraden zu. Kurz vor ihnen kam er zum Stehen. Ernst Ermlich knöpfte seinen robusten Ledermantel auf. Er zog eine Schnupftabakdose hervor. »Findet ihr den Weg zum Drachenfels nicht?«, fragte er mit einer Stimme wie eine Geröllhalde.

Kurz versuchte Fidus den Mann zuzuordnen, einem Beruf, einer Familie, einem Haushalt – in einem Dorf wie Brunnweiler gehörte schließlich jeder irgendwohin. Er sah Ermlich in seiner Erinnerung aber nur auf Festbänken sitzen, eine Schubkarre schieben oder in der Hitlerjugend die Peitsche schwingen. Kam er überhaupt aus Brunnweiler? Und war das alles im Grunde nicht völlig unerheblich? Ermlich war Unterscharführer bei der SS. Was brauchte er in diesem Augenblick mehr zu sein?

Fidus war es, der antwortete: »Wir wurden aus unserem Dienst entlassen!«

»Unsinn«, höhnte Ermlich und fixierte Max, als witterte er seine Schwäche: »Du, Junge, sprich: Wer hat euch entlassen?«

»Männer ... in Uniformen ... in Speyer«, hauchte Max, die Stimme dünn vor Kälte und Furcht.

»Männer? In Uniformen? Dann hat ja alles seine Richtigkeit«, sagte er verständnisvoll, um wie ein Bluthund loszukläffen: »Wissen die werten Herren eigentlich, was an der Front los ist? Niemand wird hier aus dem Dienst entlassen, kapiert? Wir sammeln uns am Drachenfels! Morgen geht es Richtung Straßburg!«

»Sie sind aber nicht unsere Einheit, das muss schon geklärt werden, ob das einfach so geht!«, rief Arnulf selbstgerecht, erstaunlich unbeeindruckt von Ermlichs Art.

»Sie sind Schutzstaffel«, beteuerte Fidus, »und ... « – ja, was eigentlich? Er streifte kurz die zwei Dutzend Minisoldaten hinter Ermlich, die offensichtlich keine Schutzstaffel waren. Es waren alles Burschen, vielleicht zwei, drei Jahre älter als er. Sie standen stramm wie junge Bäume. Der Drill und der Gehorsam des Wehrertüchtigungslagers stand in ihren gefühlsentleerten Gesichtern geschrieben.

»Euch werde ich Beine machen! An die Spitze mit euch! Direkter Befehl vom Führer! Jeder Mann kann jeder Einheit zugeteilt werden!«, krakeelte Ermlich, schnappte einmal nach Luft und schrie noch lauter: »Los, los, Rucksäcke schultern! Oder ihr marschiert mit Bajonetten in den Ärschen auf den Drachenfels!«

* * *

Arnulf schien der Marsch in Zweierreihen nicht das Geringste auszumachen. Er ging vor Fidus, bewegte seine Arme so energisch, dass es fast an Enthusiasmus erinnerte. Neben ihm versuchte Max nicht aus dem Takt zu kommen, trotz der Eiseskälte war sein Gesicht rotfleckig. Er keuchte. Als sie einmal kurz zum Stehen kamen, glaubte Fidus ein Wimmern zu vernehmen, aber er blickte sich nicht nach seinem Freund um, so sehr war er mit sich selbst beschäftigt. Das war kein Spazieren, kein Wandern, kein Schlendern, es war stumpfes Stampfen durch eine Winterlandschaft. Nichts verabscheute Fidus mehr als diesen Gleichschritt. Fidus' Rucksack war schwer, seine Füße schmerzten, und wenn er ihre Situation bewertete, dann kam er zum Schluss, dass sie in der Patsche saßen. In Speyer hätten sie vielleicht auf Wach- und Sicherungsaufgaben verweisen können, gar darauf pochen. In den Fängen der SS stellte man keine Forderungen. Nach allem, was man hörte.

Fidus war so unpolitisch, wie man es in Kriegszeiten sein konnte. Die Partei, Adolf Hitler: Sie waren da, so lange er denken konnte. Hier hörte man Gutes im Brustton, dort Schlechtes hinter Maulkörben. Sein Vater war bei dem Thema einsilbig – aber was gab es zu Kriegstreiberei auch mehr zu sagen, als sein beinloser Großvater in einem einzigen Bild aussagen konnte? Intellektuell war er den wenigen Diskussionen in der Hitlerjugend jedenfalls nicht gewachsen, in Gesprächen fehlten ihm oft die Argumente. Intuitiv fand er das Getue mal abstoßend, mal lächerlich, meist flatterte die Hakenkreuzflagge am Rand seines Bewusstseins. Die Wahrheit war: Er hätte lieber die Grenze seiner Erfahrung verschoben als die Grenzen des Großdeutschen Reichs. Klara. Hätte er sie doch nur geküsst.

Es dämmerte bereits, als sie auf dem Drachenfels ankamen.

Der Fluss ihres Marschtrupps staute sich zu einer Traube. Keuchend hielt Fidus an, er wagte es nicht, seinen Rucksack abzusetzen. Die Sammelstelle wirkte auf den ersten Blick wie ein wildromantisches Pfadfinderlager. Zelte verteilten sich wahllos zwischen Bäumen. Hier rauchte ein erstes Feuer. Fidus sah fast ausschließlich Jungvolk. Dann blickte er in ihre verhärteten Gesichter. Keiner nahm Notiz von ihnen. Überall kamen sie mit Ästen und Holzzweigen aus den Wäldern. Einsame Schneeflocken schwebten vom Himmel. In diesem Augenblick trat Förster Schworm hervor und kam auf sie zu. Er war ehemals ihr Volksschullehrer in den Fächern Biologie, Heimat- und Sachkunde. Ermlich und Schworm standen sich gegenüber. Der Lehrer ließ seinen Blick durch die Reihen gleiten. Als er Max, Arnulf und Fidus entdeckte, legte er seine Stirn in Falten. Er wandte sich an Ermlich. Sie tuschelten.

»Max, Arnulf, Fidus – wie alt seid ihr? Vierzehn?«, fragte Schworm plötzlich.

»Gerade fünfzehn geworden«, posaunte Arnulf.

»Ich auch«, schloss sich Fidus an.

»Bald fünfzehn«, piepste Max unterwürfig.

Schworm warf Ermlich einen kurzen Blick zu und zog die Augenbrauen nach oben. »Arnulf, wieso seid ihr nicht in Speyer?«

»Wurden aus dem Dienst entlassen ...«, ging Ermlich dazwischen. Ein dritter Offizier trat dem Standgericht hinzu, ein Quadratschädel mit dunkler, ausdrucksloser Miene. Er folgte dem Gespräch. Fidus spürte förmlich, wie sich die Situation verdichtete. Ermlich stockte in Gegenwart des Mannes kurz und fuhr dann etwas höherstimmig fort, »...behaupten sie zumindest, dass sie aus dem Dienst entlassen wurden – oder haben wir es hier mit drei Fahnenflüchtigen zu tun?«

»Nein! Wir waren in Speyer. Wir haben auf dem Bahngleis

zwei Offiziere getroffen. Wir haben nach dem Weg zur Kaserne gefragt. Wir wurden nach Hause geschickt, Herr Unterscharführer«, rief Arnulf mit einer Stimme wie ein Leierkasten.

»Der mit den großen Ohren ist ein Heißsporn«, sagte der dritte Offizier ausdruckslos und machte einen Kopfzeig auf Arnulf.

»Gründe?«, zischte Ermlich scharf, die Augen wie Raketenwerfer auf Arnulf gerichtet.

»Das haben sie nicht gesagt, Herr Unterscharführer, aber mit uns sind sicherlich noch weitere zehn, zwanzig Knaben angereist, wurden alle wieder weggeschickt«, log Arnulf.

Ermlich warf Schworm einen misstrauischen Blick zu, dann suchte er den Blickkontakt zu dem dritten Offizier, der teilnahmslos durch ihn hindurchschaute.

Schworm schien zu überlegen. Plötzlich zuckte er mit den Schultern, ein eigentümlicher Ausdruck trat auf sein Gesicht, den Fidus noch nie bei ihm gesehen hatte – ein böses Lächeln? Gehässigkeit? Spott? »Was denkst du, Ernst, sollen wir die Bübchen noch Feuerholz sammeln lassen, bevor wir sie heimschicken? Oder verlaufen die sich dann später im dunklen Wald?«, sagte er und lachte aufgesetzt. Ermlich rührte sich nicht. Schworm drehte sich etwas ab, zeigte dem Trupp die kalte Schulter. »Na ja, sind ehrliche Jungs, ich kenne sie schon lange, was auch immer in Speyer los ist, hier haben wir keine Verwendung für die drei«, fuhr er fort. »Kommt, macht die Biege – nach Hause werdet ihr ja jetzt noch alleine finden, oder?«

Die anderen Burschen des Trupps warfen sich verstohlene Blicke zu. Fidus traute sich nicht, zu Max und Arnulf zu sehen, aber er konnte ihr synchrones Nicken im Augenwinkel erkennen. Er wollte einen Juchzer ausstoßen, seine Freunde in die Arme schließen, den Förster gleich mit. Die Erleichterung machte sich gerade in seiner Brust breit, da schüttelte Ermlich entschieden den Kopf.

»So weit kommt es noch. Wir brauchen alle Kräfte«, krakeelte er.

Schworm blieb hart. »Ernst, die sind noch nicht einmal sechzehn, wir haben Wichtigeres zu tun, als Kinder zu hüten, die sind doch nur Ballast.«

»Büchse werden sie halten können, zumindest die zwei Kräftigen dort«, zischte Ermlich mit funkelnden Augen und zeigte beiläufig in Richtung von Fidus und Arnulf. Max senkte verdrossen seinen Kopf.

»Ja, nur treffen werden sie nichts. Verschießen nur die Munition, von der wir eh nicht genug haben, um die ganzen Franzmänner in die Ewigen zu schicken.«

»Das sollte ein Witz sein, Schworm, denen gebe ich sicher kein Gewehr in die Hand. Die machen Hilfsdienste. Flakhelfer, Waffenpflege, Schanzarbeiten. Wird sich schon was finden, der Westwall ist die letzte Linie, die unbedingt gehalten werden muss«, sagte Ermlich. Er spuckte auf den Boden. »Im Westwall ist zu sterben.«

»Auch Flakhelfer brauchen eine Ausbildung.«

»Wenn unsere Weiber das mit Ausbildung hinkriegen, kriegen die Milchgesichter das auch ohne Ausbildung hin – was ist denn Ihre Meinung, Herr Oberscharführer?«

»Darauf können wir keine Rücksicht mehr nehmen«, sagte der dritte Offizier und wandte sich ab.

»Eben.« Ermlich tänzelte von einem Bein auf das andere, das Gesicht zu einer geistlosen Fratze verzerrt. »Verlieren wir den Krieg, sind alle verloren.«

***

Kurz hatte Fidus das Gefühl, sie säßen in einer Schneeku-gel. Zwei Armlängen über ihren Köpfen durchbrachen dicke Flocken die Kuppel aus Feuerschein und rieselten träge her-nieder. Darüber war Finsternis. Die drei Freunde scharten sich getrennt von den anderen um ihre Feuerstelle, denn wer wollte mit *Milchgesichtern* am Feuer hocken, die zu jung waren, um eine Büchse zu halten? Also vergruben sie ihre Hände in ihren Manteltaschen, sahen sehnsüchtig, wie ge-genüber Brotlaib, Zigarette und Schnapsflasche kreisten. Sie hätten alles begrüßt, was die nagende Leere in ihrem Inneren gefüllt hätte. Fidus' Füße waren eiskalt, sein Gesicht glühte. Er überlegte gerade, ob er seine Stiefel ausziehen sollte, um seine Füße abwechselnd am Feuer zu wärmen, erst den ei-nen, dann den anderen, da trat Schworm in ihren Kreis.

Unwillkürlich saßen sie stramm. Schworm ließ sich auf einem Holzklotz nieder. Die züngelnden Flammen funkelten in seinen Augen. Er reichte Fidus einen tiefen Blechteller, dem ein würziger, rauchiger Geruch entstieg, den er keinem Lebensmittel hätte zuordnen können. Der Brei war heiß, dampfte und ließ sich kauen. Fidus nahm gierig drei Löffel, es brannte in seinem Hals, so heiß schluckte er das Essen – Bohnen, es musste was mit Bohnen sein – herunter. Dann reichte er Max den Teller weiter, der mit seinen eissteifen Fingern den Löffel kaum halten konnte.

»Herr Schworm … ich meine, Herr Unterscharführer, darf ich Sie fragen, wie es morgen weitergeht?«

»*Schworm* ist schon in Ordnung, Arnulf«, entgegnete der Förster mit belegter Stimme. »Wir brechen beim ersten Licht des Tages in Richtung Kaiserslautern auf. In Frankenstein be-werten wir die Lage. Im schlimmsten Fall müssen wir dreißig Kilometer zum Einsiedlerhof zu Fuß zurücklegen.«

»Einsiedlerhof?«, fragte Fidus.

»Das ist ein Bahnhof«, flüsterte Max.

Schworm nickte. »Ein Rangierbahnhof, von dort geht's zum Westwall – ist kein weiter Weg …«

»Und warum sammeln wir uns hier oben im Wald?«

»Gestern wurde eine ganze Volksgrenadier-Division bei Wincheringen ausgelöscht, die Alliierten wollen nicht, das wir unsere Reserven auf dem Saargau in Stellung bringen. Militärische Stützpunkte sind nicht mehr sicher. Nur eine Frage der Zeit, bis sie unsere Städte in Schutt und Asche legen«, sagte Schworm düster und konnte sich dann eines amüsierten Augenaufschlags nicht enthalten, als er zu Arnulf blickte, der sich gerade den Blechteller vors Gesicht hielt und ihn mit Hundezunge ausleckte.

Fidus betrachtete dabei den Förster. Er war klein, mit knorrigen Armen und staksigen Beinen, die in diesem Moment freilich von der Uniform verdeckt wurden. In seinem markigen Gesicht steckten braune Augen, gedeckelt von braunen, dichten Haaren. Wenn er im Forst unterwegs war, musste er fast selbst wie ein Gewächs wirken. Fidus fiel auf, dass er zu allen Lehrkräften eine Meinung hatte, zu Schworm nicht. Hatte er über Schworm im Unterricht jemals etwas Persönliches erfahren? Jeder Lehrer hatte Eigenheiten, ein komisches Räuspern, eine eigentümliche Kopfhaltung beim Schreiben an der Tafel … aber der Förster? Er lebte mit seiner Frau in einem Forsthaus an der Michaeliskapelle. Sonst wusste er nichts über ihn, außer, dass er sich mit Rassenkunde auskannte.

Schworm winkelte plötzlich seinen Arm an und ließ es auf seine nackte Hand schneien. Still saß er eine Weile da und sah zu, wie die Schneeflocken schmolzen. Er blickte Fidus an. »Du hast ein Auge auf die Kleine vom Buckelhof geworfen, oder?«

»Ich«, rief Fidus erstaunt, »ich, nein, ich …«

»Na, na, so wie du sie im Unterricht anschmachtest und jedem Burschen, der sich ihr auf einen Meter nähert, böse Blicke zuwirfst …«, fuhr Schworm fort. Arnulf begann zu lachen. Der Förster schmunzelte und fügte an: »Hast an der Klara einen Narren gefressen, oder?«

»Natürlich hat er das, ist über beide Ohren verliebt, hat ihr im Zug nach Speyer schon den ersten Brief geschrieben«, sagte Arnulf, sichtlich gelöst von dem heiteren Thema zu dunkler Stunde.

»Seid ihr also wirklich nach Speyer gefahren?«

»Ja«, sagten die drei aus einem Mund.

Schworm nickte verwundert und schwieg eine Weile. Er blickte auf seine Hand, auf der sich nunmehr eine dünne Schicht Schnee gebildet hatte. »Weiß ist die Summe aller Farben. Wusstet ihr das?« Arnulf, Max und Fidus schüttelten im Takt den Kopf. Der Förster blickte sie an, zögerte einen kurzen Moment, als überlege er, ob er fortfahren sollte. »Und Liebe ist die Summe aller Gefühle. Merkt euch das. Hat man einmal das passende Gegenstück gefunden, Fidus, dann weiß man das vom ersten Moment an. Man geht zusammen durchs Leben, man scheidet zusammen aus dem Leben.«

Arnulf wirkte verdattert. »Sie meinen, man bringt sich gegenseitig um, oder wie?«, platzte er hervor.

Schworm lächelte. »Nein, Arnulf. Herzen, die ein Leben lang miteinander verbunden waren, können irgendwann nicht mehr alleine. Stirbt die eine, stirbt der andere. Und umgekehrt. So war es bei meiner Großmutter und meinem Großvater, so war es bei meinem Vater und meiner Mutter – ist die Klara dein Gegenstück, Fidus?«

Fidus richtete sich auf, als säße er auf der Schulbank und wäre gerade aufgerufen worden. »Ich weiß es nicht, Herr

Schworm, aber so etwas wie für die Klara, so etwas habe ich noch nie empfunden«, sagte er.

Der Förster lächelte und zerrieb gedankenverloren den Schnee zwischen seinen Fingern und wischte seine Hand an der Hose ab. »Du bist ein kluger Bursche, Fidus, habe ich schon oft gedacht«, entgegnete Schworm und seufzte. »Dann sehen wir mal zu, dass wir euch aus diesem Schlamassel rauskriegen, in den ihr euch reingeritten habt.« Verblüfft warfen sich Arnulf, Max und Fidus verstohlene Blicke zu. Ein Schatten zog über Schworms Gesicht, er rückte näher und senkte seine Stimme. »Ich kenne eure Väter. Allesamt vertrauenswürdige Männer. Kann ich euch auch vertrauen?«, fragte er und sah jedem in die Augen. »Kennt ihr den Basalt-See am Steinbruch?«

Fidus und Max nickten, Arnulf antwortete: »Klar.«

»Am Kopf des Sees steht eine Hütte, offen nach vorne hin. Kennt ihr die Hütte?« Schworm wartete, keiner der drei rührte sich. Erst als Arnulf zögerlich nickte, fuhr er fort: »Ihr müsst drei Mal gegen den Verschlag klopfen, verstanden? Drei Mal, am besten mit der Faust«, flüsterte Schworm und zog plötzlich einen schweren Rucksack hinter sich hervor, den Fidus bis dahin nicht bemerkt hatte. Mit dem Daumen deutete der Förster auf seine Brust. »Osten liegt hinter meinem Rücken. Wenn ihr euch rausschleicht, seht um Gottes willen zu, dass euch niemand bemerkt, sie würden euch bis aufs Blut nachjagen, nur um an euch ein Exempel zu statuieren«, flüsterte Schworm, stand auf und verschwand in der Nacht.

* * *

Das Senfglas machte die Leere im Kühlschrank erst vollkommen. Was nach schräger Poesie klang, war Fakt, nackte

Wahrheit. Ich hielt den Türgriff unseres Kühlschranks gepackt. Das kalte Licht grub einen Schacht in die dunkle Küche, die ansonsten nur in den Schein einiger Straßenlaternen der Anliegerstraße getaucht war. Es war weit nach Mitternacht. Ich war zu Hause, brauchte Nahrung, und fand deutschen Senf. Diesmal hatte mein Vater nicht einmal Brot, Milch und Aufschnitt gekauft, wie sonst, wenn ich in den Semesterferien ein paar Wochen zu Hause wohnte. Mein Vater. Ich dachte an das Krankenbett, die Kabel, das Fürchterliche, das er erlebt hatte. Ich dachte an seine Hilflosigkeit, seine Gefangenschaft im Vulgären, aber nichts half. Ich war sauer auf ihn. Und ich war verwundert. Das auch.

Betrachtete man meinen Vater einmal aus wissenschaftlicher Sicht, dann war die Evolution schon eine eigentümliche Sache. Da optimierte die Natur Jahrmillionen an ihren Erzeugnissen, verkleinerte oder vergrößerte im Falle eines Menschen die Körperteile, fügte Funktionen hinzu, ließ andere weg oder feilte an ihnen, bis schließlich eine Person vom Fließband rollte, die wie mein Vater zwar imstande war, über abstrakte Symbole auf einem Bildschirm Hunderte Flugzeuge am Tag mit Tausenden Fluggästen vom Himmel zu holen, aber ohne die Existenz von Gaststätten und Mikrowellen wäre diese Person nicht überlebensfähig. So gefragt: Was nützte ein Formel-1-Rennwagen auf einer Buckelpiste?

In dieser Nacht jedenfalls, die Kühlschranktür in der Hand, im stillen Zwiegespräch mit einem Glas Senf, war es das erste Mal, dass mich die Wesensart meines Vaters maßlos aufregte. Sicher, ich war auch müde und hungrig, aber ich war trotzdem sauer: Sauer auf meinen Vater, sauer auf meine Mutter, sauer auf meinen Opa. Ohne zu wissen, warum. Ich war sogar sauer auf den verdammten Senf. Mit Wucht warf ich die Tür zu. Gläser schepperten im geschlossenen Küchenschrank. Es wurde dunkel in der Küche. Ich klatschte auf einen Lichtschalter, öffnete einen Hängeschrank. Was fand ich? *Sauer* eingelegte Gurken.

Die simpelsten Dinge waren für meinen Vater eben eine gigantische Herausforderung, die er deswegen wahrscheinlich erst gar nicht annahm. Mit Putzen begann er erst – und das ist mein voller Ernst –, als ich ihm nach der Scheidung von meiner Mutter eine Putzfrau besorgt hatte. Am Tag bevor die Dame anfangen sollte, reinigte er das komplette Haus, saugte sogar unter den Läufern, weil: In so einen Saustall konnte man ja keine Fremde hereinbitten ...

Es klingt gemein: Der spannendste Moment im Leben meines Vaters schien mir immer seine Geburt gewesen zu sein. Er war in einem Löwenkäfig in Barcelona zur Welt gekommen. Eine aberwitzige Geschichte, danach hatte er aber offensichtlich genug der Aufregung, denn mehr aberwitzige Geschichten waren mir bislang unbekannt. Sein liebster Zeitvertreib: Gartenarbeit, Spaziergänge oder die Rezeption einer sechsstündigen Aufzeichnung der Mondlandung von Apollo 14. Ohne Schnitt. Ohne Kommentar. Sechs Stunden kratzende Funksprüche und krisselige Bilder. Non-Stop. Wo bekam man so ein Video her? Sicher nicht von Amazon. Er musste sich die Aufnahme im Darknet besorgt haben. Oder über Schwarzhandel unter Fluglotsen bekommen haben. Anders konnte ich es mir nicht erklären. Regungslos sah sich mein Vater das Ding an. Er saß dabei im Ohrensessel, den Ellenbogen auf der Lehne abgestützt, Daumen und Zeigefinger unters Kinn gelegt, neben sich ein Glas Orangensaft. Danach wirkte er frisch und erholt.

Mein Vater konnte auch mit stoischer Ruhe einen grottenschlechten Fünfhundertseiten-Roman durchlesen, der ihn von Anfang bis Ende langweilte. Das zog er durch. Danach stellte er das Buch schulterzuckend ins Regal. So ging moderne Work-Life-Balance, nix Hucke vollsaufen und Rumkrakeelen, sondern Literatur, Gartenarbeit, Spaziergänge, Kosmologie, Orangensaft, immer *Zen*, fehlten nur noch Polochsonnen und Bachblütenkuren. Und wenn mein Vater mal einkaufen ging – was er selten tat, da er sich ja im Grunde ausschließlich von den Gaststätten im Radius von zehn Kilometern um unser Haus ernährte –, wenn mein Vater also einmal einkaufen ging, dann lächelte er, wenn vor ihm jemand an der Kasse begann, sein Kleingeld abzuzählen. Das soll ihm mal einer nachmachen! Aber Waschen? Kochen? Sich stimmig und ordentlich anziehen? Zu nichts war mein Vater imstande. Schwächen, die erst zutage traten, als sich meine Mutter von ihm trennte. Über die Hintergründe der Trennung blieb ich weitestgehend im Dunkeln. Man musste den Sohn eben immer vor allem Übel in der Welt bewahren. So wuchs ich auf. In einer Welt voller Harmonie. Meine Eltern kannten sich sogar seit der Grundschule, wenn das nicht der Inbegriff romantischer Liebe war, was dann? Nicht dass ich dabei nichts erfahren hätte: Ich wusste beispielsweise, dass mein Vater als junger Bursche mit meinen Großeltern viel gereist war. Wenn er einmal darüber sprach, wirkte es manchmal wie eine Last, meistens aber wie ein Tatsachen- und weniger wie ein Reisebericht. Zündeten etwa in Nepal wieder ein paar Volldeppen eine Bombe, bekam ich von meinem Vater eine Einordnung in den politischen und kulturellen Kontext des Terroranschlags, eine wertfreie Dokumentation der Sachlage. Ja, so wuchs ich auf: in Liebe, Harmonie und sachlicher Dokumentation.

Als sich also meine Mutter von meinem Vater trennte, wurde ich auch vor vollendete Tatsachen gestellt. Alles war zu diesem Zeitpunkt ausgehandelt. Meine Mutter hatte sogar schon eine Wohnung in Heidelberg angemietet, in Nachbarschaft zu ihrem Vater, der vermehrt Hilfe benötigte. Hatte ich bis dahin auch nur den Hauch einer Vermutung, dass zwischen den beiden etwas nicht stimmte? Es gab nie Streit, den ich miterlebt hätte, nie ein böses Wort. Dabei dachte ich bis dahin, dass ein Kind ja nicht blöd ist. Ich dachte, ein Kind spürt immer, wenn etwas nicht stimmt. So wie ich spürte, dass es irgendeinen Zwist zwischen Opa und Vater geben musste – schon vor dem Eklat mit der Beerdigung meiner Großmutter, denn Fidus war nicht zu der Trauerfeier gekommen. Auf meine Nachfrage gab es natürlich keinen Zwist. Nein, nein. *That's Life. C'est la vie.* Aber wenn der eigene Vater und Großvater zwar höflich, aber nur in Hauptsätzen miteinander kommunizierten, dann spürt man auch als Kleinkind, dass etwas nicht stimmt. Kurz: In der Chronik unserer Familie klaffte eine Lücke.

Unter der Spüle fand ich neben den ganzen Putzmitteln eine unangetastete Flasche Weinbrand, die dort schon seit Ewigkeiten stand. Ein Geschenk. Vater trank keinen Alkohol. Ich goss mir ein Glas ein, ging in sein Schlafzimmer, zerrte eine Sporttasche aus dem Schrank und stopfte notdürftig Klamotten hinein, die er bald brauchen würde. Die Unterhosen mit Eingriff zog ich mit Fingerspitzen aus der Schublade. Ich holte einen Kulturbeutel, verstaute darin allerhand Kosmetik, dann sank ich auf die Bettkante und starrte ein gerahmtes Bild von meiner hochschwangeren Oma Klara an, das auf dem Nachttisch stand. Ich nippte an dem Schnaps, fand ihn fürchterlich und stellte ihn weg. Wenn mich nicht alles täuschte, war das Foto in Barcelona entstanden. Sie trug einen Wollrock, hohe Stiefel und eine ärmellose Bluse. Auf ihrem Kopf saß ein Barett. Sie lächelte in die Kamera – hatte Opa das Bild gemacht? Und konnte es sein, dass Opa mir vorhin mit seinen drei Toden dreist ins Gesicht gelogen hatte? Aber woher konnte er dann von der Flucherei wissen?

* * *

Ich erwachte vom Geruch frischer Croissants und Milchkaffee. Meine Mutter saß auf meinem Bettrand, eine blasse Februarsonne schien hell durch das Fenster, es musste schon später Vormittag sein – war der Akku meines Telefons über Nacht leergegangen? Hatte ich den Alarm gehört und wieder ausgestellt? Ich setzte mich auf, rieb mir die Augen, doch Mutter hatte nur ein pflichtbewusstes Lächeln für mich übrig. Sie wirkte ernst und ich vermutete das Schlimmste.

»Was ist?«, fragte ich nervös, dabei war es in meiner Brust zu eng für mein Herz, »was ist los? Geht's ihm … «

»Ich komme gerade aus dem Krankhaus«, antwortete meine Mutter kühl und machte eine dramatische Pause, »wären dein Vater und ich nicht längst geschieden, dann spätestens jetzt!«

»Das Fluchen?«, fragte ich halb erleichtert.

»Das ist ja uuuunfassbar!«

»Die Ärztin sagt, das vergeht wieder, Mama.«

»Ja, weil ich ihn beim nächsten Mal umbringe, wenn ich ihn sehe!«, kreischte sie.

Ich blickte meine Mutter amüsiert an. Sie sah gut aus, trug eine cremefarbene Hose und einen zitronengelben Kanzlerinnenblazer. Nach der Trennung von meinem Vater hatte sie abgenommen, ihre dunklen Haare trug sie schulterlang. Albern war ein wenig ihr Smartphone, das sie seither an einer langen Handykette aus marineblauen Holzperlen trug und sich wie einen Brustbeutel umzuhängen pflegte.

»Dann gehe jetzt mal besser ich ins Krankenhaus, würde ich sagen, er braucht ja Waschzeug und frische Unterwäsche – ist er noch auf der Intensivstation?«

»Nein, wurde verlegt, wahrscheinlich haben sie seine Beleidigungen nicht mehr ertragen, ich habe ihn schon auf dem Flur gehört«, sagte meine Mutter aufgebracht. Mit jedem Wort nahm ihre Stimme mehr Reißaus nach oben. »Also, eeeiiigentlich gehört dieser Mann auf eine Isolierstation – weißt du, wie er eine Schwester genannt hat?«

»Kann's mir vorstellen«, seufzte ich, der ganze gestrige Tag lief noch einmal vor mir ab. »Warum bist du erst heute gekommen?«, fragte ich – es klang vorwurfsvoller, als es gemeint war.

»Ich habe so schnell niemanden für Opa Horst gefunden. Ich habe mir auch erst vorhin mit Tante Brigitte die Klinke in die Hand gegeben. Sie bleibt erst einmal. Ist Opa Fidus gestern noch gekommen?«

»Ja, er war da. Warum sind Opa und Papa eigentlich so zerstritten? Doch nicht nur wegen der Sache mit Omas Beerdigung, oder?«, fragte ich.

Mutter überlegte. »Ich hatte auch keinen wirklich guten Draht zu ihm. Wir gingen uns eher aus dem Weg. Opa ist speziell«, sagte sie schließlich, »damit muss man umgehen können. Fred und Fidus kamen eben nie wirklich miteinander aus, sie sind grundverschieden. Deine Oma war der Kitt in der Beziehung. Der endgültige Bruch kam aber nach ihrem Tod. Ich weiß bis heute nicht, wo Fidus bei der Beerdigung war. Wenn Fred es weiß, dann wollte er es mir nicht sagen. Dein Vater ist bekanntlich verschlossener als das Erdinnere. Er war jedenfalls sehr verstört in dieser Zeit.«

Als ich gegen Mittag den Krankenhausflur entlangging und schließlich das korrekte Zimmer gefunden hatte, gab ich mir mit einem recht eigentümlichen Mann die Klinke in die Hand. Er war gertenschlank, hatte schwarze, lange Haare und nussbraune Augen. Er trug ein ockerfarbenes Sakko mit schwarzem Revers, dazu eine schwarze Hose mit ockerfarbenen Nähten, die leicht glitzerte. Er wirkte auf mich, als hätte er lateinamerikanische Wurzeln. Er grüßte mich mit Sternenlächeln. Verblüfft sah ich ihm nach, wie er mit Hüftschwung den Krankenhausflur entlangschlenderte. Lag mein Vater mit einem anderen Patienten im Zimmer, der von dem Paradiesvogel besucht worden war? Hatte mein Vater nicht eine Privatversicherung mit Einzelzimmergarantie?

Letzteres war der Fall. Mein Vater war allein im Krankenzimmer. Neben seinem Bett stand ein üppiger Blumenstrauß, und daneben lag eine Pralinenschachtel. Ich wollte gerade nachhaken, wer der Mann gewesen war, da stutzte ich. Mit verschränkten Armen saß mein Vater auf dem Bett, er starrte zum Fenster hinaus. Es war ein grauer Tag, die Sonne hatte heute Morgen nur kurz durch verquollene Wolken hindurchgeblinzelt. Ich wusste nicht einmal, ob mein Vater mich bemerkt hatte, da sagte er plötzlich, ohne mich anzublicken: »Setz dich, Sohn.«

Sagte er wirklich so.

Und was tut man in so einem Fall?

Man setzt sich.

Ohne große Widerworte.

»Du weißt, ich bin spät zum Christentum gekommen und habe zum Katholizismus konvertiert«, begann er sachlich. Er blickte mich ernst an, die Arme weiterhin vor der Brust verschränkt. Ich nickte. Er sprach weiter, seine Miene verhärtete sich: »Und da erzählen die etwas vom Leben nach dem Tod, vom Himmel, in dem es kein Leid mehr gibt, von ewiger Glückseligkeit und einem hellen, warmen und wunderschönen Licht – und weißt du, was da ist?« Mit jedem Wort schraubte sich seine Stimme nach oben, das letzte Wort spie er förmlich aus: »Nichts!«

»Oh«, sagte ich.

»*Oh? OOOHH!?!* Ist das alles?«, krakeelte mein Vater.

Ich blies meine Backen auf und überlegte, auf welcher Route ich am schnellsten zu Opas Pflegeheim käme – manchmal ist Flucht die beste Strategie.

***

Mit jedem Schritt tauchten sie tiefer in die rabenschwarze Nacht. Arnulf, Max und Fidus zitterten. Ihnen war kalt. Sie fürchteten sich, waren aufgepeitscht und hatten Müh und Not jeden Schritt, den sie taten, geräuschlos zu tun. Jedes Rascheln und Knacken fuhr ihnen durch Mark und Bein. Sie kamen kurz zum Stehen, atmeten flach, ihre Blicke irrten umher. Die Feuer auf dem Drachenfels waren nur noch Flecken in der Nacht, weit über ihnen. Fidus war erstaunt, wie weit sie auf ihrer Fahnenflucht – ihrer zweiten an diesem Tag – bereits gekommen waren. Er trug den schweren Rucksack von Schworm auf dem Rücken. Seinen eigenen Rucksack hatte er an seine Brust geschnallt. Er suchte Halt, indem er sich mit der Schulter an den Stamm einer Kiefer lehnte.

»Siehst aus wie ein Pfifferling«, hörte er Arnulfs Stimme neben sich.

»Eher ein Champignon«, piepste Max.

Fidus wollte das Grinsen sehen, wenigstens die feinen Linien des Lächelns, die zu den Sätzen gehörten, das hätte ihm gutgetan. Doch da stützte Arnulf seine Hände auf den Knien ab, ließ den Kopf hängen und atmete durch. Max wechselte geringfügig seine Position. Geäst knackte dumpf unter der dünnen Schneedecke. Der Schreck fuhr allen in die Glieder.

»Wo liegt Osten?«, flüsterte Fidus nach einem Moment.

»Den Hang runter, querfeldein«, sagte Arnulf.

»Woher weißt du das?«

»Weiß ich eben.«

»Sprecht um Gottes willen leiser«, hauchte Max.

Sie hielten den Atem an, lauschten in die Stille, da explodierte das Licht. Der grelle Strahl einer Taschenlampe schoss in ihre Gesichter. Max kreischte auf. Eine zweite Leuchte kam hinzu, dann eine dritte. Sie waren gefangen, einkesselt in einem Lichtkegel. Fidus spürte eine Bewegung neben sich in der Dunkelheit. Ein Soldat schob sich in den Schein. Fidus blickte in den Lauf eines Gewehrs, instinktiv ging er rückwärts, bis er mit Max und Arnulf zusammenstieß, die ebenfalls vor Gewehrläufen zurückwichen – wie viele Soldaten hatten ihnen aufgelauert?

»Was macht ihr hier?«, erklang eine blecherne Stimme hinter der Taschenlampe.

»Wir suchen das Lager, sollen uns zum Dienst melden«, erklärte Fidus. »Aber wir haben es jetzt auch gesehen, da oben sind ja die Lagerfeuer.«

»Lügner. Ihr *kommt* aus dem Lager«, sagte die Stimme.

»Heinrich?«, hörte er Arnulf, ohne zu wissen, was oder wer *Heinrich* sein sollte. »Heinrich, bist du das? Ich bin's, Arnulf, komm schon.«

»Ein Verpisser, das bist du«, knirschte der Soldatenheinrich und stupste Arnulf unsanft mit dem Gewehrlauf an.

»Nein, nein, wir suchen doch nur das Lager«, klagte Fidus.

»Da habt ihr Glück, das können wir euch zeigen, los Abmarsch.«

Da schrie Arnulf: »Nehmt die Beine …!«

… In die Hand?

Wenn Arnulf diese letzten Worte noch aussprach, dann hörte sie Fidus nicht mehr. Er sah nur, wie sein Freund mit flacher Hand den Gewehrlauf wegschlug und in die Dunkelheit hinabstürzte. Kopflos hechtete Fidus hinterher. Arnulf war nur noch ein Umriss in der Finsternis, ein Flirren und Rauschen in der Schwärze vor ihm. Fidus folgte ihm blind. Ein Schuss zerriss die Nacht. Wo war Max? Hinter ihnen? Dann geschah, was geschehen musste. Fidus rechter Stiefel fuhr unter eine Wurzel oder einen Stock, er riss an seinem Fuß, beugte sich nach vorne, um auf dem abschüssigen Gelände das Gleichgewicht nicht zu verlieren. Sein Gepäck erledigte den Rest. Der Rucksack an seiner Brust zog Fidus nach vorne, der Rucksack am Rücken drückte ihn zu Boden. Er sah den Boden gar nicht auf sich zukommen, so finster war es, aber er spürte ihn. Alle Luft presste ihm der Aufprall aus den Lungen. Dreck knirschte zwischen seinen Zähnen. Fidus schmeckte Blut in seinem Mund. Doch damit war es nicht vorbei. Kopfüber stürzte er den Hang hinab, überschlug sich mehrere Male, bis er zum Erliegen kam. Von seiner heißen Stirn rann geschmolzener Schnee und tropfte in seine Augen. Weit oben im Wald flammten immer mehr Lichter auf. Sie schrien Befehle. Kurz saß Fidus belämmert auf dem Boden, wischte sich mit dreckigen Händen über die Augen, da tauchte Arnulfs bleiches Gesicht in der Dunkelheit vor ihm auf, wie ein Uhu, der auf seine Beute herabstieß. Er packte die Riemen von Fidus' Brustrucksack und riss ihn samt Träger auf die Beine.

»Bist du blöd?«, zischte er. »Die kommen!«

Fidus spürte nichts. Nicht einmal sein Herz, das still seinen Dienst verrichtete. Er rannte, stolperte, strauchelte, fing sich und rannte immer weiter den Wald hinab. Irgendwann wurden die Geräusche hinter ihnen leiser, die Bäume lichter, bevor sie endgültig zur Seite wichen. Fidus blieb stehen. Eine weite, schneebedeckte Fläche lag vor ihm. Wege, Wiesen, Hügel, struppiges Unterholz oder knorrige Stümpfe: Der Schnee hatte alles in Sanftmut versenkt. Die Umgebung schillerte, obwohl Fidus keinen Mond sah. Die Spitzen der Bäume ragten majestätisch in die Nacht, ihre schneebedeckten Zweige bogen sich. Fidus drehte sich um, sah verirrte Lichter von Taschenlampen hinter sich. Wo war Arnulf? Er war wie vom Erdboden verschluckt. Müsste er seine Fußstapfen nicht im Schnee sehen, wenn er die Lichtung überquert hätte?

»Arnulf!«, schrie er heiser. »Arnulf! Arnulf!«

Eine kühle Brise wehte Fidus unvermittelt ins Gesicht und plötzlich blitzte sie auf, die Erinnerung an Klara, ganz kurz, er wusste nicht wie ihm geschah. Noch im Oktober waren sie zusammen Rad gefahren, an einem der letzten milden, sonnigen Tage des Jahres. Eine Ahnung des Herbstes lag in der Luft. Eine kühle Brise pfiff ihm um die Ohren. Klara war vor ihm, trat mit Elan in die Pedale, so dass er ihr kaum hinterherkam. Ihre frisch gewaschenen, langen Haare wallten im Fahrtwind. Und sie roch so gut, und sein Herz war so leicht, und sie hatten gelacht, trotz des Krieges und allem – wo war das alles hin, das ganze Erlebte? Wie bekam man es zurück? Er wollte doch nur Rad fahren in der Herbstsonne. Mit Klara.

»Arnulf!«, schrie Fidus. »Arnulf!«

Hals über Kopf stürzte er los. Mit jedem Schritt entfernte sich der Waldrand weiter von ihm. Seine Füße taten mechanisch ihren Dienst, sein Atem entfloh in die Dunkelheit. Er rannte, so schnell er konnte, und hatte dennoch das Gefühl, nicht schnell genug zu sein. Ein besseres Ziel konnte man einem Schützen auf dieser Lichtung nur noch bieten, stand man artig still – nur wohin rannte er? Querfeldein nach Osten? Fidus wurde langsamer, drehte sich einmal um die eigene Achse, ging ein paar Meter rückwärts und blieb stehen. Das halbe Dutzend Lichter war plötzlich links von ihm, oben im Wald, sie schienen nicht mehr direkt auf ihn zuzusteuern. Hatten sie die Richtung geändert? Verfolgten sie vielleicht Arnulf? Doch da hörte er die laute Stimme seines Freundes, er wusste nicht, woher sie kam, geschweige denn, was er schrie. Das Blut rauschte so laut in seinen Ohren, er konnte ihn nicht verstehen. Brauchte er Hilfe?

Fidus drehte sich um sich selbst, lauschte in die Eisesstille, versuchte die Worte zu entschlüsseln.

Komm da runter?

Rief Arnulf das – und wenn ja, was sollte das bedeuten? Runter?

Von was?

Komm da runter – du Vollidiot?

Es knirschte unter Fidus' Füßen.

***

Seine Kehle saß in seinem Hals wie ein zu fester Riemen. Seine Lunge rasselte, jeder Atemzug schmerzte. Noch bevor er ins Gesicht des Nazis blickte, spürte er, dass er fror. Vor allem seine Füße. Er versuchte mit den Zehen zu rollen, aber der Schmerz brachte ihn um den Verstand. Es war dunkel und eng, viel enger als die Dunkelheit sein konnte. Dabei war er wach. Oder war er in einem Albtraum gefangen? Hatte er sich verirrt, tief im Gebirge seines Selbst? Dann kam seine

Erinnerung wieder, kam auf ihn zu, so langsam und unheilvoll wie Ermlichs Einheit. Das Lager, die Lichtung, die Flucht, der Schrei. Arnulf. Max. Der Nazi schob sich weiter in sein Blickfeld. Fidus blinzelte. Wasser troff aus seinen Augenbrauen. Alles war verschwommen. Der Mann hatte ein hageres Gesicht voll dunkler Bartstoppeln ums Kinn. Auf dem Kopf trug er eine schwarze Schirmmütze mit silbernem Parteiadler und Totenkopf darauf. Er war ein Unterscharführer der SS, wie Schworm oder Ermlich.

Fidus wusste, dass nun alles aus war. Sein Leben war verwirkt, es musste so sein. »Dummschädel«, hörte er sich sagen. Trotz seiner Angst, die er fühlte, seinem Drang, um Mitleid zu winseln, hörte er sich weitersprechen: »Schwafelst von Rassenhygiene und schaffst es nicht einmal, dich zu rasieren.«

»Entschuldigung?«

»Scheißkopf«, hörte Fidus seine eigene Stimme.

Er wusste nicht, wo die Worte herkamen.

Er verstand und erfasste, was er sagte.

Wollte aber nicht sagen, was er sagte.

Auch, wenn er es so meinte.

Ja, er meinte es so.

Ich hasse das dreckige Nazigesindel, dachte Fidus.

»Nazigesindel«, hörte er sich prompt selbst sagen und wurde das Gefühl nicht los, unter der Erde zu liegen. In einer Höhle? In einem Loch? Die Luft war dicht und dreckig. Voller Ruß und Rauch, menschlicher Ausdünstungen und Auswürfen aller Art. Seine Klamotten waren nass und klebten an seinem Oberkörper. Er zitterte. Sein Gesicht war taub, seine Brust tat weh.

»Bist auf den See gerannt und eingebrochen«, sagte der Nazi. »Dein Freund hat dich gerettet.«

Arnulf? Max? Die Gesichter seiner beiden Kameraden erschienen vor Fidus innerem Auge, sie waren aber leer, fleischfarbene Flecken ohne Kontur. Wo waren sie? Warum schob sich ein Nazi in sein Gesichtsfeld? Waren seine Freunde schon standrechtlich erschossen worden? Doch statt sich nach seinen Kameraden zu erkundigen, fauchte er: »Die Welt vor Augen und blind wie Maulwürfe.«

»Was?«, fragte der Nazi.

»Ihr strunzdummen Braunhemden seid so dämlich«, entgegnete Fidus entnervt, »ihr seid das Dümmste, das mir je begegnet ist – habt die Welt direkt vor euren Augen, aber sie nie angesehen.«

Ein zweiter Mann drängte sich in Fidus' Blick. Er kam Fidus irgendwie bekannt vor. Er war jung, wirkte aber noch verwahrloster, war kreidebleich, mit tiefliegenden Augen.

»Kackvogel. Widerling. Schwein«, begrüßte ihn Fidus.

»Steht unter Schock«, sagte der alte Nazi.

»Mörder. Germanenfuzzi. Hurenkind.«

»Meine Sympathie hat er«, sagte der junge Nazi.

»Feigling. Sadist. Kleingeist. Verbrecher. Hundsfott. Saaausaaack.«

»Irgendwann müssen ihm doch die Beleidigungen ausgehen.«

»Arschnase«, entgegnete Fidus.

»Ich heiße Noah, das ist Elias«, sagte der alte Nazi. »Wie heißt du?«

»Ich bin Fidus, du Stück Scheiße.«

* * *

»Juden?!«, rief ich ungläubig und setzte mich vollends auf Opa Fidus' Bett. Meine Beine baumelten herab, meine

Hände lagen in meinem Schoß – ein kleiner Bub, der einer spannenden Geschichte lauscht.

»Ja, so war es«, antwortete Opa, der in einem Lehnstuhl an der Bettseite saß, »Schworm hatte den Ochsenjuden und seine Familie versteckt. Vor dem Krieg hatte ich sie immer ihre Tiere durchs Dorf treiben sehen, die sie in der Umgebung verkauften. Sie bewirtschafteten einen Hof in der Nachbarschaft von Schworms Forsthaus. Irgendwann waren sie verschwunden.«

»War Schworm gar kein Nazi? Warum dann das ganze Getue?«

Opa nickte und verfiel in Schweigen. Ich blickte mich kurz in seiner *Seniorenresidenz* um, sein Zimmer wirkte wie aus dem Sterilisator gegossen. Weiße, glatte Wände. Grünes Linoleum mit schwarzbraunen Sprengseln. Furnierter, glänzender Holzschrank. Metallgestänge an Nachttisch und Bett. Der Raum war ohne Frage schnell zu reinigen, um Platz für einen neuen *Residierenden* zu schaffen. An der Wand hing eine gerahmte, nostalgische Schwarz-Weiß-Fotografie eines leeren Zoogeheges mit offenstehender Tür. Wenn das eine Anspielung auf das Leben hier sein sollte, fand ich es zutreffend geschmacklos. In einem Unterschrank mit halboffener Tür stapelten sich zerfledderte Krimis. Was ich nie ganz verstanden hatte, dass Opa dieselben Krimis immer und immer wieder lesen konnte. Irgendetwas Persönliches konnte ich nicht entdecken, nicht einmal ein Foto von Klara, was mich irritierte – wie hatte es Opa nur zwanzig Jahre hier ausgehalten?

»Entschuldigung, was hast du gefragt?«, fragte Opa schließlich.

Ich lächelte. »War Schworm kein Nazi?«

»Hm«, sagte Opa nachdenklich, ballte die Fäuste und

klopfte auf die Stuhllehen. »Mir fällt das verflixte Wort nicht ein, Alo«, knurrte er.

Ich schmunzelte, es war schon erstaunlich. Ich hatte unzählige Details meiner Großeltern in Erinnerung und wusste doch nichts über sie. Ihr Leben war für mich ein nebelverhülltes Gebirge, hier und da erkannte man eine zerklüftete Kontur, eine Bergspitze schälte sich hervor. Das war es auch schon. Nur weil ihm in diesem Augenblick ein Wort nicht in den Sinn kam, fiel mir auch auf, dass ich meinen Großvater immer gesund erlebt hatte, zumindest so lange ich denken konnte. Wenn ich mich recht erinnerte, war ihm nur einmal eine Bandscheibe herausgerutscht, als er mit aller Gewalt versucht hatte, ein Gurkenglas zu öffnen. Dabei hätte er es nur zwei-, dreimal gegen die Tischkante klopfen müssen. Weiß jeder. Aber Opa wollte das Glas allein mit seiner Manneskraft öffnen – und verlor. Es sind ja auch diese Kämpfe, die uns täglich töten, das Wort, das wir uns nicht merken können, aber anstatt es einfach anzunehmen, fuchst es uns und treibt uns in den Wahnsinn und …

»Burgfrieden«, platzte Opa plötzlich hervor, »das ist das Wort, hast du schon mal von einem Burgfrieden gehört?«

»Du meinst die Redensart in der Parteipolitik?«

»Die Redensart fußt auf dem Waidwissen der Förster. Kaninchen oder Dachse graben weitverzweigte Bauten. Suchen sich Füchse eine Bleibe, dann beziehen sie oft diese Erdhöhlen. Natürlich in Teilen, in denen Kaninchen oder Dachse nicht hausen. Sie wohnen dort friedlich zusammen. Nicht einmal im Umfeld des Baus bejagt sie der Fuchs. Schworm erzählte uns davon an unserem ersten Unterrichtstag in Heimatkunde. Verstanden habe ich das damals nicht. Es wirkte aus dem Zusammenhang gerissen. Danach arbeitete er sich am Lehrplan ab. *Das Volk und sein Bluterbe* und dieses ganze fürchterliche Zeug. Er unterrichtete bis zu den Sommerferien 1944. Immer wieder wurden dann im Umkreis öffentliche Einrichtungen zerbombt. Die Schule fiel ständig aus. Ganz zu meinem Verdruss. Ich sah deine Großmutter nicht mehr so regelmäßig, wie ich es gerngehabt hätte.« Opa zwinkerte. »Schworm war zu dieser Zeit schon nicht mehr da. Bis zum Drachenfels hatte ich ihn wochenlang nicht gesehen. Wenn ich mich recht erinnere, dann habe ich Schworm damals das erste Mal in Uniform gesehen. Wenn ich ihm außerhalb der Schule begegnete, trug er Jagdtracht. Im Unterricht hatte er einen Anzug an, mit Weste, Taschenuhr und Monokel. Nun ja. Erst nachdem er uns geholfen hatte, zu fliehen, habe ich mich gefragt, ob er uns mit dieser Geschichte über den Burgfrieden was anderes mitteilen wollte. Er war kein Fuchs, er war ein Kaninchen.«

Ich schwieg einen Moment. Fidus starrte zum Fenster hinaus. »Du hast hier gar keine Bilder oder Andenken, alles ist so kahl, warum?«

Opa lächelte und tippte sich an die Stirn. »Ist alles in meinem Kopf. Ich habe so viele Bilder in mir, die weißen Wände sind für mich wie die Leinwände meiner Erinnerung.«

»Und wie lange hast du in dem Erdloch festgesessen? Haben die Juden überlebt? Wer hat euch versorgt?«, bohrte ich nach, obwohl ich das Gefühl hatte, dass er allmählich müde wurde.

Anstatt zu antworten, erhob er sich auch aus seinem Stuhl. Er nahm beide Arme zu Hilfe, die er auf den Stuhllehnen abstützte. »Komm, ich lade dich auf einen Kaffee im Gemeinschaftsraum ein«, sagte Fidus und hielt kurz inne, »wenn man das Kaffee nennen kann. Die haben Angst um den Blutdruck der Heimbewohner. Deswegen schlafen hier auch alle.«

Ich folgte ihm zur Tür. Fidus blieb stehen und drehte sich nochmals um. »Und du darfst keine Kondensmilch in den Kaffee reintun, sonst schmeckt der Kaffee nach nichts anderem wie Kondensmilch – *capisce*?«, fragte er, was aus seinem Mund wie *Kapitsche* klang.

»Ich werde es mir merken, Opa«, sagte ich.

Doch Opa Fidus zog die Tür nicht auf, er verharrte an Ort und Stelle. Wieder drehte er sich zu mir um. »Weißt du, was ich mich bis heute immer wieder frage: Habe ich geflucht, weil ich tot war. Oder habe ich geflucht, weil ich wieder am Leben war?«

* * *

Die jüdische Familie hatte Fidus zwar von einem halbgefrorenen in einen halbwegs geschmeidigen Zustand versetzt, aber seither kämpfte er gegen eine Eiseskälte in seinem Inneren an. Er wurde geschüttelt und erschlaffte. Es war, als wollte der Tod noch nicht von ihm lassen, als versuchte der Tod langsam das Gefäß seines Körpers zu füllen. Jeder Muskel in ihm wehrte sich dagegen. Er bebte, zitterte, verkrampfte und erstarrte. So lag Fidus da, alleingelassen mit seinem Kampf. Entkleidet bis auf die Unterhose. Gebettet auf Dreck, Moos, Stein und Decken. An der Brust der Finsternis. Zugedeckt mit Lumpen. Fidus Bergmann. Fünfzehn Jahre jung. Im Krieg geblieben, ohne im Krieg gewesen zu sein. Tot und wieder zum Leben erweckt.

Ein spitzer Stein bohrte sich in seinen Rücken, aber Fidus rührte sich nicht, suchte keine bequemere Position. Er wagte es nicht, sich zu bewegen, ohne zu wissen warum – hielt ihn vielleicht nur der Schmerz im Diesseits? Sein Zittern erfüllte sein Denken, als bestünde die Welt aus nichts als Kälte und

Dunkelheit. Und da waren Geräusche. Ein Flüstern, das von ihm selbst zu kommen schien. Ein Schaben an den Höhlenwänden, als kratzte eine Horde Höllenhunde daran, um ihn zu holen und den Fehler des Schicksals zu korrigieren. Oder träumte er? Fidus war wach und schlief. Beides zugleich – nur was war was? Er hörte Klagen, Rascheln, ersticktes Husten – kamen die Geräusche von der schlafenden Familie Baumbach, den Ochsenjuden?

Erst als es dämmerte, an zwei, drei Stellen der Höhle zarte Lichtflecken schimmerten und das Laken der Dunkelheit erste Risse bekam, stemmte er seine Fersen auf den Boden, schob sich zur Seite, um den spitzen Stein loszuwerden. Es war, als zöge jemand ein glühendes Messer aus seinem Rücken. Der stechende, pulsierende Schmerz ließ ihn aufstöhnen. Ein eisiger Luftzug drang unter seinen Berg aus Lumpen, ließ ihm die Haare zu Berge stehen. Dann atmete er aus, sank auf den harten Steinboden – und dachte an Klara. Das zarte Beben seines Körpers war verschwunden. Es fiel ihm augenblicklich auf. Dachte er an Klara, weil das eigentümliche Zittern in seinem Inneren verschwunden war? Oder war das Zittern verschwunden, weil er an Klara dachte?

Müdigkeit schwappte über ihn hinweg, doch plötzlich bewegte sich etwas in der Höhle, ohne dass er irgendetwas erkennen konnte. Ein bläuliches Licht machte Konturen aus Wurzeln, Dreck und Stein sichtbar. Er hörte ein Plätschern in einen Metalleimer. Es roch nach warmem Harn und gekochtem Wildfleisch. Zartes Klappern, leises Schlürfen, ein Murmeln: *Baruch atta adonai elohenu, melech ha-olam, hamozi lechem min ha aretz.* Frau Baumbach tauchte über ihm auf. Sie war der Sonnenaufgang, das größte Bedürfnis nach Zuwendung und Gesellschaft, was er jemals gefühlt hatte.

Sie legte ihm die Hand auf die Stirn, erst dann schien sie zu bemerken, dass er wach war. Seine Augen waren so an die Dunkelheit gewöhnt, dass seine Pupillen zu zwei schwarzen Löchern geweitet waren.

»Hast nicht mehr geatmet, Junge«, sprach sie mit sanfter Stimme, »kannst von Glück sagen, dass dich dein Freund aus dem Wasser gezogen hat.«

»Ist er wach?«, drang ein Flüstern über ihre Schulter hinweg.

»Tabea, sei so gut und reich mir eine Tasse Brühe«, gab sie zurück, und ihre Stimme schwebte engelsgleich zu ihm herab. Ava Baumbach.

Fidus kannte sie, er hatte sie und ihre Familie bis vor zwei, drei Jahren immer mal im Dorf gesehen, dann waren sie verschwunden, wie alle Juden verschwunden waren. Niemand wollte wissen wohin. Licht tanzte plötzlich über die Höhlendecke. Ihr dunkles Gesicht bekam erste nennenswerte Kontur. Das Flammenauge einer Kerze schwebte auf ihn zu und Fidus sah mit einem Mal in das Gesicht einer ausgemergelten Frau, die nur noch ein Schatten der rundlichen Bäuerin war, die er einmal gekannt hatte. Hohlwangig, fahl und schmutzig. Hautlappen wie gegerbtes Leder. Sie schob ihre knochige Hand unter seinen Rücken und versuchte ihm aufzuhelfen. Doch Fidus rutschte nur etwas nach hinten und bettete seinen Kopf leicht schräg gegen die Höhlenwand. Ein urtümlicher Geruch nach Wild stieg ihm in die Nase. Ava Baumbach setzte ihm die Tasse an die Lippen.

»Stinkbrühe, wollen Sie mich vergiften?«, hauchte er heiser und schlug sofort die Augen nieder. Er konnte klar denken, das schon, nur beim Sprechen schien ihm weiterhin lästerlichstes Fluchen zu entweichen. Er hatte es auch ausprobiert, mehrmals, jetzt fiel es ihm ein, vorhin, in der

Schwärze seiner Gedanken, in diesem kleinsten Nenner, den es von seinem Selbst nur noch gegeben hatte, hatte er geflüstert – war es sein eigenes Flüstern gewesen, das er gehört hatte? Er wollte *Nationalsozialisten* sagen, flüsterte aber *Arschkrampen*. Fidus schüttelte beschämt den Kopf, Ava Baumbach stellte ihm die Tasse in den Schoß, er umfasste sie mit den Händen. *Verzeihen Sie, ich kann nichts gegen das Fluchen tun*, wollte er sagen, stattdessen brachte er: »Das Dreckszeug brennt« hervor und spürte heiße Tränen auf seinen Wangen.

»Schon gut, schon gut, erinnerst mich an meinen Großvater. Konnte saftig fluchen, dass sich selbst der Herr die Ohren zuhielt. Das wird schon«, sagte Ava Baumbach und streichelte ihm den Kopf.

»Mama«, hörte Fidus eine anprangernde Stimme.

»Gib Ruhe, Elias, das ist kein Mann, das ist ein Junge«, gab sie zurück.

Fidus sah einen Schemen. Für einen kurzen Augenblick drang Licht herein. Die ganze Höhle flammte auf in Konturen und Formen.

Hatte Elias den Unterschlupf verlassen?

Und warum?

War er zornig auf ihn?

Weil seine Mutter ihm Brühe gegeben hatte?

Oder ihn berührt hatte?

»Das wird schon, trink die Brühe«, wiederholte Ava Baumbach.

Doch Fidus wagte es ebenso wenig die Tasse an die Lippen zu setzen, wie nochmals einen ganzen Satz zu sprechen. Er beschränkte sich auf einzelne Worte, in der Hoffnung, dass ihm keine weiteren Beleidigungen mehr entfuhren: »Max? Arnulf?«, fragte er.

»Sind das deine Freunde?«, fragte Ava Baumbach. Fidus nickte. »Einer hat gegen unseren Verschlag gehämmert«, fuhr sie fort, »als wir uns nach draußen trauten, hatte er dich schon aus dem Eis gefischt. Du hast nicht geatmtet.«

»War ein tapferer Bursche, hat so lange auf deine Brust gehämmert, bis du Wasser gespuckt hast, dann ist er wieder verschwunden«, hörte Fidus eine andere Stimme – die des Vaters Noah?

Fidus konzentrierte sich auf das eine Wort, das er sagen wollte. »Nass?«, fragte er und dachte an sich selbst, halb erfroren, trotz trockener Sachen.

Kurz herrschte Stille in der Höhle. »Dein Freund war nicht nass, wenn du das meinst, er bekam dich am Wickel aus dem Weiher gefischt. Ist kein tiefes Gewässer, vielleicht zwei Meter. Wegen deiner Rucksäcke bist du wie ein Stein untergegangen. Vielleicht konnte dein Freund fliehen. Bist du vom Drachenfels gekommen?«

Fidus nickte.

»Wie viele sind da oben?«

»Viele. Hurenkinder.«

»Wie lange bleiben die Truppen?«

Fidus schüttelte den Kopf. »Abmarsch. Heute.«

»Das ist gut, das sind gute Nachrichten«, hörte er die erleichterte Stimme, die in der ganzen Höhle zu existieren schien und von den nackten Steinwänden hallte.

»Wo?«, fragte Fidus und ließ seine Augen kreisen.

»Wo wir sind?«, fragte Ava Baumbach.

Fidus nickte.

»Ein alter Schurfstollen, wurde nie zu einem Bergwerk ausgebaut. Der Eingang ist durch den Unterstand verdeckt. Förster Schworm hat uns hergebracht.«

»Wie lange?«, fragte Fidus.

»Die Schworms versteckten uns auf dem Dachboden, es wurde zu gefährlich, seit einem halben Jahr sind wir ...«

In diesem Moment füllte erneut das Morgenlicht die Höhle, doch die Helligkeit währte nicht lang. Elias schob schabend den Holzverschlag zu, es wurde schlagartig dunkel. »Seid still. Kerze aus. Es kommt jemand«, zischte er, berührte eine Art Stein am Türpfosten und küsste seine Finger.

* * *

Meine gute, liebe Klara,

heute haben wir frohen Mutes einen Zug bei Kaiserslautern bestiegen, von hier geht's zum Westwall. ~~In meiner Tasche trage ich immer noch ein Stück von Eurem Speck, ich habe es nicht übers Herz gebracht, ihn zu essen.~~ *In meinem Herzen trage ich alle Erinnerungen an Dich und unser Beisammensein vor meiner Abreise. Was sogar gegen die Kälte hilft, liebe Klara, ob Du es glaubst oder nicht: Ich Ungeschickter bin auf dem Weg zum Bahnhof in eine Pfütze gefallen.* ~~Du weißt ja, wie tollpatschig ich manchmal sein kann.~~ *Das Gelächter meiner Kameraden erspare ich Dir. Du kannst es Dir sicher ausmalen.*

Der gute Arnulf half mir auf die Beine, lieh mir zeitweise sogar seinen Mantel, aber es half nichts, ich zitterte wie Espenlaub. Das lag sicher auch an dem eisigen Zugabteil, aber niemals habe ich so gezittert in meinem ganzen kurzen Leben. Weißt Du, was geholfen hat? Du! ~~Erst~~ *Der Gedanke an Dich,* ~~beendete diese Misere,~~ *wärmte mich, hatte die Kraft, alles Übel aus der Welt zu vertreiben* ~~und selbst den Tod in seine Schranken zu weisen.~~ *Die Kameraden schlafen nun, der Zug hat gehalten, wir stehen irgendwo auf einem Rangierbahnhof in der Finsternis, und ich*

*beende diese paar Zeilen mit tiefster Zuneigung, dass Du mir
sogar zu helfen vermagst, wenn ich nur in Gedanken bei Dir bin!*

*Küsse Dich, bei Tag und Nacht,
ist für mich gerade dasselbe,
Dein Dich verehrender,
Fidus*

* * *

Waren seine fiebrigen Albträume der Nacht eine Vorahnung
des bevorstehenden Morgens gewesen? Er hörte die Hunde
schon von weitem. Suchten sie nach ihm? Hatten sie Max
und Arnulf geschnappt? Seine Freunde die ganze Nacht ver-
hört, bis sie nicht mehr anders konnten, als von dem Unterschlupf zu erzählen? *Max. Das zarte Mäxchen.* Der Gedanke
war nicht ausgeschlossen. Es wurde dunkel, der Geruch des
erloschenen Dochts füllte die Höhle. Fidus wagte es nicht,
zu atmen oder sich zu bewegen. Das Kläffen wurde lauter,
kam näher. Er sah die Viecher vor sich. Wie sie durchs Unterholz pflügten, ihre Zähne fletschten, mit triefenden Lefzen
und toten Augen. Und es gab keinen Fluchtweg, sie konnten
nichts tun – sie lagen hier drinnen, aufgestapelt wie ein Hau-
fen Fleisch und Knochen im Napf der Höhle.

Mit einem Mal wurde es still. Einen kurzen Augenblick
erstarb das Bellen. Fidus hörte Schnüffeln. Hatte Schworm
ihnen nicht im Heimatunterricht einmal erzählt, dass Hunde
farbenblind waren, aber hundert- oder sogar tausendmal besser riechen konnten als ein Mensch? Fidus war blind und
brauchte dennoch keine Augen, um zu sehen: Die Tiere waren draußen, es waren drei, vier oder mehr – und sie hatten
sie längst gewittert. Die Dunkelheit in der Höhle verdichtete

sich. Die Tiere drehten sich wild um ihre eigene Mitte. Man hörte ihr Schaben und Kratzen. Dann brach blindwütiges Gebell los. Man konnte dem Tod eben noch so oft entkommen, er tauchte doch stets wieder vor einem auf – denn selbst, wenn die Nazis nichts von dem Versteck wussten, was sollte die Suchbrigade jetzt noch abhalten, den Schacht zu stürmen?

Fidus wusste in diesem Augenblick ja noch nicht, dass der Unterstand so nah an den Berg gebaut war, dass der Eingang kaum zu erkennen war – dazu war der Unterstand überhaupt erst errichtet worden, nämlich den einsturzgefährdeten Stollen unzugänglich zu machen. Links war undurchdringliches Gestrüpp, rechts war undurchdringliches Gestrüpp, über das die Familie Baumbach stieg, als seien es rohe Eier. Auch davon wusste Fidus nichts, der abgesehen von einem düsteren Bild der letzten Nacht noch nicht mal ansatzweise eine Vorstellung hatte, wo er war. Ihr größter Vorteil gegen die Hunde befand sich jedenfalls rechtsseitig neben dem Unterstand. Schworm hatte hier vor gut einer Woche den stinkenden Kadaver eines Rehbocks abgeladen, als klar war, dass der Drachenfels zum Sammelpunkt werden würde und hier ganze Truppen an Jungvolk und Befehlshaber von Kötern durchmarschieren würden. Klammerten sich die Baumbachs an diesen Hoffnungsschimmer?

Fidus hörte Stimmen.

Rufen.

Pfeifen.

Dann ging es ganz schnell.

Alles Nahe wurde fern, und auf die längste Nacht im Leben des Fidus Bergmann folgten die längsten Wochen. Erleichtert sank er zurück auf den Stein, doch was ihn in den kommenden Tagen erwartete, war nur eine weitere Herausforderung. War er wach, dann fluchte er, wenn er den Mund aufmachte. Und er war immer wach. Sogar, wenn er eine Nacht an der Höhlenwand gesessen hatte und ihm am Vormittag der Kopf vor Erschöpfung vornüber sank, entglitt ihm der Schlaf aufs neue. Er tauchte hinab in stille Tiefe, Sekunden später zerrte ihn schon ein Gedanke wieder hervor, sei er noch so sinnig oder unsinnig. Fertigte der Schuster in Brunnweiler seine Schnürsenkel selbst? Oder wurden sie von einer Firma geliefert? Wie wurde Melkfett hergestellt? Wo waren Max und Arnulf? Waren sie der SS entkommen? Waren sie an der Front? Ging es ihnen gut?

So verbrachte Fidus die Tage nach seinem Tod. Mehr als kurze, wirre Tagträume waren ihm ebenso wenig vergönnt, wie eine Unterhaltung, ohne dass er sich für sich selbst schämen musste. Also versuchte er den Mund zu halten und vertrieb sich die Zeit mit Briefeschreiben an Klara. Versprochen war schließlich versprochen, und so berichtete er lebhaft von der Front, an der er niemals gewesen war. Je mehr Zeit er in der Höhle auch zubrachte, umso vertrauter wurde sie ihm, und noch mehr: Die Höhle wurde zu seiner Vertrauten. Es ging nicht anders, denn einen Kampf gegen die Enge und Dunkelheit hätte er verloren. Die Geräusche begannen ihn nach und nach zu beruhigen. Das gelegentliche Knarzen und Knacken des Gesteins. Das Pfeifen des Windes, der durch die Spalten fuhr. Das Plätschern, tief im Berg, wenn es regnete. Manchmal war die Höhle wie Musik. Die Höhle summte, zwitscherte, schwirrte, gluckerte, flüsterte, schwatzte – und manchmal schwieg sie auch.

Erhellt wurde das Loch, in dem sie zu fünft hausten, meist von einer Kerze. Über Licht und Dunkelheit bestimmte Ava Baumbach. In Intervallen öffneten sie auch die Luke. Das wenige Tageslicht, das hereinfiel, war ein Fest – sogar die eisige Kälte schien kurz das geringere Übel. Einige Bretter waren an den Enden mit Seilen verschnürt und hingen als hängendes Regal von einigen Wurzeln. Es gab Zeitungen, Bücher und sogar ein Schachspiel, das Elias und Noah bisweilen benutzten. Es gab Töpfe, Besteck und eine Art Stuhl auf einem Felsvorsprung. Es gab einen Eimer für die Notdurft, der zweimal am Tag geleert wurde. Das wenige Essen wurde morgens und abends auf einem mit Lampenöl betriebenen Kocher erwärmt.

Im hintersten Teil des Schachts standen vier kleine Koffer, sauber aufgereiht nebeneinander. Fidus sah niemals, dass einer der Baumbachs sie angerührt hätte.

Die Familie behandelte ihn bald als vollwertiges Mitglied in ihrem Versteck, abgesehen von Elias, was Fidus zunehmend zusetzte. Er gewöhnte sich an den Stein, der sich in sein Fleisch drückte, oder an die ewige Kälte, Feuchtigkeit und Düsternis. Er gewöhnte sich an den Geruch nach ausgemergelten Leibern und dem, was in ihnen gärte. Wenn der Wind richtig stand, füllte der Gestank des verwesenden Rehbocks die Höhle und drehte seine Eingeweide auf links. Auch damit lernte er umzugehen. Er gewöhnte sich an die karge, wenige Kost und die wenigen Glücksmomente des Essens. Woran er sich nicht gewöhnte, waren Elias' Blicke, die so voller Missgunst, Abneigung und Wut waren, dass Fidus nicht einmal mehr versuchte, mit einem entwaffnenden Lächeln zu kontern.

Einmal zischte ihn Elias sogar an, als Fidus – bei einem der wenigen Male, in denen Fidus den Schacht verließ – an den Stein an der Tür stieß. Es handelte sich um eine *Mesusa* klärte ihn später Ava auf, ein geschliffener, ausgehöhlter Stein, in dem sich eine kleine Schriftrolle befand, darin das Gebet *Sch'ma Jisrael*, das Bekenntnis der Juden und Jüdinnen

74

zu ihrem Glauben. Fidus war erschrocken und gekränkt, aber konnte ihm auch diese Reaktion nicht wirklich verdenken, er sah ja, wie wichtig der Familie diese Rituale waren. Sei es Ava, Tabea, Noah oder Elias, sie alle berührten den Stein, wenn sie die Höhle verließen oder hereinkamen, danach küssten sie ihre Finger. Elias schloss dazu oft die Augen, Fidus konnte ein Gebet hinter seinen geschlossenen Lidern lesen. Woran glaubte er selbst, Fidus? Was half ihm in diesem Loch über seine Ängste hinweg?

Es musste zwei Wochen nach diesem Zwist gewesen sein, als es drei Mal an den Unterstand klopfte. Dumpf, hart und laut hallte es von den Schachtwänden wider. So wie es immer mal wieder in den letzten Monaten geklopft hatte. Ihre Herzen zuckten verängstigt zusammen. Sie saßen dann eine Weile reglos in der Dunkelheit. Eine halbe Stunde? Stunde? Was bedeutete Zeit hier drinnen? Gingen sie dann nach draußen, fanden sie Zeitungen, Bücher, ein Stück Seife. Und natürlich Lebensmittel. Das Wildfleisch wurde mit der Zeit weniger, die Rüben nahmen zu. Kohl, Rettich, Sellerie, manchmal lag ein kleiner Sack Kartoffeln im Unterstand, die schon getrieben hatten. Selten Brot, Butter und Marmelade. Einmal ein kleines Glas Honig. Das waren Festtage.

Ungefähr zwei Wochen nach besagtem Zwist mit Elias am *Schabbat* klopfte es jedenfalls an den Unterstand.

Drei Mal.

Wie immer.

Dann flutete Licht die Höhle.

* * *

»Manchmal wache ich nachts auf und spüre den spitzen Stein immer noch im Rücken«, sagte Opa Fidus und schob

auf der Untertasse nachdenklich eine rissige, leere Kaffee-
tasse hin und her. Die Bruchstelle war geklebt worden und
zog sich wie eine dunkle Schlangenlinie über die Außenseite
des Porzellans.

Opas Hände hatten in den letzten Minuten leicht zu zittern begonnen, weswegen ich das Thema sachte zu entschär-
fen versuchte. »Wer hat euch denn mit Lebensmitteln versorgt, die Frau des Försters?«, fragte ich.

Doch Opa schien mich gar nicht zu hören. »Der Fidus,
der in die Höhle reingetragen wurde, war nicht der Fidus,
der aus der Höhle rauskam. Ich hatte mich in einen anderen Menschen verwandelt. Die Zeit in dem Stollen gab mir
zu denken – und wenn es etwas gab, zu was ich damals Zeit
hatte, dann dazu. Denken kann einen genauso verändern wie
die vielen Umbrüche oder Einbrüche im Leben. Das ist der
Lauf der Dinge«, sagte er.

»Hatte das auch mit deiner Nahtoderfahrung zu tun?«

Opa überlegte. »Das ist sicher eine Erklärung. Als wir
nach Kriegsende aus dem Loch krochen, hatte ich die Entscheidung gefällt, anders leben zu wollen, ungezwungener
und freier – das ist einfacher gesagt als getan, ohne deine
Großmutter wäre mir das nicht gelungen.«

»Wer hat euch denn mit Lebensmitteln versorgt, die Frau
des Försters?«

»Frau und Töchter.«

»Und was war mit dem Fluchen?«

»Das verlor sich mit der Zeit, ganz allmählich. Ich glaube,
das Lesen half mir. Einmal lag bei den Gaben ein Stapel Bücher, darunter ein Kriminalroman. Ich konnte zwar nichts
mit Unterhaltungsliteratur anfangen. Mein Vater legte großen Wert auf meine Schulbildung. Bücher wurden in meiner
Familie aber keine gelesen. Als ich den Versuch wagte, öff-

nete es mir das Tor in die Welt. Ich murmelte die Sätze auch vor mich hin, bildete mir ein, dass sich damit auch das Fluchen verlor.« Opa zuckte mit den Schultern. »Bei meinem zweiten und dritten Tod hat das nicht mehr funktioniert. Willst du noch einen Kaffee? Ich würde mir noch einen genehmigen wollen, wenn es deine Zeit nicht zu sehr beansprucht. Du hast doch bestimmt noch etwas anderes vor«, sagte er, stand auf und sah mich an.

»Ich nehme gerne noch einen Kaffee«, sagte ich und reichte ihm meine Tasse. Er nahm sie und verschwand in der kleinen Kaffeeküche. Ich sah mich um. Der Gemeinschaftsraum war nett gemacht worden. Mit Grünpflanzen, Blumen. Auf einer Fensterbank brannte ein Teelicht unter einem Duftlämpchen. An den Wänden hingen Stillleben bunter Farbkleckse eines regionalen Künstlers, aber das alles konnte nicht darüber hinwegtäuschen, dass hier der Schlussstrich des Lebens ein Häkchen gesetzt hatte. In einem Eck las ein älterer Mann in einer Zeitung, eine Handvoll Senioren schaute fern ohne Ton. Rollstühle standen mitten im Raum, an Tischen oder Fenstern, darin saßen Menschen, die schliefen oder mit weit aufgerissenen Augen dem Schrecken ihrer Zukunft entgegenstarrten. Hier und da erklang ersticktes Wehklagen. Der Anblick drückte mir das Herz ab – was tat Opa nur hier? Wie hielt er es nur aus?

Ohne dass ich die anderen Heimbewohner und Heimbewohnerinnen kannte, hatte ich das Gefühl, dass Fidus hier nicht hergehörte, obwohl er vom Äußeren nicht einmal herausstach. Opa war ja kein klischeebehafteter Silver Ager. Er hatte keinen weißen Rauschebart, trug keine modischen Brillen, knallbunte Hosenträger oder krempelte seine Hosenbünde hoch. Er war ein alter Mann, mit allem, was dazugehörte, nur seine Augen waren klar.

»Freut mich sehr, dass Herr Bergmann einmal Besuch bekommt, ich heiße Pirrung und leite diese Einrichtung – sind Sie der Psychologe?«, hörte ich plötzlich eine Dame neben mir. Sie schob eine Parfümwolke vor sich her. Mit ihrem perfekten Make-up hätte man sie auch für eine Flugbegleiterin halten können. Sie hatte graublaue Augen, einen Pagenschnitt und ein schiefes Gebiss. Vielleicht öffnete sie deswegen nicht den Mund beim Sprechen, sondern nuschelte durch ihre Zähne. Ich stand auf und schüttelte ihre Hand, die sich anfühlte wie etwas, dass mal gelebt hatte.

»Ja, ich … «, setzte ich an.

»Toll, geht es Ihrem Vater besser?«, unterbrach sie mich.

»Ja, er … «

»Das ist gut«, unterbrach mich die Dame erneut, was ich für gewöhnlich als grob unhöflich bewertet hätte, aber irgendwie wirkte sie nervös, sprach hastig. Immer wieder sprangen ihre Blicke zur Kaffeeküche, als hätte sie darauf gewartet, mich einen Augenblick alleine zu erwischen. »Ihren Vater sieht man hier ja leider nicht. Ich habe auch mehrmals versucht, ihn in den letzten Monaten anzurufen, ihm auf den Anrufbeantworter gesprochen, aber keine Reaktion erhalten – würden *Sie* mich vielleicht einmal anrufen? Oder Sie und Ihr Vater zusammen? Wir haben da so unsere Probleme mit Ihrem Großvater.«

Ich blies die Backen auf. »Er … Er wirkt aber doch sehr vital, oder nicht?«

»Das ist ein wenig das Problem. Es war ja nett, als er versuchte, Tanzabende oder Diavorträge zu organisieren. Wir sind für Vorschläge aufgeschlossen, aber das ist schon eher unsere Aufgabe. Und für manche unserer *Bewohner*innen*« – sie versuchte das Wort in einem auszusprechen – »ist das zu viel Aufregung. Das ist aber nur ein Problem, er verschwindet immer wieder, ohne sich abzumelden, neulich war er einen ganzen Abend weg.«

»Mein Vater hatte einen Herzstillstand«, protestierte ich, »dass mein Großvater da etwas neben sich stand, ist doch mehr als verständlich.«

»Das meine ich nicht. An dem Abend hat er sich abgemeldet, wir haben ihm ein Taxi gerufen. An besagtem Tag war er im Kino. Angeblich. Er ist einfach nach dem Mittagessen verschwunden und erst am späten Abend zurückgekehrt. Hier war helle Aufregung, wir haben die Polizei verständigt«, sagte sie und faltete die Hände vor ihrem Schoß.

»Nun, ich … Mein Großvater ist so alt wie wir beide zusammen, wenn er Lust hat ins Kino zu gehen, spricht doch nichts dagegen.«

»Eine Abmeldung ist nicht zu viel verlangt, *Herr Bergmann*.«

»Hätten Sie ihm erlaubt, ins Kino zu gehen, *Frau Pirrung*?«

Die Frau haderte. »Wir hätten das sicher organisiert, dauert manchmal eine Weile, aber … «

»Sehen Sie«, gab ich schnippisch zurück.

»Sie müssen nicht ausfallend werden.«

»Ich bin nicht ausfallend, aber von einem selbstbestimmten Leben ist das weit entfernt. Ich meine, Sie haben bei meinem Großvater das Bild eines leeren Zookäfigs ins Zimmer gehängt, etwas Unsensibleres habe ich noch nicht erlebt!«

Die Frau schien kurz aus dem Konzept, sie blinzelte nervös. »Das Bild im Zimmer Ihres Großvaters? Das gehört ihm selbst.«

»Oh«, entfuhr es mir – und gleichzeitig schwante es mir, was es mit dem Bild auf sich hatte.

»Und wenn ich das anfügen darf, unsere *Heimbewohner* dürfen mit ihren Angehörigen überall hin, wohin sie wollen. Sie können ins Kino, in Cafés, Restaurants, in den Urlaub, immer und zu jeder Zeit, das hier ist kein Gefängnis, aber die Angehörigen müssen sich Zeit für ihre Lieben nehmen.«

Ich schluckte. »Ich ...«

»Ihr Großvater wirkte nach dem Kinobesuch auch nicht *vital*, wie Sie sagten. Wir haben auch Pflichten, lassen Sie uns bitte telefonieren«, sagte die Frau und lächelte erst mich und dann Fidus an, der in diesem Augenblick zurückkehrte und mir den Kaffee hinstellte.

»Hat sie wieder gemeckert, weil ich einen halben Tag ausgeflogen war?«, flüsterte er, als sie außer Hörweite war.

»Und wie sie gemeckert hat – warst du wirklich im Kino?«

»Ja, das mache ich immer noch gerne. Ich habe mit deiner Großmutter auch oft Lichtspielhäuser besucht. Was mir ganz neu war: Hast du schon einmal von drei-di-men-sio-nalen Filmen gehört?«

»Das eine oder andere Mal.«

Opa musste mein Schmunzeln bemerkt haben. »Ja, du kennst das natürlich, Alo«, sagte er schnell, »ich hätte das Erlebnis aber besser ausgespart. An der Kinokasse musste ich eine Art Sonnenbrille erwerben. Das hätte mich vielleicht misstrauisch machen sollen. Als ich nachhakte, klang es irgendwie anregend. Die junge Dame war von der Technik sehr angetan und empfahl mir, es einmal auszuprobieren. Nun, nach dieser Grenzerfahrung musste ich dann erst einmal ein paar Stunden spazieren gehen. Selbst am nächsten Tag tanzte und flimmerte es noch vor meinen Augen. Hast du schon mal einen derartigen Film gesehen? Ich möchte dann doch lieber, dass mir die Geschichten nicht zu nahekommen.«

Ich konnte mir ein Lachen nicht verkneifen. »Was hast du dir denn angesehen, Opa?«, fragte ich.

»Irgend so einen Unsinn mit Nazis und Archäologen.«

»Der neue Indiana Jones?«

»Das kann gut sein.«

»Dieses Bild in deinem Zimmer, also, ist dieser Zookäfig eigentlich *der* Zookäfig?«

Opa runzelte die Stirn. »Ja, ja, natürlich, das ist der Löwenkäfig. Ich habe das Bild gemacht, nachdem dein Vater zur Welt gekommen war – warum fragst du?«

Beim Gedanken an meinen unbedachten Vorwurf an die Heimleiterin, der gehörig danebenging, verzog ich das Gesicht. »Manchmal sieht man den Käfig vor lauter Stäben nicht«, sagte ich, »aber erzähl mir lieber, was mit der jüdischen Familie geschehen ist!«

Opas Blick wanderte zum Fenster, seine Hände lagen gefaltet auf dem Tisch. »Ava stammte aus einer Familie von Diamantschleifern. Ich meine mich zu erinnern, dass sie zunächst alle nach Antwerpen gegangen sind, später nach Israel. Ich bin ein bisschen müde, Alo, und das ist eine andere Geschichte. Sollen wir einfach eine Weile beisammensitzen? Das würde mir genügen. Oder komm doch bald wieder vorbei, dann erzähle ich dir alles – kommst du bald wieder vorbei?«

Ich überhörte ihn. »Hast du sie noch mal gesehen, die Baumbachs?«, fragte ich neugierig.

Opa schüttelte den Kopf. »Nie wieder.«

»Und was war mit Max und Arnulf?«

***

»Wie geht es Papa?«

»Unverändert.«

»Wie lange muss er noch im Krankenhaus bleiben?«

»Die ganze Woche.«

Meine Mutter stand in der Küche, auf dem Herd köchelte etwas in einem gusseisernen Topf. Sie zerzupfte Kopfsalat und trank Hagebuttentee. Ein Genuss, den ich nie verstanden hatte: Sie trank immer Hagebuttentee beim Kochen. Oder Sekt.

Beinahe fühlte es sich an, als sei sie niemals weggegangen. Ich spürte fast den Drang, um die Ecke ins Wohnzimmer zu schauen, um meinen Vater zu begrüßen. Frau in der Küche, Mann vor dem Fernseher. Ich gab es nicht gern zu, aber diese Monstrosität von Klischee war während meiner Kindheit Wirklichkeit gewesen.

»Was hast du heute gemacht?«, fragte ich.

»Dies und das. Eingekauft. Und du?«

Ich erzählte meiner Mutter vom Pflegeheim. »Hast du gewusst, dass er drei Mal tot war?«, fragte ich und lehnte mich an den Türrahmen.

Meine Mutter legte die Stirn in Falten, stellte das Feuer unter dem Topf ab und lehnte sich ihrerseits an die Arbeitsfläche. »Drei Mal? Ich weiß von der Geschichte im Zweiten Weltkrieg, als er angeblich mit einer Familie in diesem Bergwerk festsaß.«

»Das war nach seiner Flucht vom Drachenfels – weißt du, wo der See und die Höhle sind?«

»Keine Ahnung, warum?«

»Ich habe überlegt, morgen einmal hinzuspazieren. Habe ja sonst nichts vor, aber du hast gerade *angeblich* gesagt – glaubst du ihm nicht?«

»Es ist schon eine sehr kuriose Geschichte. Ewig her, dass er sie mir erzählte. Da musst du noch ein Baby gewesen sein. Als ich deinen Vater darauf ansprach, hat er nur zerknirscht den Kopf geschüttelt. Ich hatte das Gefühl, er hat geschwindelt – wie ist er denn plötzlich zwei weitere Male verstorben? Im Vietnam- und Irakkrieg?«

»So weit waren wir noch nicht«, antwortete ich, fast ein wenig beleidigt, ich wollte nämlich, dass die Geschichte wahr war. »Du hast Papa doch damals geholfen, Opas und Omas Haus auszuräumen, bevor es abgerissen wurde. Hast du mal irgendwelche Briefe von Fidus an Klara gefunden?«, bohrte ich nach.

»Liebesbriefe oder …?« Sie nahm zwei Teller aus einem Wandschrank. »Willst du Wein zu deinem *Bœuf bourguignon?*«

»Seit du weg bist, gibt es in diesem Haushalt keinen Alkohol mehr.«

»Ich habe eingekauft.«

»Ich trinke Wasser, danke.«

»Trink doch einen Wein, komm.«

Ich grinste. »Wenn *du* Wein trinken willst, dann trink doch Wein, da brauchst du mich doch nicht zu.«

»Allein macht Weintrinken keinen Spaß.«

»Schenk mir doch einfach ein Glas ein und achte nicht drauf, ob ich daraus trinke«, sagte ich. Meine Mutter überlegte kurz, dann nahm sie den Korkenzieher aus einer Schublade. Ich kam zum Thema zurück: »So was in der Art hat er geschrieben, also so etwas wie Liebesbriefe, er hat sie angeblich in dieser Höhle verfasst.«

»Davon weiß ich nichts – erzähl mir lieber, wie es beim Studium läuft«, sagte meine Mutter, nagelte mich mit eisernem Blick am Türrahmen fest.

Meine Überlebensinstinkte wurden unwillkürlich geweckt, denn jede unbedachte Äußerung könnte meinen Tod bedeuten. Auch wenn meine Eltern getrennt waren, so waren sie in dieser Sache dramatisch vereint: Mich in meiner Ausbildung auf Spur zu halten. Dabei kam ich mit der Wankelmütigkeit meines Wesens ganz gut zurecht. Sie begleitete mich ja schon mein ganzes Leben. Als Kind malte ich kein Bild zu Ende, oder setzte Puzzle nur zur Hälfte zusammen. Ich liebte heute Apfel-Lauchsalat, morgen nicht. Mit neun wollte ich in den Basketballverein, verliebte mich während der Trainings in ein vier Jahre älteres Mädchen aus dem Trampolin-Sportverein, die immer zur selben Zeit einen Teil der Halle nutzten. Ich beschloss, die Sportart zu wechseln, bis mir klar wurde, dass sie mit einem Leichtathleten anbandelte. Ich ging in den Schach- und Computerclub, war nach einer Weile gelangweilt, ich baute Froschzäune, schlief mit Vogelkundlerbuch in einem Zelt im Garten oder sammelte Schmetterlinge. Dann wollte ich Musiker werden, kaufte eine Gitarre, fand aber keine Band, weswegen ich beschloss, Filmkritiker zu werden. Ich verbrachte fortan viel Zeit mit Stift und Notizblock vor dem Fernseher, fragte mich aber schon währenddessen, ob es nicht viel cooler wäre Kameramann zu sein. Oder Regisseur.

Der Karriereweg meiner Hochschullaufbahn kündigte sich so bereits exemplarisch in meiner Kindheit an. Ich begann ein Studium in Literaturwissenschaft, denn gelesen hatte ich immer gerne. Nach zwei Semestern hatte ich aber das Gefühl, dass ich zwischen den Zeilen nur lesen konnte, würde ich mir fundierte Kenntnisse in Fragen der menschlichen Psyche draufschaffen. Ich schrieb mich also in Psychologie ein, lernte ein Semester Statistiken auswendig, bis mir klarwurde, dass daraus das gesamte Studium bestand. Was eine interessante Beobachtung war, denn die meisten der Professoren und Professorinnen hatten eine Psychotherapie dringend nötig, weil sie zu viel Zeit mit Statistiken verbrachten. Meine Meinung. Vielleicht hatte ich auch Angst, weil die Zahlen keinen Zweifel ließen, wie gleich wir Menschen alle gestrickt sind. Ich wechselte jedenfalls zurück zu Literaturwissenschaft, liebäugelte allerdings bereits mit Geographie, weil, jetzt kommt's: Am Ende läuft doch die Gesamtheit unseres kulturellen Versagens und Nichtversagens bei den Flüssen zusammen, die ganze Dramatik unserer Zivilisation beginnt und endet mit Hafenstädten, Schifffahrt oder Kolonialisierung. Ich hielt meine These allerdings für zu gewagt, um ihr gleich ein ganzes Studium zu widmen, kaufte mir ein Notizbuch, schrieb meine Theorie haarklein auf der ersten Seite auf, klappte es zu und schlug es nie wieder auf.

Stattdessen schrieb ich mich in Geschichte ein, weil ich dachte, die Hintergründe von allem besser einordnen zu können, auch von Literatur, was ich ja eigentlich studieren wollte. So lernte ich Bintou kennen, die sich auf deutsche Geschichte spezialisiert hatte und ein Auslandssemester hier verbrachte. Sie erklärte mir in einer Unikneipe, dass meine ewige Selbstsuche nicht meine Schuld sei, sondern vielmehr tief in der deutschen Seele verankert: Mitte des 13. Jahrhunderts zerfiel die Staufferherrschaft, und wir lebten in einem territorialen Flickenteppich. Von der Schuld der Weltkriege gar nicht gesprochen. So etwas brannte sich ein, würde über Generationen weitergegeben. Innerhalb einer Stunde mit Bintou war ich befreit von Dämonen und verliebt in eine US-Amerikanerin. Wir küssten uns an diesem Abend, und ich beschloss, mich fortan auf Neue amerikanische Geschichte zu konzentrieren. Ich hatte eben eine flexible Vorstellung von meiner Zukunft – war das nicht ohnehin der wichtigste Erfolgsfaktor unserer Zeit: Flexibilität?

* * *

Der Drachenfels war eine mächtige Gesteinsformation und lag rund sechs Kilometer westlich von Forst. Meine Zunge klebte am Gaumen, als ich nach zwei Stunden an dem Aussichtspunkt ankam. Es war kein Spaziergang, es war eine Wanderung. Ein frischer, aber nicht eisiger Februarwind blies mit der ganzen Hoffnung des bevorstehenden Frühlings. Die Wälder des umliegenden Haardt wellten sich ringsum wie die stürmische See, in Blassgrün beschmierte der Hunsrück den Horizont. Ein Eichhörnchen saß auf einer Kiefer und beobachtete mich regungslos. Wenn hier im Zweiten Weltkrieg einmal ein Lagerplatz gewesen war, deutete nichts mehr darauf hin. Aber es fiel mir auch nicht sonderlich schwer, mir Feuerstellen, Zelte und Soldaten zwischen den zerklüfteten Felsblöcken und lichten Wäldern vorzustellen. Schwieriger schien es mir, meinen Opa Fidus in dieses Bild einzupassen – hatte er die Wahrheit erzählt?

Ich versuchte mittels einer App auf meinem Smartphone herauszufinden, wo Osten lag. Ja, ich weiß, hätte ich mich mal in Geographie eingeschrieben. Osten übrigens, weil Opa Fidus und seine Kameraden in besagter Nacht in diese Richtung geflüchtet waren. *Querfeldein nach Osten.* So hatte er es erzählt. Ich folgte dem Kompass auf meinem Telefon, suchte auf Wanderwegschildern nach irgendeinem Hinweis auf einen See. Es gab aber nur einen »Friedrichsbrunnen« oder einen Waldparkplatz »Nasslagerplatz«, beides klang nicht nach einer Ansammlung von Wasser, in der man bequem ertrinken konnte. Ich *lief* sogar querfeldein nach Osten, beharrlich den Hang hinab, und bog erst von meinem Weg ab, als ich das Auto eines Forstarbeiters entdeckte.

Ich musste den Mann nicht suchen, er saß hinter dem Lenkrad, der Motor lief. Er aß ein *Worschtbrot* und blätterte in einer Zeitschrift. Irgendwann heftete sich sein starrer

Blick an mich, das erkannte ich sogar durch die spiegelnden Scheiben. Erst als ich neben ihm anhielt, kurbelte er die Scheibe herunter. Saharadunst schlug mir aus der Fahrerkabine entgegen.

»*Morje*«, begrüßte ich den Mann. Er nickte mir emotionslos zu. »Wissen Sie zufällig, ob es hier in der Nähe einen See gibt?«, fragte ich.

»Was'n für'n See?«

»Größeres Loch mit Wasser drin.«

Der Mann schüttelte den Kopf. »Meinen Sie den Helmbach- oder Hilschweiher?«

»Nein, die sind zu weit südlich, ich suche eher hier im Umkreis.«

Der Mann schüttelte immer noch den Kopf, stülpte aber zusätzlich die Lippen nach vorne und legte sein Brot in die Brotdose, ohne es loszulassen. »Gibt's hier nicht.«

Ich kniff die Lippen zusammen. »*Alla*«, seufzte ich und drehte mich einmal im Kreis. Als ich ihn wieder anblickte, war er schon dabei, die Scheibe wieder hochzukurbeln. Er wollte offensichtlich August im Auto, nicht Februar. »Gab es hier vielleicht mal einen See?«, bohrte ich nach. »Wissen Sie das zufällig? Vielleicht neben einem alten Stollen?«

Der Forstarbeiter überlegte. »Meinen Sie vielleicht das Judenloch beim alten Steinbruch?«, platzte er hervor und verschluckte die letzten Silben.

Mein Herz setzte einen Moment aus. »Das könnte sein, warum heißt denn der Ort so? War dort ein See?«, fragte ich.

Der Mann hob beide Hände, sein Brot lag herrenlos in seinem Schoß. »Der Name kommt nicht von mir, nennen wir halt so, keine Ahnung, warum«, sagte er und schien dabei zu überlegen, ob es sich bei der Bezeichnung bereits um Antisemitismus handelte. Er schob seinen Zeigefinger durch den Schlitz seines Autofensters und zeigte den Wald hinunter: »*Stroos nunder,* große Lichtung, dort war auch mal ein Weiher, habe ich aber nie gesehen, ist wahrscheinlich ausgetrocknet.«

Ich folgte seinem Fingerzeig.

Das war Osten.

Als ich wieder in meinem Auto saß, war ich nicht sonderlich klüger. Das »Judenloch« war eine verwachsene Lichtung. Sollte hier einmal ein See gewesen sein, war er ebenso wenig zu erkennen wie die Überreste einer Höhle. Kurzerhand rief ich im Landesarchiv in Speyer an. Von einem »Judenloch« hatte auch das System bisher nichts gehört, es gab nur die Optionen alte Landkarten einzusehen, was ich sogar in Erwägung zog.

»Haben Sie auch Soldatenakten?«, fragte ich.

»Aus dem Zweiten Weltkrieg? Haben wir welche, dazu müssten Sie aber ein Benutzungsgesuch ausfüllen.«

Ich verdrehte die Augen, dachte an das Bürokratiemonster, das Deutschland war. »Und wie lange dauert das dann, bis man Einsicht bekommt?«

»Das geht schnell«, sagte die Frau, »Sie müssen nur das Formular online ausfüllen und einen Termin abmachen, dann suchen wir Ihnen die Akte raus, wenn wir sie dahaben, wie ist denn der Name des Soldaten?«

»Fidus Bergmann.«

»Und wann ist er gestorben?«

»Das erste, zweite oder dritte Mal?«

»Entschuldigung?«

»Er lebt noch.«

»Wie bitte?«

»Er ist noch am Leben.«

»Tut mir leid, das geht dann nicht, der Betroffene muss mindestens zehn Jahre tot sein – oder ist er über hundert Jahre alt?«

»Er ist dreiundneunzig«, sagte ich, in diesem Augenblick vibrierte mein Telefon. Ich blickte kurz auf das Display. Ein anderer Anrufer »klopfte an«, ich kannte die Nummer nicht.

»Dann ist eine Einsichtnahme nicht möglich, aber wir hätten auch keine Akte über einen Fidus Bergmann, ich habe nachgesehen, wir haben vor allem Entnazifizierungsakten eingelagert«, sagte die Frau.

»Kein Problem, alles klar, danke«, sagte ich kurz angebunden, legte auf und nahm den anderen Anruf an. »Hallo«, sagte ich.

»Spreche ich mit Alo Bergmann?«, hörte ich eine angespannte Stimme.

»Ja, ich bin dran, wer spricht denn da?«

»Hier ist das Klinikum Hetzelstift – wissen Sie, wo Ihr Vater ist?«

***

Meine Mutter lugte bereits durch die Vorhänge des Windfangs, als ich mit dem Auto vorfuhr. Hatte sie dort die ganze Zeit gewartet? Ich stieg aus, sie öffnete die Tür, als sei es ihr nicht geheuer, mit meinem Vater alleine in einem Haus zu sein, denn hier war mein Vater: zu Hause. Er hatte sich anscheinend selbst entlassen.

»Hallo«, flüsterte ich, ohne zu wissen, warum ich eigentlich flüsterte. »Hast du im Krankenhaus angerufen?«

»Ja, habe ich.«

»Wie ist Papa denn hergekommen?«, fragte ich.

»Das ist ja das Nächste, da war so ein Mann, der ihn gebracht hat, ich, also … «

»Lange, schwarze Haare? Glitzerhose?«

»Ja, wer ist diese Person?«

»Weiß ich nicht, und wo ist er jetzt?«

»Die Person ist gleich wieder gefahren und dein Vater … « Meine Mutter zog mich ins Haus. Gemeinsam schielten wir ins Wohnzimmer. Mein Vater saß regungslos in seinem Sessel und schaute seinen unzensierten Fluglotsen-Porno an, die letzten Stunden der Mondlandung von Apollo 14. »Sitzt seit über zwei Stunden da und rührt sich nicht«, sagte meine Mutter.

Ich ging in den Raum, stellte mich neben meinen Vater. Er regte sich nicht. Ich räusperte mich. »Hallo, Papa«, sagte ich und fügte nüchtern, geradezu unaufgeregt an: »Wie geht's?«

Mein Vater beugte sich schwerfällig nach vorne, griff die Fernbedienung und stellte die Dokumentation ins Standbild. Es vergingen einige Sekunden, dann sagte er: »Buzz Aldrin wurde depressiv und alkoholkrank. Charles Duke soff sich zur Erleuchtung. Edgar Mitchel gründete ein Institut und begann verzweifelt nach außerirdischem Leben zu suchen. James Irwin wurde Wanderprediger. Alan Bean flüchtete sich in die Kunst. Alles Irdische war bedeutungslos für ihn geworden. Such dir einen Astronauten aus, der den Mond betreten hat, jeder ist auf seine Weise übergeschnappt. Jahrelang haben sie trainiert, um in der Schwerelosigkeit oder mit den Fliehkräften klarzukommen, sie konnten blind Reparaturen am Raumschiff ausführen. Nur auf eines waren sie nicht vorbereitet.«

»Und was?«

Mein Vater sah mir in die Augen. »Auf dem Mond zu stehen, in einer gespenstischen Kraterlandschaft, in unermesslicher Einsamkeit – die Erde war geschrumpft zur Bedeutungslosigkeit.« Sein Blick schwamm davon. »Ein Nadelstich in völliger Leere. Ich fühle mich wie ein Moonwalker.«

Ich hatte keine Ahnung, was ich sagen sollte, was antwortete man auch auf so eine Ansage? Die Grundfesten seines Lebens schienen völlig aus den Angeln gehoben. Ich dachte plötzlich an einen Kurs meines ersten Studiums. Der Professor für Literaturgeschichte hatte fast eine halbe Vorlesung über einen *Kantschock* fabuliert. Kaum hatte ich das Wort gedacht, hatte ich es schon ausgesprochen: »Kantschock«, sagte ich.

»Was?«, fragte meine Mutter und kam tiefer in den Raum.

»Papa hat einen Kantschock, klingt jedenfalls so.«

»Was ist das? Ist das schlimm?«

»Schopenhauer, Hegel, Fichte, alle wurden von Kants *Kritik der reinen Vernunft* gehörig durchgerüttelt. Heinrich von Kleist setzte sich nach der Lektüre sogar das erste Mal die Pistole auf die Brust. Das Weltbild der Herren änderte sich mit der Publikation rapide, fast so wie zu der Zeit als Kopernikus mit dem Glauben aufräumte, dass die Sonne um die Erde kreist, und klarstellte, dass der Mensch nicht der Mittelpunkt des Universums ist. Einfach formuliert, sagte Kant, dass die Dinge, die der Mensch sieht, hört, schmeckt oder riecht niemals die Wirklichkeit abbilden können. Unser Verstand ist genauso begrenzt wie unsere Wahrnehmungsgabe. Wir sind bessere Tiere, gefangen in Raum und Zeit. Kant kerkerte mit seiner Abhandlung die Menschen in sich selbst ein. Keine Chance zu entfliehen. Kantschock.«

»Hör bloß mit diesem Geschwätz auf«, knirschte mein Vater.

»Ich finde das auch ein bisschen weit hergeholt«, sprang meine Mutter ihm bei.

»Was soll ich denn auf so etwas auch schon sagen?«, rief ich aufbrausend, »oder hast du bei deiner Nahtoderfahrung auch auf dich heruntergeblickt? Wie die Raumfahrer auf die Erde heruntergeblickt haben? Meinst du das?«

Der Blick meines Vaters veränderte sich, die Zornesfalten zwischen seinen Augenbrauen kehrten zurück, von denen ich bis vor ein paar Tagen gar nicht gewusst hatte, dass es sie gab. »Eben nicht«, knirschte er, seine Stimme schraubte sich nach oben, »hast du mir im Krankenhaus denn gar nicht zugehört, verflucht nochmal? Du hörst nie richtig zu!«

»Du hast vor deinem Tod aber auch schwer gegessen«, argumentierte ich freischwingend.

»Was?«, zischte mein Vater.

»Du hast vor deinem Herztod ein fettes Schnitzel gegessen, oder? Es sind ja sogar immer zwei Schnitzel auf dem Teller, die überlappen sich sogar, damit sie überhaupt auf den Teller passen, Papa. Wegen der großen Portionen gehen die Leute ja auch immer in den Ritter, dazu kommt der riesige Frittenberg«, ich zeichnete mit meinen beiden Händen die Größe eines Gymnastikballs in die Luft, »ich meine, du sagst doch immer, dass du schlecht schläfst, wenn du zu schwer gegessen hast, oder nicht?«

»Willst du mir jetzt etwa erzählen, dass ich meinen Tod wegen eines scheiß Essens verbockt habe?«, blaffte mich mein Vater an und pfählte mich mit blutgeäderten Augen.

Da hörte ich die verzärtelte Stimme meiner Mutter: »Es ist von gestern auch noch ein bisschen Kopfsalat übrig, falls es heute nur mal was Leichtes zum Abendbrot sein soll – seid ihr hungrig?«

»Friss deinen Salat selbst.«

»Fred!«

Gott, wie mich dieses Fluchen störte. Mein Vater hätte

sich mit jedem Gangsterrapper auf Augenhöhe unterhalten können. Ich dachte an Opa Fidus' Geschichte. »Hör mal, Papa«, sagte ich, »ich weiß, du willst nicht fluchen. Versuch dich einfach mal nur auf ein einziges Wort zu konzentrieren. Ein Wort, das du sagen willst. Also nicht einen ganzen Satz, nur ein einziges Wort – was kommt dir da in den Sinn?«

»Kacke.«

ZWEI

DIE SCHUHE SIND ZU ENG, ALLE DREI

Schlimmer als Flüche und Beleidigungen war in den folgenden Tagen, wenn mein Vater nichts sagte und rastlos durchs Haus streifte. Dabei trug er Schwarz. Meine Mutter legte ihm irgendwann sogar Klamotten raus. Weiß auf Rot auf Beige. Alles einladend arrangiert auf dem Ehebett, das ja jetzt eigentlich ein Scheidungsbett war. Papa kümmerte sich nicht darum. Er wollte Schwarz tragen, zog schwarze Hose, schwarze Socken, schwarze Schuhe und einen schwarzen Rollkragenpullover an. Der Lehnsessel im Wohnzimmer war danach seine Basisstation. Er nahm Platz, rollte den Kragen bis unter seine Augen und verschränkte die Arme vor der Brust. So sah ich ihn dort sitzen, die Mondlandung in Dauerschleife. Und das wäre alles ja noch okay gewesen, doch im nächsten Augenblick konnte er ganz woanders auftauchen, an den unterschiedlichsten Orten. Es war zum Fürchten.

Ich ging auf die Toilette, kam wieder raus, da stand er vor mir und sah mir in die Augen. Den Rollkragenpullover hatte er offensichtlich gegen einen schwarzen Hoodie aus meinem

Kleiderschrank getauscht. Ab dann sein liebstes Kleidungsstück, die Kapuze pflegte er aufzusetzen. Ich sprach ihn an.
Er drehte sich um und ging wortlos davon. Einmal holte ich
eine Flasche Mineralwasser im Keller. Da sah ich meinen Vater seitwärts auf dem Gepäckträger seines Fahrrads sitzen,
am Aufgang zum Garten. Mit einer Hand hielt er den Lenker
gepackt. Gedankenverloren blickte er auf den Kugelgrill. Ein
anderes Mal lag ich mit meinem Smartphone auf meinem
Bett und badete mein Hirn in lauen Reels, da stand er plötzlich an meinem Zimmerfenster und starrte hinaus in den
Garten. Seine Arme hingen leblos links und rechts an ihm
herab. Ich erschrak zu Tode, rappelte mich auf, blickte zur
Zimmertür, die zwar nicht abgeschlossen, aber immerhin
geschlossen war. Wie er hereingekommen war? Ich wusste
es nicht. War er schon die ganze Zeit im Raum und ich hatte
ihn nicht bemerkt?

Hinter jeder Ecke hatte ich bald das Gefühl, dass dort
mein Vater lauerte. Ab und an schaute ich im Bad durchs
Schlüsselloch, um sicherzugehen, dass er nicht vor der Tür
stand, wenn ich herauskam. Und natürlich machte ich mir
nicht nur Sorgen um die Metamorphose meines Vaters: Bintou kam in wenigen Tagen zu Besuch. Ich konnte ja nicht
jedes Mal vor dem Bad Schmiere stehen, wenn sie auf die
Toilette musste. Oder unters Bett schauen, wenn wir uns
schlafen legten. Ein Quartier außerhalb zu beziehen – Fe-
rienwohnung oder Gasthaus – kam für mich dennoch nicht
in Frage, bis ich unfreiwillig Zeuge eines Streits meiner Eltern wurde. Ich wollte am frühen Nachmittag zu Opa Fidus,
zog mir in der Diele die Jacke an, als sich die Stimme meines Vaters in die Höhe schraubte. Es klang, als würde er im
Wohnzimmer telefonieren.

»*Losing the picture?*«, kreischte er plötzlich – so nannte

man meines Wissens einen Fluglotsen, der den Überblick über die Situation verloren hatte – »ich war tot, Stephan, t-o-t, und nicht im scheiß *Tower* … oooh, du wolltest nur einen Witz machen, Verzeihung … leck mich und sag den anderen Idioten, sie können mich mal!«

Ich hörte, wie er das Telefon auf die Station knallte, fast im selben Moment begehrte die Stimme meiner Mutter auf, in einer Strenge, die mir bislang nur untergekommen war, wenn ich als Kind wirklich Übles ausgefressen hatte. »*Alfredo!*«, sagte sie scharf – so nannte sie ihn nie, das war sein Taufname, den er nicht leiden konnte – »deine Situation in allen Ehren, aber so kannst du nicht mit deinen Kollegen sprechen. Du rufst an und entschuldigst dich! Sofort!«

»Verschwinde, du blö…«

Meine Mutter unterbrach ihn harsch. »Wag es nicht, so sprichst du nicht mit mir! Es ist schlimm, was dir passiert ist, ohne Frage, aber reiß dich um Gottes willen am Riemen, das alles ist nicht das Ende der Welt, ganz im Gegenteil – es ist auch mal gut jetzt!«

»Geh zurück in die Küche.«

»Was ich gleich mache, ist zur Haustür rauszugehen. Dann kannst du zusehen, wer dir dein Essen kocht. Ich bin ohnehin nur noch da, damit Alo mit dir … was immer du gerade bist … nicht allein ist.«

Einen kurzen Augenblick hatte ich das Gefühl, ihre Zurechtweisung hätte Wirkung gezeigt. Mein Vater polterte jedenfalls nicht sofort los.

Nach ein paar Sekunden zischte er jedoch: »Haut doch beide ab.«

Stille.

»Ich wollte dich nicht haben.«

Stille.

»Ich wollte Alo nicht haben.«

Stille.

Ich klaubte meinen Autoschlüssel von der Anrichte. Wenn ich die Tür zuwarf, dann war es keine Absicht. Ich stand viel zu weit neben mir, marschierte raus, hatte direkt am Gehsteig geparkt, ging strammen Schrittes um mein Auto herum. *Alo*, hörte ich die Stimme meiner Mutter. Als ich aufschloss, sah ich sie im Windfang stehen, ihr Gesichtsausdruck war verzweifelt. Dann sah ich meinen Vater. Er stand hinter der großen Panoramascheibe des Wohnzimmers. Seine Augen waren feucht. Er hob die Hand, ballte die Fäuste, schüttelte den Kopf, gestikulierte plötzlich mit den Händen vor der Brust, sein Mund bewegte sich wie von einer Handpuppe. Er faltete die Hände vor seinem Schoß, um sie augenblicklich wieder über seinen Kopf zu werfen, sich dabei umzudrehen und wegzulaufen – war das alles die Pantomime einer Entschuldigung gewesen?

Trüb. Nass. Grau.

So sollte der Tag in der Pfalz werden, sagte die Radiosprecherin.

Das ließ sich bestätigen. Ein kühler Landregen hatte eingesetzt, kaum war ich losgefahren. Nebelschwaden waren bis tief ins Tal gekrochen und zerfleischten sich an den Weinreben. Die Baumreihen des Haardt waren nur trübe Umrisse. Ein Spaziergang käme einer Wattwanderung gleich, aber ich konnte unmöglich herumsitzen und mit Opa ein weiteres Mal lauwarme Pfützen im Pflegeheim schlürfen, die irgendein Phantast als Kaffee verkaufte, aber nicht einmal als Requisite für einen Film von Nutzen gewesen wäre, so durchsichtig wie die Flüssigkeit war. Mein Besuch bei Fidus war wirklich eine Herausforderung gewesen: Der Ort, der Geruch, die Trostlosigkeit. Hinzu kam heute meine Rastlosigkeit. Und noch mehr: Ich war fahrig, wütend, traurig. *Ich wollte Alo nicht haben.* Ich musste raus, mich bewegen, und wie zu erwarten war es auch nicht schwer, Opa für einen Ausflug zu begeistern.

»Der Regen hat doch gerade aufgehört«, sagte er.

»Das wird nicht lange so bleiben.«

»Dann nehmen wir Regenschirme mit!«

Wir fuhren ein Stück mit dem Auto. Opa hatte einen Spazierweg am Ölberg im Sinn, das war eine Weinlage bei Königsbach. Er saß dabei kerzengerade neben mir, leicht vornübergebeugt, eine Handbreit Luft zwischen seinem Rücken und der Lehne des Autositzes, als wollte er aus dem fahrenden Wagen springen. Er schnallte sich ab, da rangierte ich in eine Parklücke. Kaum hatte ich den Motor abgestellt, war er draußen und sprintete los. Im Wortsinn: Ich schloss mein Auto ab, da hatte er bereits ein gutes Stück des regennassen Weges ausgekundschaftet. Mit Müh und Not holte ich ihn ein.

»Renn doch nicht so, Opa«, schnaufte ich.

»Junge, ich bin mit diesem Körper gesegnet. Das meine ich so: *ge-seg-net.* Über neunzig Jahre alt, drei Mal tot gewesen, und außer Rückenschmerzen und diesen steifen Knien bin ich topfit«, sagte er und trabte weiter.

Nach zweihundert Metern wurde er allmählich langsamer.

Nach fünfhundert Metern war sein Gesicht kirschrot gefleckt.

Nach einem Kilometer blieb er keuchend neben einer Sitzbank stehen.

»Ist eine tolle ... tolle Stelle ... hier sitze ich ... immer«, log er – die *tolle Stelle* lag nämlich in einer Senke und bot Ausblick auf einen verlassenen, halb weggeschwemmten Ameisenhaufen, der nur deswegen nicht als Dreckhügel zu bezeichnen war, weil er aus mehr Baumnadeln als Erde bestand. Opa wollte nur nicht zugeben, dass ihm die Luft ausgegangen war. Er zog zwei Plastiktüten aus seinem Anorak und breitete sie auf die Sitzbank. Seufzend ließ er sich darauf nieder und sagte plötzlich: »Du wirkst aufgekratzt – ist etwas mit deinem Vater?«

Instinktiv schüttelte ich den Kopf. Es war alles zu frisch, um mit jemandem darüber zu sprechen, ich musste es erst einmal sacken lassen, das war vernünftiger, als emotionsgeladen loszupoltern. Das fand ich – und fand mich doch nur einen Moment später neben Opa Fidus erzählend wieder. Kaum hatte ich geendet, herrschte Ruhe. Irgendwo, weit entfernt, war ein Traktor zu hören. Die regensatte Luft war frisch und schwer. Die Wolken hingen tief. Ein paar Tropfen fielen.

Ich sah zu Opa, er starrte vor sich hin. Ich konnte seinen Blick beim besten Willen nicht deuten.

»Dein Vater spricht doch gut Englisch, oder?«, sagte er schließlich.

»Klar, er ist Flugloste.«

»Dann sag ihm doch mal, er soll es mit Englisch versuchen, wenn es mit dem Fluchen gar nicht besser wird. Und hast du das mit den Astronauten mal überprüft?«, begann er.

»Ob die Astronauten nach der Mondlandung übergeschnappt sind? Ja, das stimmt wohl.«

»Darüber muss ich nachdenken.« Opa schwieg eine Weile. »Das Leben ist schon eine wundersame Sache, Alo. Ich glaube, du solltest eines wissen: Nichts, rein gar nichts von dem, was dein Vater gerade von sich gibt, ist wahr. Er hat nur äußerst beschränkt Zugang zu seinen Gefühlen – und seiner Intelligenz. Stell es dir so vor: Du stehst in stockfinstrer Nacht in einem Haus. Es gibt Dutzende Zimmer. Die eine Hälfte der Räume ist verschlossen, in der anderen gibt es kein Licht. Und alles was du hast ist eine flackernde Kerze und dich selbst.« Opa seufzte. »Sterben ist eigentümlich. Der Tod ein wirklich gewöhnungsbedürftiger Umstand. Sei nicht zu hart mit ihm«, sagte er, hob die Hand, zeigte den Weg nach oben, Richtung Waldrand, und fügte an: »Ungefähr dort bin ich übrigens aus dem Wald gekommen, vor fast achtzig Jahren.«

* * *

Licht flutete also die Höhle.

Es war der 8. Mai 1945.

Dabei hatte sich das Kriegsende schon Wochen vorher angekündigt. Selbst in einem Stollen mitten im Pfälzerwald ließen sich die Zeichen deuten. Donnern von Fliegerbomben erfüllte mehrere Nächte dumpf die Höhle. Der Fels erzitterte, als säßen sie auf einem brodelnden Vulkan. Die Detonationen waren auch nah, viel näher als sie laut der Propagandablätter hätten sein dürfen, die sie gelegentlich zu Gesicht bekamen. Einmal hatten sie das Gefühl, entferntes Geschrei und Schüsse zu hören, die wie ein Rauschen durch den Wald fegten. Mitte April hatte es dann an den Unterstand gehämmert. Drei Mal. Fidus war nach draußen geschlichen. Er hatte eine Handvoll gammelige, verwachsene *Grumbeeren* gefunden, verpackt in ein französisches Flugblatt. Tabea hatte übersetzt. Truppen waren angeblich schon einen Monat zuvor in die Pfalz vorgedrungen und die Front neu gezogen worden.

Konnte man dem Glauben schenken? Man konnte, wie Fidus nun erfuhr. Schon vor rund sechs Wochen sei das Gebiet von den Alliierten befreit worden. Oder besetzt. Wie man es nahm. Das erklärte ihnen die Frau des Försters, als sie zerlumpt voreinander standen. Und weshalb hatten sie dann diese Zeit noch in der Höhle verbringen müssen?, bedrängte Fidus die Frau des Försters. War es unten im Tal immer noch gefährlich? Wie ging es ihrem Mann? Hatte sie zufällig etwas von Arnulf Warmbrunn oder Max Wilhelmy gehört? War der Buckelhof von den Bombenhageln verschont geblieben? »Wissen Sie irgendetwas, bitte?«

Doch die wortkarge Frau blickte ihn nur aus toten Augen an und erklärte, dass Deutschland kapituliert hatte. *Krieg vorbei. Gestern.* Mehr konnte oder wollte sie dazu nicht sagen. Sie drehte sich um und ging davon. Als Fidus sich umsah, zogen sich Elias und Noah bereits ihre Hemden über die Köpfe. Die Försterin war noch nicht einmal um die erste Wegbiegung verschwunden, da standen die Männer nackt vor ihm, so ausgemergelt, dass man ihre Rippen fassen konnte. Kopfüber stürzten sie sich in den eiskalten See, schrubbten mit Kernseife ihre Gesichter, laut prustend, mit ausladenden Bewegungen. Sie rasierten sich, wuschen ihre Haare – wuschen ihre Haare zweimal, dreimal hintereinander, nur weil sie es konnten.

Fidus hätte Lust gehabt, sich anzuschließen, aber wurde das eigenartige Gefühl nicht los, dass der Moment nicht ihm gehörte. Schüchtern sah er sich um. Ava und Tabea Baumbach waren verschwunden. Wahrscheinlich saßen sie rechtsseitig am Ufer, verborgen hinter hüfthohem Schilf. Dann kamen die Koffer der Baumbachs zum Einsatz, die monatelang verschlossen am Ende des Schachts gestanden hatten. Schnallen schnappten auf. Gestreifte Cargohosen, Hosenträger und cremefarbene Baumwollhemden kamen zum Vorschein. Knielange Baumwollröcke, ein Strickpullover – und sternbefreite, blumengemusterte Blusen. Ava Baumbach flocht ihrer Tochter die nassen Haare, bevor sie ihre eigenen hochsteckte und sich einen Filzhut aufsetzte.

So stand sie nun vor ihm, die Familie Baumbach.

Geschniegelt.

Gebügelt.

Knochendürr.

Mitten im Wald.

Allahopp, alladann?

Tschüs, macht's gut?

Wie verabschiedete man sich nach so einer Zeit?

Hohlwangig starrten sie ihn an, aus tief liegenden Augen, die wie verschreckte Tiere aus ihren Bauten herauslinsten. Jeder hatte seinen Lederkoffer in der Hand. Und trotzdem hatte Fidus niemals wieder etwas Würdevolleres gesehen. *Alles Gute,* sagte Elias Baumbach und reichte ihm die Hand. Ava stellte ihren Koffer kurz ab und umarmte ihn mehr pflichtbeflissen als mütterlich. Dann ging die Familie schweigend ihres Wegs. Fidus wusste nicht, wohin – wohin sie gingen, wohin er sollte. Er sah ihnen nach. Das Knirschen ihrer Schritte wurde von den Bäumen verschluckt und war verklungen, lange bevor sie außer Sicht gerieten. Ein einsamer Windstoß fuhr durch den Wald.

Fidus blickte hoch zur Lichtung, wo er gestorben war, beinahe sogar ein zweites Mal: Ende letzten Monats hatte er hoch gefiebert und halluziniert.

Drei Tage?

Eine Woche?

Er wusste es nicht, aber der Tod war ihm schon wieder näher gewesen als das Leben.

Ava Baumbach hatte ihn mit Wildbrühe versorgt, ihm löffelweise das streng riechende Elixier eingeflößt – und er lebte noch, wenngleich er aussah, als sei er einem Grab entstiegen. Er war hager und blass, seine Haut gräulich. Sein Kinn war stoppelig, er hatte einen dunklen Flaum auf der Oberlippe. Die Haare hingen ihm in die rotgeäderten Augen. Fidus sah an sich hinab. Hose und Hemd, die er über drei Monate ununterbrochen getragen hatte, waren löchrig, zerschlissen und schlackerten an seinem klapprigen Körper. Er war dreckig und stank, als hätte ihn das Erdloch geboren, aus dem er gekrochen war. Sein Mantel war so hinüber gewesen, dass er ihn in der Höhle gelassen hatte. Kurz hatte er eine Kletterweste mit Hakenkreuzbinde angezogen, die zur Tarnung Baumbachs gedacht war. Sie war noch in Schuss, aber wahrscheinlich nicht die beste Kleiderwahl dieser Tage.

Im Hemd marschierte er also los. In der Hand ein stattliches Bündel an Briefen für Klara. Der zerfledderte Krimi – mit dem er in den letzten Wochen zigmal der Höhle entflohen war und den er um nichts in der Welt hergeben wollte – steckte in seiner Gesäßtasche und zog ihm die Hose nach unten. Hätte es noch ein Loch gegeben, er hätte den Gürtel enger geschnallt. Nach wenigen Minuten musste er zehenrollend anhalten. Seine Stiefel drückten. Er war offensichtlich gewachsen. Trotz allem gewachsen. Fleisch und Knochen, erwachsen aus Wildbret und Wildbrühe. Fidus war selbst zu einem Stück Wald geworden. Und mit jedem Schritt, der ihn von der Höhle wegbrachte, entfernte er sich mehr von seinem Leben, das eigentlich vor ihm liegen sollte.

Eine gute Stunde später trat er aus dem Wald. Unter ihm entrollten sich die Rebflächen, die Weinreben hatten schon erste Knospen getrieben. Drüben bearbeitete eine Bäuerin das Feld. Sie trieb einen Gaul vor sich her, hielt mit beiden Händen einen Furchenpflug gepackt. Fidus stand nur wenige Hundert Meter hinter der Stelle, wo er mit Arnulf und Max in die Arme des Trupps gelaufen war – lebten seine Freunde noch? Wie war es ihnen ergangen?

Er kniff die Augen zusammen, weil er in der Ferne einen Krater zu erkennen glaubte, aber die Weite und Helligkeit schmerzte in seinen Augen. Kalter Schweiß stand ihm auf der Stirn. Er bekam die letzten Monate Dunkelheit und Bewegungslosigkeit zu spüren. Als er auf die Dorfstraße einbog, hatte er das Gefühl, auf bemoostem Waldboden zu laufen, so weich waren seine Knie. Ein Viehtransport rumpelte mit spuckendem Motor über die Straße Richtung Neustadt. Die Achsen quietschten und ächzten. Die Geräusche waren laut, viel lauter als früher. Von der Laderampe glotzten ihn drei ausgehungerte Rinder an, aus der Führerkabine des Fahrzeugs zwei Soldaten. Sie ließen Fidus nicht aus den Augen, als sie vorüberfuhren. Er nickte ihnen zu und senkte den Kopf.

Am Ortseingang parkte ein Armeefahrzeug vor den Türen des Gasthauses Storchen. Es war ein zweistöckiger Fachwerkbau mit grünen Fensterläden. Der schmiedeeiserne Wandausleger an der Fassade war zwar verschwunden, aber die Fenster im Erdgeschoss waren geöffnet. Stimmen drangen hervor. Sie sprachen Englisch, wenn sich Fidus nicht täuschte, denn für Französisch hatte er ein Ohr – und was sollte es denn sonst sein, wenn nicht Englisch? Wer gab hier den Ton an? Franzosen? Amerikaner? Was war das für ein Dorf, aus dem er gegangen war und in das er zurückkehrte? Das Rat- und Gemeindehaus lag in Schutt und Asche, die Gebäude daneben hatten teils auch Schaden genommen. In der Straße fehlten vereinzelte Pflastersteine, herauskatapultiert von Panzern? Fidus wusste es nicht, aber sonst schien nichts ernsthaft zerstört. Alles sah aus wie immer. Die Fachwerkhäuser, die Zäune, die Vorgärten – und ja, sicher, der Zahn der Zeit nagte hier und da an den zerfressenen, rebenumgürtelten Steinfassaden von Brunnweiler, und dennoch war etwas anders. Dann fiel es Fidus auf: Blumen fehlten. Überall. Es gab keine Farben. Das Dorf war grau.

Plötzlich sprang eine Tür auf. Wieselflink kam eine Frau herausgestürzt, sie schaute Fidus mit weit aufgerissenen Augen an. Fidus erschrak vor ihrem stieren, verzweifelten Blick. Für wen hielt sie ihn? Schnell ging er weiter. Zwei weitere Frauen, die älter aussahen, als sie sich bewegten, kamen seines Weges. Wie die erste Frau bemusterten sie Fidus – suchten sie nach Gesichtszügen, die ihnen bekannt vorkamen? Gesichtszüge, die ihnen zeigten, dass das Schicksal es doch nicht so schlimm mit ihnen gemeint hatte? Es war auch das erste Mal, dass Fidus das Gefühl hatte, dass sich die Menschen anders bewegten. Etwas dass ihm in den folgenden Wochen immer wieder auffallen sollte: Manchmal hatte er das Gefühl, die Nachkriegler gingen langsamer, wandelten ausgehöhlt umher, dann wurde er das Gefühl nicht los, dass ihre Schultern stets hochgezogen und ihre Schritte schneller und unwirscher als früher waren.

Fidus sah den Frauen nach. Vor der Besenwirtschaft rafften sie ihre Röcke, stiegen auf die ausgetretene Sandsteinstufe zum Eingang und waren verschwunden. Im Damen-Salon saß ein Soldat und ließ sich rasieren. Das Schaufenster des Krämerladens war leer, der Raum dahinter ebenso dunkel wie das Geschäft des Bäckers. Am gepflasterten Dorfplatz traf er auf drei alte Männer, die er vom Sehen kannte. Er hatte sie schon oft hier stehen sehen, ohne zu wissen, wohin sie gehörten. Zwei lehnten am plätschernden Brunnen, der dritte stand davor. Fidus hatte Durst, er ging auf sie zu. *Bald zahlen wir mit Franc*, hörte er einen sagen, bevor sie ihn bemerkten und aufmerksam verfolgten. Fidus legte das Briefbündel auf dem Brunnenrand ab, beugte sich vornüber, trank gierig und schöpfte sich dann Wasser in den Nacken.

Er blickte zu den Alten. Einer schob eine Herxheimer, die nicht brannte, vom rechten in den linken Mundwinkel, erst dann nahm er die Pfalz-Zigarre in die Hand. »Siehst mitgenommen aus. Wo kommst du her?«

Fidus zuckte mit den Schultern.

Ein anderer fragte: »Frankensteiner Stich?«

Als er das Wort aussprach, schüttelte der Dritte im Bunde verbittert den Kopf, als würde allein der Begriff ihm einen Schauer über den Rücken jagen, dabei wusste Fidus nicht einmal, was ein *Frankensteiner Stich* sein sollte.

»Warst in Gefangenschaft?«, fragte der Alte weiter, »oder hast dich versteckt?«

»Westwall«, sagte Fidus und seine Lüge schnürte ihm die Luft ab.

»Ganze Strecke gelaufen?«

»Ja.«

»Sind noch mehr auf dem Weg?«

»Was?«

»Das heißt *wie bitte* – sind noch mehr deiner Kameraden auf dem Rückweg?«

»Weiß nicht.«

»Waren harte Kämpfe?«

Fidus blickte auf die Briefe in seiner Hand. »Die Heeresgruppe G legte in einem letzten großen Manöver ihre Divisionen zusammen, die 1. und 7. Armee«, faselte er drauflos, so etwas Ähnliches hatte er auch Klara geschrieben, »doch der Befreiungsschlag misslang. Wir standen mit unseren Gewehren allein zehn Panzerdivisionen gegenüber.«

Ein Alter blies die Backen auf. »Zehn Divisionen?«

»Ja. Dazu Infanterie«, log Fidus und spürte, wie ihm übel wurde, nein, es war etwas anderes, als sackte sein ganzer Magen ab und sog ihm dabei die Luft aus den Lungen. Sein Kehlkopf fühlte sich eine Nummer zu groß für seinen Hals an. Zwei Jahrzehnte später sollte er erfahren, dass alles, was in diesen Minuten passierte und ihm bis ins stattliche Alter so lebendig vor Augen stehen sollte, als sei es gestern gewesen, kein Fluch, keine Krankheit, nichts Übernatürliches gewesen war: Es war blanke Panik, die ihn von Kopf bis Fuß zum Bersten ausfüllte und alles um ihn herum unnatürlich blähte. Es pochte an seinen Schläfen.

Eine Frau radelte mit ausdruckslosem Gesicht am Dorfplatz vorüber. Schwalben kreischten. Eine Fensterscheibe blitzte im Sonnenlicht. Erschrocken wich er zurück. Die Männer starrten ihn an.

»Alles gut, Junge?«

Doch Fidus hörte den Mann schon nicht mehr. Er lebte. Er lebte und war zurück. Endlich zurück und doch in der Fremde. Das Atmen fiel ihm schwer. Sein Herz fühlte sich an, als würde es aus der Fassung springen: Er konnte nicht nach Hause, er konnte doch nicht als Soldat heimkehren, der er nicht war. Sollte er die Wahrheit sagen? Oder wusste schon das ganze Dorf Bescheid, dass er ein fahnenflüchtiger Drückeberger war?

Fidus schnappte die Briefe, ging in Richtung Mühle, erst stapfend, dann immer schneller, bis sein Gang von Rennen nicht mehr zu unterscheiden war. Das Mühlrad saß mittig auf dem ummauerten Bach und wurde durch einen Bretterverschlag geschützt, der nie verschlossen war. Sie hatten sich hier oft in den Pausen verschanzt, denn die Mühle grenzte direkt an das alte Schulgebäude. Doch schon bevor Fidus drinnen war, kamen ihm die Tränen. Er zog die Tür hinter sich zu. Es war kühl. Der Bach rauschte laut im Halbdunkel des Verschlags. Das Mühlrad drehte sich knarzend um sich selbst. Er ließ sich auf ein Bänkchen sinken und vergrub sein Gesicht in seinen rauen Händen, als wolle er vor den Rillen im Bretterverschlag verbergen, dass er weinte. Förster Schworm kam ihm in den Sinn. Er dachte an den Schnee auf seiner Hand. An Klara und die Liebe. Wenn sie seelenverwandt waren, müsste sie dann nicht spüren, dass er sie hier brauchte?

Erst nach einer Weile sah Fidus den Sack Getreide und die vier Kannen Milch, die auf einem Bänkchen vor ihm standen, ein Bänkchen, das genauso aussah, wie die Schulbänke der Erst- und Zweitklässler – nutzte der Müller den Verschlag als Kühlung? Ein Gefühl übermannte ihn, noch stärker als seine Verzweiflung, seine Furcht und Liebe und alles andere. Fidus berührte fast andächtig die Kannen. Einzeln. Tippte sie an. Zog von einer den Deckel ab. Sie war randvoll. Weißer, fetter Rahm hatte sich an der Oberfläche abgesetzt und schimmerte matt. Fidus durchstieß mit dreckigen Fingern die Oberfläche, Milch schwappte hervor. Er wollte nicht viel davon, nur einen Schluck nehmen, einmal kosten, von was er in den letzten Monaten nur hatte träumen können. Doch kaum hatte er eine Kanne an die Lippen gesetzt, konnte er sie nicht mehr absetzen.

* * *

Es war nicht Klara, die den Verschlag öffnete und ihm die Hand reichte. Es war der Müller. Und er öffnete den Verschlag auch nicht. Er riss ihn auf. Kurz zuckte die schwielige Hand des Mannes, als wollte er Fidus am Kragen packen oder Schlimmeres tun. »Habt doch schon alles, was ich entbehren kann!«, schrie er aufbrausend, mit wutentbrannter Miene. Als er den zerlumpten Fidus mit Milchbart erblickte, verstummte er. Die Augen des Müllers erforschten seine Gesichtszüge. »Bist du der junge Bergmann?«, fragte er schließlich – er kannte viele Dorfbewohner beim Namen, aber Fidus kannte er vielleicht noch etwas besser als andere Jungen seines Alters: Er war mit seinem Vater im Gesangsverein gewesen, zumindest bis zum Verbot im Jahr 1933.

»Ja«, flüstere Fidus und senkte beschämt das Haupt.

»Sieh einer an«, sagte er und kratzte sich den Kopf, »wird sich deine Mutter gefreut haben.«

Der Müller war ein kräftig gebauter Mann, nicht groß, aber breitschultrig. Er war alleinstehend, hatte ein rundes Gesicht und dichte, dunkle Locken. Sein stets mürrischer Gesichtsausdruck wollte nicht so recht zu seinen gütigen Augen passen. Oder seine gütigen Augen passten nicht so recht zu seinem stets mürrischen Gesichtsausdruck. Wie man es nahm.

Fidus hatte den Mann zigmal gesehen. Immer war er in Bewegung, alles um ihn herum obendrein: Der Bach, das Mühlrad. Menschen trugen Säcke in die Mühle. Oder er trug Säcke aus der Mühle heraus. Ein Mehlgürtel umschwebte ihn dabei wie ein heiliges Himmelsgestirn. Er striegelte seine Gäule, fegte vor seiner Tür. Er schliff, strich, sägte, bohrte oder hämmerte. Nur an Sonntagen hielt er inne: Zuerst in der Kirche, danach im Gasthaus. Er galt als gut informiert.

»Gehören wir zu Frankreich?«, fragte Fidus kleinlaut.

»Jedenfalls nicht mehr zu Bayern«, antwortete der Müller schulterzuckend. »Weiß keiner so …«

Doch noch bevor der Müller seinen Satz beendet hatte, platzte es aus Fidus hervor: »Wissen Sie zufällig etwas über Arnulf Warmbrunn oder Max Wilhelmy?« Der Müller, dessen Name er nicht einmal kannte, denn alle nannten ihn nur den *Müller*, blickte ihn mit undurchsichtigen Augen an. »Und Förster Schworm?«, bohrte Fidus weiter, »wissen Sie, ob er zurück ist?«

»Also, der lebt. Aber ist nicht mehr ganz richtig im Kopf«, sagte der Müller und hob seine Pranke neben sein Gesicht. »Haben ihm das halbe Gesicht weggeschnitten. Üble Sache. Granatsplitter, Wundbrand.«

Fidus schluckte.

Der Müller zog die Augenbrauen nach oben. »Was machst du hier drin?«, fragte er, »nur meine Milch stehlen? Wirst du nicht zu Hause gebraucht? Du warst doch schon zu Hause?«

Doch Fidus hörte ihn gar nicht. »Und Arnulf Warmbrunn oder Max Wilhelmy?«, fragte er mit brüchiger Stimme und fügte schnell an: »Aber da wissen Sie sicher nichts, oder?«

»Den Warmbrunn mit den großen Ohren? Und den Wilhelmy von der Federfrieda? Meinst du die?«, fragte der Müller.

Fidus nickte. Er hatte nie verstanden, weshalb die Großmutter von Max so genannt wurde. Vielleicht gab es einen Bezug zu Federweißer, denn sie bewirtschaftete hinter ihrem Haus einen Acker mit Reben, aus dem sie – nach allem was man hörte – einen beachtlichen Riesling zu keltern vermochte. Im Herbst war Max auch immer etwas krummbucklig zur Schule gekommen, weil er bei der Weinlese helfen musste.

Der Müller seufzte erneut. »Sollten sich in Speyer melden, als Flakhelfer dienen. Sind irgendwie an vorderster Front gelandet, ist Monate her.« Der Müller legte die Stirn in

Falten. »Jetzt erinnere ich mich auch wieder, wart ihr nicht zusammen unterwegs? Zu dritt? Das hat man sich jedenfalls erzählt, ihr wart doch die letzten Brunnweiler, die sich die … die sich die Braunhemden geholt haben.«

»Das stimmt.«

»Dann solltest du doch besser Bescheid wissen als ich, was mit deinen Kameraden geschehen ist. Oder welchen Teil der Geschichte kenne ich nicht?«

Fidus' Puls galoppierte, sein prall gefüllter Rohmilchmagen krampfte. »Wir waren in Speyer und wurden wieder heimgeschickt, und auf dem Weg nach Brunnweiler sind wir der SS in die Arme gelaufen, und wir mussten mit auf den Drachenfels, und dort haben wir uns verloren.«

»Gütiger Himmel«, murmelte der Müller und kratzte sich erneut den Lockenkopf.

»Was ist mit Max und Arnulf?«, flüsterte Fidus.

»Man sagt, sie seien im Krieg geblieben«, sagte der Müller und schlug die Augen nieder. Als er sah, dass Fidus' Kinn zu zittern begann, fügte er schnell an: »Aber bis ich dich gerade hier gefunden habe, warst du auch … totgesagt. Sind wirre Zeiten, Junge – warst du überhaupt schon zu Hause? Wenn nicht, solltest du das schleunigst hinter dich bringen.«

* * *

Brunnweiler wurde von einem Bach und einem Bächlein durchzogen, die sich plätschernd zwischen den engen Fachwerkhäusern hindurchschlängelten. In die Gehwege dazwischen fiel niemals die Sonne. Erst an den Ortsrändern fächerten die Gebäude auf. Die Vorgärten wurden größer, in denen die Dorfbewohner für den Eigenbedarf Gemüse anbauten oder Hühner hielten. Nur die Zäune zeigten, wo die

Gärten endeten und die endlosen Äcker begannen, die das Dorf umkränzten.

Kaum hatte Fidus das letzte Haus hinter sich, erblickte er am Waldrand sein Elternhaus. Ein Tagelöhnerbau mit drei Türen, vier Fenstern und zwei Zimmern. Fidus wuchs in ärmlichen Verhältnissen auf, aber als das Haus Schritt für Schritt näher kam, erschien es ihm wie ein Palast – oder besser eine Festung: Das Haus lag etwas erhöht, man hatte einen schönen Blick auf das Umland. Fuhr der Wind durch Ähren und Reben, sah es aus, als trieb Brunnweiler wie eine Insel im Meer.

Seine Mutter nahm ihn in den Arm. Natürlich nahm sie ihn in den Arm. Hart und unnachgiebig riss sie Fidus an sich, mit Seufzen und Wimmern der Erleichterung. Er hörte seine Schwester Almut glucksen. Dann schob ihn seine Mutter von sich, und etwas Eigenartiges geschah: Das mütterliche, leichtherzige Glück, das ihr zu Gesicht stand, verschwand. Es sollte auch nie wieder zurückkehren. Stattdessen nahm eine Ernsthaftigkeit von ihr Besitz, die irgendwo zwischen Moralinsäure und Verbitterung lag. Fidus sah sie an. Sie war abgemagert wie Almut. Beide hatten blutleere Lippen.

Fidus Herz klopfte. »Wo ist Papa?«, fragte er.

»Im Garten, aber er …«, sagte seine Mutter und holte schwermütig Luft.

Fidus wartete nicht ab. Er ging in drei großen Schritten durch die Wohn- und Schlafküche und stieß die Hintertür auf. Sein Vater hatte offensichtlich gehört, dass etwas im Haus vor sich ging. Starr stand er vor dem Bänkchen am Obstbaum, die Arme hinter dem Rücken verschränkt, auf einem Teppich aus verdorrten und verwelkten Blüten. Die Apfelblüte war vorüber. Als er Fidus in der hageren Gestalt erkannte, traten Tränen in seine Augen. Fidus hatte seinen Vater in den letzten Jahren nie umarmt, und sein Vater hatte Fidus nie umarmt. Letzteres sollte so bleiben, denn als Fidus seine Arme um ihn schlang, blieb sein Vater steif und regungslos stehen. Etwas stimmte nicht. Fidus spürte es. Etwas ging vor sich. Er ging einen Schritt zurück, blickte seinen Vater an, der fast beschämt wirkte, glücklich und niedergeschlagen, alles zusammen.

In diesem Moment kam seine Mutter aus dem Haus, in der Hand trug sie Fidus' Sonntagsanzug. »Du bist größer geworden«, sagte sie, »aber ich denke, der sollte noch passen.«

»Was ...?«, fragte Fidus.

»Lass ihn erst einmal ankommen, Luise«, hörte er seinen Vater. »Wir haben Fidus wieder, mehr brauchen wir heute nicht.«

»Doch. Wir brauchen Essen«, sagte sie, »sieh dir Almut an.«

»Luise, er ist erst zurückgekommen, der Krieg ist seit gestern vorbei.«

»Für uns ist der Krieg seit sechs Wochen vorbei«, entgegnete seine Mutter beharrlich.

»Was soll ich denn machen?«, platzte Fidus hervor.

»Es ist gerade Mittag durch, du wäschst dich, ich schneide dir die Haare, dann läufst du nach Mußbach in die Fabrik und fragst, ob du die Arbeit deines Vaters bekommst.«

»Ich wollte heute Mittag auf den Buckelhof!«

»Zu dieser Klara? Schlag dir das aus dem Kopf. Du gehst in die Fabrik. Und frag, ob sie dir ein paar Lebensmittelmarken als Vorschuss geben.«

»Ich will nicht in der Fabrik arbeiten, gibt es da überhaupt Arbeit? Was ist denn mit Papa?«, rief Fidus und schwang entrüstet herum.

Sein Vater hatte seine Arme nicht mehr hinter seinem Rücken verschränkt.

Er hatte sie hervorgenommen.

Arme ohne Hände.

***

Meine liebe, gute Klara,

hätten die Nazis nicht die Gemeinschaftsschulen eingeführt, dann hätten wir uns vielleicht nie näher kennengelernt. Gäbe es die Nazis nicht, dann säße ich aber auch nicht hier. Ich könnte Dir aber auch nicht schreiben. Ich weiß einfach nicht, was ich von all diesen Gedanken halten soll, ich bekomme Gedanken nicht zu Ende gedacht, es ist schlimm. Alles ist verwirrend in diesen Tagen. Verstehst Du, was ich meine? Wir sind irgendwo am Westwall, es ist Nacht, ich schreibe im Schein einer Öllampe, meine Kameraden schlafen – und heute bin ich froh darüber. Sie sind etwas älter als ich und so viel klüger. Sie sprechen über Bücher, Musik und Theater, manchmal singen sie leise Lieder, die ich nicht kenne.

Heute erzählte einer ganz plötzlich von einem spanischen Architekten, von Antoni Gaudí. ~~Ich weiß nicht, wer das sein soll, bin ich deswegen dumm? Weißt Du wer das ist?~~ Er muss verrückte Häuser bauen, ganz farben- und formfroh, vielleicht sind sie deswegen darauf gekommen. Das würde ich gerne einmal mit eigenen Augen sehen. Hier ist alles dunkel, grau und trist. Weit entfernt hört man seit einigen Tagen Artilleriefeuer. ~~Ich habe Angst, manchmal weine ich, wenn niemand hinsieht.~~ Mir fehlt die Schule. Dir auch? Denkst Du, wir holen das Schuljahr nach dem Krieg nach? Ich hoffe, ich will danach zur Abendschule und auf dem Gymnasium einen Abschluss machen – geht so etwas? Denn

115

eine der Sanitäterinnen im Feldlazarett hat zu mir neulich gesagt,
was man im Kopf hat, kann einem niemand mehr wegnehmen.

Daran denke ich gerade und natürlich an Dich,
Dein in Nacht und Dunkelheit gebadeter,
so dass man den ganzen Dreck nicht sehen kann,
Fidus

* * *

Kaum war ich zur Tür herein, stürmte meine aufgebrachte Mutter auf mich zu. Ich dachte, es ging um den Streit vorhin. Da hatte ich mich gehörig getäuscht. »Diese Person war wieder da!«, rief sie und schwang ihr Mobiltelefon wie ein Leuchtschwert.

Ich blickte kurz über sie hinweg in den leeren Sessel im Wohnzimmer. »Wo ist Papa?«, fragte ich aufgesetzt einsilbig, denn im Grunde hatte mich Opa wieder eingefangen, und meine Sorgen überwogen meine Wut.

Erstaunt schaute sie über ihre Schulter. »Gerade war er noch da«, antwortete sie verwundert, zerrte mich dann aber sogleich in den Hauswirtschaftsraum. Eine Waschmaschine surrte leise, die Luft roch nach Vorspülgang. Sie sah sich einmal in der Kammer um, die gerade einmal sechs Quadratmeter maß, aber man konnte dieser Tage ja nicht sicher sein, wo mein Vater als Nächstes apparierte. Meine Mutter flüsterte: »Dieser ... Mann war wieder da.«

Sie hielt mir ihr Mobiltelefon so nah vor die Nase, dass ich instinktiv zurückwich. Ich nahm ihr das Gerät aus der Hand. Darauf war ein leicht verwackeltes Foto zu erkennen, das sie anscheinend aus dem Wohnzimmerfenster gemacht hatte. Auf dem Gehweg standen zwei Personen. Augenscheinlich mein Vater, was ich an der Statur und der schwarzen Kleidung erkannte, sowie ein zweiter Mann, der eine leopardengemusterte, enge Hose trug. Sein Gesicht war ein hautfarbener, verschwommener Klecks, der auf einem kirschroten Hemd steckte. Seine schwarzen langen Haare hatte er zu einem Pferdeschwanz gebunden. Es war mit Sicherheit der Mann, der mir im Krankenhaus begegnet war, und derselbe Mann, der meinen Vater nach Hause gebracht hatte.

»Kannst du das Bild einmal deinen Suchmaschinen zeigen?«, fragte meine Mutter.

»Wie meinst du das?«, entgegnete ich, obwohl mir die Antwort schwante.

»Es gibt doch solche Suchprogramme – ich will wissen, wer das ist! Er sieht so, so … «

» … außergewöhnlich aus?«

»Ja, schau bitte einmal nach, wer das ist.«

»Mama, das geht nicht.«

»Doch, doch, das geht – ich war neulich mit Lullu in einem Einrichtungshaus. Sie machte ein Foto von einem Sofa, das ihr gefiel. Sie zeigte es einer Suchmaschine, und prompt fand die dasselbe Modell – fünfhundert Euro billiger, von einem polnischen Händler!«

»Das mag ja sein, aber ein Sofa ist kein Mensch.«

»Wie meinst du das?«

»Ein Sofa hat keine Persönlichkeitsrechte, Mama, es gibt so etwas wie Datenschutz«, sagte ich, »außerdem ist das Bild viel zu unscharf und verschwommen, der Mann hat ja nicht einmal eine Nase.«

Meine Mutter verdrehte die Augen. »Das kannst du doch schärfer machen, dafür gibt es doch Programme.«

Ich schmunzelte. »Ruf vielleicht einmal beim BND an, vielleicht können dir die IT-Spezialisten helfen«, sagte ich.

»Blödmann.«

»Frag doch einfach mal Papa, wer der Mann ist.«

»Hab ich. Er antwortet nicht. Kein Wort rauszukriegen.«

»Wenigstens hat er dich nicht beleidigt«, knurrte ich.

»Schön wär's! Er hat mich angezischt, dass mich das *einen Scheißdreck* anginge.«

Erst jetzt, nachdem der Sturm der Entrüstung meiner Mutter über mich hinweggezogen war, schien ihr unsere Auseinandersetzung wieder in den Sinn zu kommen. Vielleicht lag es auch an meiner Anspielung. Sie sagte jedenfalls: »Alo, und wegen vorhin ...«

Ich drehte mich um und ging.

Keine Lust auf Weichspülgang.

Im Keller: nichts.

In der Garage: nichts.

In Kommoden allerorten: nichts.

Auf dem Speicher: Da war ich nun, atmete trockene Luft und suchte.

Und zugegeben, von allen anderen Orten, an denen ich gesucht hatte, war der Speicher die passendste Kulisse für alte, vergilbte Briefe – oder nicht?

Hatte Opa sie wirklich geschrieben?

Hatte Oma sie bekommen?

Und hatte Papa sie aufgehoben?

Die Fragen brachten mich um den Verstand, denn die Sache mit Opa war aufregend, richtig aufregend, das Aufregendste, das mir außer den üblichen Aufregungen des Lebens bisher passiert war. Denn egal wie aufregend mein Leben bisher gewesen war – die erste Nacht mit einem Mädchen, ein Fußballendspiel auf der Südtribüne – das Leben der anderen war doch immer aufregender. Zumindest, was man so hörte.

Von Bekannten. Bekannten von Bekannten. Sie kraxelten durch den Himalaya, sprangen aus Flugzeugen, verkleideten sich als Orks und Elben und verliehen so der Brühe des Lebens die Würze. Im Grunde erlebten manche Kommilitonen auf dem Weg zur Uni mehr Abenteuer als ich in einem Jahr. Jetzt war ich an der Reihe. Und daran war nichts gekauft, nichts gekünstelt. Wenn Fidus' Geschichte wahr war, dann lagen meine Wurzeln nicht in einem Blumenbeet mit Kompostdüngung, sondern im Wildwuchs des Lebens. Irgend so was. Und ich musste mich dafür nicht einmal als Elb verkleiden.

Alles fühlte sich so echt an.

Frei Haus.

Schlüssel.

Schloss.

Passt.

Meins.

Ich wollte, dass es so geschehen war.

So und nicht anders.

Ich wollte, dass Opa keinen Sprung in der Schüssel hatte.

Keine Schublade blieb in der nächsten Stunde ungeöffnet. Ich holte Trittleitern und schaute auf Schränke. Ich wuchtete Kisten umher. Ich entdeckte mit einem Anflug von Rührung meine alten Spielsachen: meinen Stofftiergepard, einen Thorhammer samt Helm und einen Chemiebaukasten mit verkrusteten Erlenmeyerkolben, in dem ich alles gekocht hatte, nur nichts nach Anleitung.

Ich fand eine Kiste mit Flugzeugmodellen und erinnerte mich daran, dass mein Vater vor seiner Begeisterung für Kleingärtnerei ein Faible für Modellbau hegte. Ich konnte den Kleber in unserer Werkstatt förmlich riechen, sah meinen Vater mit Lupe und Pinzette hantieren. Lang war es her, aber meine Vergangenheit hatte ja anscheinend noch mehr zu bieten.

Vielleicht.

Hoffentlich.

Energiegeladen, fast euphorisch, stieg ich also am Ende auf den Speicher – woher kam dieser Impuls, der mich durchfuhr?

Ich war eigentlich kein temperamentvoller Mensch, ein Alphatier schon gar nicht. Es war zwar immer ein Platz für mich frei, wenn ich zu mittelspäter Stunde in die Studentenkneipe einlief, aber es trommelte auch niemand auf den Tisch, wenn ich kam. Es waren dann stets die anderen, die Geschichten erzählten und Kalauer wie Trümpfe auf den Tisch knallten. Ich war der aufmerksame und dankbare Zuhörer, ertrug sogar demütig die Späße darüber, dass ich ständig meine Studiengänge wechselte. Ich war nie der Erste, der ging, und nie der Letzte. Wahrscheinlich waren deswegen meine Noten immer okay, nie grottenschlecht oder sensationell. Ich mochte Fußball, aß drei Stück Obst am Tag und schlief am Wochenende aus. Ich erwartete nicht viel vom Leben.

Der Gedanke versetzte mir einen Stich. Ich hielt inne, blickte durch den blitzsauberen Speicher. Dämmung und Gebälk waren hinter Gipsplatten versteckt, alles sauber verspachtelt und gestrichen. Aus dem Deckenbalken hing keine Bauleuchte, sondern eine runde Pendellampe aus Milchglas. Ich sank auf den Boden, lehnte mich an einen Karton. Benommen saß ich eine Weile im gleichschenkligen Dreieck des Dachstuhls. Die Lampe baumelte über mir wie der Mond. Was erwartete ich eigentlich vom Leben? Ich konnte mir im Spiegel in die Augen schauen, aber auch meinen Eltern und der Gesellschaft unter die Augen treten – war das der Maßstab, den ich für ein erfülltes Leben erkoren hatte? Waren meine Studiengänge richtig, nur ich war falsch? Und waren diese ganzen Zweifel und Fragen nur dusselige Luxusprobleme, gemessen an anderen Generationen?

***

Je näher die klapprige Frau mit klapprigem Mädchen kam, desto mehr verebbte Klaras und Fidus' Gespräch. Das leise Plätschern des Brunnens verschwamm mit dem Klackern der Räder des Handwagens, den die Frau hinter sich herzog. Sonst war es still. Selbst die Grillen waren verstummt, so drückend heiß war dieser späte Nachmittag. Sie saßen im Schatten auf einem Bänkchen vor dem Buckelhof und hielten Händchen. Die einzige Zärtlichkeit, die ihnen in den letzten Monaten geblieben war. Und selbst diese verbargen sie vor neugierigen Augen, indem sie ihre verschlungenen Hände im Spalt zwischen ihren Oberschenkeln vergruben. Klara kniff die Augen zusammen. In weiter Ferne erkannte man die Umrisse des Hambacher Schlosses. Es flirrte regelrecht in der Hitze des Tages, verlieh dem Mutter-Tochter-Gespann eine fast dramatische Kontur – oder waren es Tante und Nichte? Wer wusste das dieser Tage schon so genau?

Die Frau trug ein dünnes Kleid und Kopftuch, darunter stand ein sonnengegerbtes Gesicht. Das junge Mädchen mochte vier oder fünf Jahre alt sein, sie hatte verfilztes Haar und ging auf dreckigen, nackten Füßen.

»Die Leute werden jede Woche dünner«, flüsterte Klara und befreite ihre Hand aus seiner.

Fast schuldbewusst nippte Fidus an seinem Becher mit kühlem Hauswein, der ihm wohlig zu Kopf gestiegen war. Er biss in einen Kanten Brot. Beides hatte ihm Klara aus dem

Keller besorgt, schon als sie ihn aus weiter Ferne heranmarschieren sah. Die Stärkung war schon fast zu einem festen Ritual geworden. Er klemmte den Becher in seinen Schoß und verbarg den letzten Mundvoll Brot in seinen Händen. Wobei die Frau die Nahrung längst gewittert hatte. Fidus ahnte es angesichts ihrer Blickrichtung. Das war schließlich alles, um was es sich in diesen Tagen im späten August 1947 drehte: Nahrung.

Hamsterer waren überall. Fidus begegnete ihnen, wenn er bei Sonnenaufgang in die Maschinenfabrik ging und am späten Nachmittag von dort kam. Sie fraßen sogar die grünen Beeren von den Rebstöcken. Neulich war er für einen Behördengang nach Speyer gefahren, mit dem Zug, der auch *Äppelexpress, Nikotinbahn* oder *Vitaminzug* genannt wurde. Jetzt verstand Fidus, warum. Im Halbdunkel vernagelter Fenster, auf rissigen Sitzpolsterungen, saßen übellaunige, entkräftete, gereizte, unterernährte, ja sogar aggressive Städter. Sie umklammerten das wenige Essen, das sie erbettelt hatten, schielten argwöhnisch auf die Beute der anderen und kämpften dagegen an, nicht im sanften Ruckeln des Zuges einzunicken. Weniges war schnell gestohlen.

»Schöpft gerne Wasser aus unserem Brunnen«, sagte Klara und ersparte der Frau damit eine unterwürfige Begrüßung.

»Ihr seid gütig, danke«, antwortete die Frau mit heiserer Stimme, strich dem Mädchen zärtlich eine Haarsträhne aus dem Gesicht und führte sie zur Tränke. Das Mädchen ließ sich Wasser in die Handfläche laufen. Die Frau nutzte den Moment und kam zurück. »Ihr seid gesegnet mit diesem stattlichen Hof, hättet ihr vielleicht eine Handvoll Kartoffeln, ein Stück Brot oder ein Glas Milch für das Kind?«

»Tut mir leid. Wir sind zwar Selbstversorger, aber wie ihr

sicher wisst, wurde unsere Abgabepflicht auf das Doppelte erhöht, wir können ...«

Die Frau unterbrach Klara. »Es muss nicht viel sein, habt ein Herz, bitte«, flehte sie.

»Ich habe ein Herz, das könnt ihr mir glauben. Wir haben keinen Dünger, das Gerät ist kaputt und kann nicht repariert werden«, sagte Klara. Sie zeigte zum Himmel und fügte an: »Davon gar nicht gesprochen.«

Klara meinte die Sonne, die nicht aufhörte zu scheinen. Gestern, heute, morgen. Vorgestern, übermorgen. Und kein Dorflautsprecher oder Bauernschlauer wusste eine Änderung vorherzusagen. Die Sonne brannte herab, stand an einem blauen Himmel, seit Wochen. Die Schwalben flogen hoch. Ihre Rufe klangen wie Todesgeschrei. Der Horizont flimmerte. Das Gras verdorrte. Es roch nach Heu. Nichts wuchs, nichts gedieh.

Niemand wusste das besser als Klara, sie hatte den Tag mit Hacke auf den Feldern gestanden, unter ihren Fingernägeln klaffte Ackererde. *Grombeerausmache.* Nebenbei hatte sie ihre kleine Schwester gehütet. Wie viel kümmerliche Kartoffeln hatten sie aus der Erde gekratzt? Zehn Säcke? Fünfzehn? Nicht einmal ein Drittel dessen, was sie sonst einbrachten. Und die Hoffnung bei den späten Sorten war dahin, wenn es nicht bald zu regnen begann. Alle, die im erbarmungslosen Winter den Sommer herbeigesehnt hatten, konnten sich nicht mehr erinnern, warum.

»Nur ein Brosame, wertes Fräulein, bitte.«

»Wir haben nicht genug.«

Fidus erkannte in Klaras Stimme eine ungewohnte Härte. Auch die Stimme der Frau klang mit einem Mal kraftvoller. Der leidgepeinigte Ausdruck in ihren Augen wurde fast tückisch, verstiegen und gehässig. Änderte sie ihre Taktik? Und wirklich: Das Blatt wendete sich. Spöttisch blickte sie plötzlich auf Fidus' zigmal geflickte und geklebte Stiefel. Dieselben Stiefel, die Fidus anhatte, als er in den Krieg gezogen war, in dem er niemals angekommen war.

Die Frau ging zu ihrem Handkarren, fischte in einem Sack und zog einen Stiefel heraus, der exakt seinem Modell entsprach, nur völlig intakt war. Fidus richtete sich überrascht auf. Er hatte mit vielem gerechnet, damit nicht. Er war in den letzten zwei Jahren zu einem aufrechten Mann gewachsen, hatte keinen Flaum mehr auf der Oberlippe, sondern Stoppeln am Kinn. Nur seine Zehen hatten sich den Stiefeln gebeugt: Sie waren krumm hineingewachsen. Die Schwielen an seinen Fußkanten hätte man mit Bandschleife bearbeiten müssen. Jeder Schritt drückte und schmerzte, und er hatte seine Stiefel heute nur noch nicht ausgezogen, weil seine Scham über seine löchrigen Socken noch schwerer wog als der Schmerz. Vom Geruch und Aussehen seiner Füße gar nicht gesprochen.

»Dürfte passen«, sagte die Frau.

»Habt ihr davon ein Paar?«, fragte Fidus aufgeregt, denn wenn es schon schwer war, an Nahrung zu kommen, waren neue Schuhe ein Ding der Unmöglichkeit.

Die Frau schüttelte den Kopf und löste das Kopftuch. Darunter kamen dunkle, lange Haare zum Vorschein, die sie verjüngten. »Nur den einen«, sagte sie und wischte sich die Stirn.

Fidus sank enttäuscht zurück.

»Probier ihn doch mal an«, sagte Klara.

Das Mädchen kam herüber, stellte sich hinter die Frau und schielte mit wilden Augen hervor.

»Was soll ich mit nur einem Stiefel?«, fragte Fidus.

»Besser einen als zwei zu enge Stiefel, oder?«

Die Frau kam drei Schritte näher, hielt Fidus den Stiefel mit dreckgepuderter Hand entgegen. Scheinbar hatte sie sich selbst auf einem Acker zu schaffen gemacht. Er zögerte. Er hatte noch ein paar Lebensmittelkarten, die er aber für seine Familie benötigte. »Ich habe nichts, nur vier Lebensmittelkarten, die ich selbst brauche«, sagte er.

»Probier ihn an«, drängte ihn Klara, die um sein Leid wusste.

»Ich kann nicht bezahlen.«

»Da finden wir einen Weg.«

Also probierte Fidus den Stiefel, es war der linke. Er war zu klein, aber immerhin größer. Nur sein großer Zeh stieß noch an die Lederkappe.

Klara wusste Bescheid, kaum dass sie in seine erleichterten Augen geblickt hatte. »Was wollt ihr für den Stiefel?«, fragte sie.

»Zwanzig Pfund Kartoffeln.«

»Zehn Pfund.«

»Fünfzehn Pfund.«

»Zehn Pfund und ein Liter Milch.«

»Fünfzehn Pfund.«

»Es ist nur ein einzelner Stiefel, den kriegt ihr doch nirgendwo sonst los.«

* * *

Frau und Kind zogen von dannen.

Fidus rollte ekstatisch mit den Zehen seines linken Fußes, er konnte gar nicht damit aufhören.

Klara lächelte und strich ihm zärtlich über den Oberarm. »Du hast Lebensmittelkarten? Hat also alles geklappt mit der Behörde?«, fragte sie.

»Wir haben die Hühner im Wald versteckt, als sie kamen. Sie haben trotzdem unseren Garten zerpflückt, dass sie nicht jeden Kohlkopf einzeln gezählt haben, grenzt an ein Wunder. Wir konnten sie überzeugen, dass wir Normalverbraucher sind, wahrscheinlich haben sie auch wegen meinem Vater ein Auge zugedrückt. Wir haben zwar keine Schwerstarbeiterstufe bekommen, aber mit unserem Garten, dem Wald und den Rationen für meinen Vater ...«, er hielt kurz inne. »Wir kommen über die Runden«, sagte er etwas beschönigend, da fielen ihm auch noch das Päckchen Zucker und die zwei Flaschen Wein ein, die Schulkinder an Weihnachten bekommen hatten, weswegen er anfügte: »Und Almut bekommt manchmal ja auch noch zusätzlich etwas in der Schule mit. Geht schon, irgendwie.«

»Bist nur noch Haut und Knochen«, sagte Klara und strich ihm erneut über den Arm.

Dazu schaute sie ihn liebevoll an – liebevoll anders. Irgendwie tiefer, durchdringender, es war Fidus heute schon mehrmals aufgefallen. »Wieso schaust du mich so an?«, fragte er.

»Wie schaue ich dich denn an?«

»Weiß nicht. Irgendwie anders.«

»Darf ich dich nicht mal *irgendwie anders* anschauen?«, sagte Klara und lächelte, als wüsste sie etwas, das er nicht wusste.

Fidus ließ es gut sein, denn er war hier, bei Klara, wie jeden Freitagnachmittag der letzten zwei Jahre. Zwei Stunden in der Woche, die sein Leben zusammenhielten. Er war weit weg von der Fabrik, wo die Maschinen heute wieder größtenteils stillstanden und wo sich in der Belegschaft ein Streik zusammenbraute. Wer konnte es ihr verdenken: Wer arbeitete, musste essen.

Aber Fidus wollte nicht daran denken, nicht jetzt. Er trank Wein, vielleicht bekam er sogar einen zweiten Becher. Die Sonne schien, wenn auch etwas zu hell. Der infernalische Gestank des Ebers, der immer zum Bänkchen herüberwehte, war heute überall, nur nicht hier. Ein Pfauenauge ließ sich kurz auf seinem Oberschenkel nieder. Im Übrigen war er heute gekommen, um Klara von seinen Plänen zu erzählen. Er tastete nach ihrer Hand, rollte die Zehen. Er hatte nämlich eine Entscheidung getroffen, nein, im Grunde hatte er längst Nägel mit Köpfen gemacht. Im Wortsinn. Er sortierte schon die ersten Worte, aber brachte sie nicht über die Lippen: Er genoss die Ruhe, die nicht von dieser Welt war.

Nach dem Krieg hatten die Franzosen von den Amerikanern das Zepter übernommen. Seit einem Jahr gab es ein Land, das Rheinland-Pfalz hieß. Man sprach sogar von einer neuen Währung, aber es stand zwischen der französischen Militärbehörde und der deutschen Zivilregierung nicht zum Besten. Nur noch zähneknirschend trat man vom Bürgersteig und zog den Hut, wenn ein französischer Offizier des Weges kam.

Die Franzosen seien schlimmer als zur Besatzungszeit nach dem Ersten Weltkrieg, sagte man. Das Land würde unverhältnismäßig streng gegen die rechtsrheinischen Gebiete abgeriegelt, sagte man. Die Soldaten – Söhne, Väter, Neffen, Freunde, Angestellte – müssten länger in Kriegsgefangenschaft bleiben als die der Russen und Engländer, sagte man. Georg etwa, der Knecht des Buckelhofs, den alle nur *Schorsche* riefen, wurde seit Jahren in Bretzenheim festgehalten, dem *Feld des Jammers*. Dabei kannten ihn alle nur als den Schlosshund, weil er bei jeder Gelegenheit heulte. Beim Vaterunser in der Kirche ebenso wie an Schlachttagen. Er hatte auch geweint, als er den ungeöffneten Einzugsbefehl in Händen hatte. Wem war damit geholfen, ihn festzuhalten?

Niemand wunderte es also, als eine erste Verfassung bei einer Volksabstimmung abgewatscht wurde. Manche im schwerfälligen Verwaltungsapparat klüngelten Verbesserungen aus, immer im Hinterkopf den französischen Rotstift. Andere, die nicht kurz vor dem Hungertod standen, hingen versessen Selbstverwaltungsphantasien nach – erst neulich hatte Fidus vor der Maschinenfabrik ein Flugblatt in die Hand bekommen, auf dem eine *Sozialistische Rhein-Union* gefordert wurde, inklusive Saar und Baden.

»Jetzt hast du drei zu enge Schuhe«, sagte Klara und lächelte, sichtlich stolz, dass sie Fidus ein solches Geschenk machen durfte.

»Nicht nur die Schuhe sind zu eng, Klara«, entgegnete Fidus bedeutungsgeschwängert und glaubte, damit eine ideale Überleitung zu seiner Neuigkeit gefunden zu haben.

Erstaunlicherweise ließ Klara diesen Satz so stehen. Sie ging nicht weiter darauf ein, nickte nur nachdenklich und sagte dann: »Vielleicht kann ich dir bald richtige Schuhe besorgen. Luise kommt im Herbst in die Schule. Vorbei mein Kindermädchendasein. Mein Vater hat mir auch schon Arbeit in einer Lederfabrik in Hauenstein besorgt und … «

Fidus richtete sich auf. »Wie meinst du das? Bist du, ziehst du … ?«, stammelte er.

»Nein, nein, ich fahre morgens hin und abends zurück, mit dem Rad oder Zug, sind ja nur dreißig Kilometer. Muss früh los und komme spät heim. Wir werden uns vielleicht eher sonntags sehen, weil samstags muss ich bestimmt aufs Feld, wenn *Schorsche* nicht bald heimkommt.«

»Ich … Du … «, fing Fidus an, aber so richtig kam er mit diesem plötzlichen Aufwallen seiner Gefühle nicht zurecht.

Diese zwei Stunden. Freitags. Das war sein Leben. »Wenn wir in eineinhalb Jahren erwachsen sind, heiraten wir«, sagte er trotzig, womit er eigentlich Klara meinte, die ein Dreivierteljahr nach ihm geboren worden war. Er selbst würde schon im Winter erwachsen sein. »Und dann sitzen wir jeden Tag zusammen auf einer Bank.«

Klara lächelte. »Zu einer Bank braucht es auch einen Tisch und ein Bett und ein ... «

»Bau ich uns!«

»Kannst du doch gar nicht.«

»Kannst du schon sieben verschiedene Kuchen backen?«

Klara lachte, denn so sagte man, zumindest vor dem Krieg: Ein *Pfälzer Mädel* muss sieben Kuchen backen können. Eine Schlüsselqualifikation für gute Ehefrauen. »Ich kann Kühe melken, Butter stampfen – gilt das auch?«

»Ich lass das mal durchgehen.«

»Gut. Dann musst du jetzt nur noch meinen Vater von deinem Plan überzeugen«, sagte sie mit Kopfzeig, denn wie auf Kommando kam ihr Vater ums Hauseck.

Klara rührte sich nicht. Fidus setzte sich aufrecht, ließ Klaras Hand los, schob den Brotkrumen unter seinen Oberschenkel, strich seine Hose glatt und schob den dritten Stiefel mit seinem Fuß weit unter die Bank. Karl-Ernst Schätzel war ein großgewachsener, schlaksiger Mann, energisch von Kopf bis Fuß, mit Händen wie Schaufelblättern und spitzer, nach vorn gezogener Nase im Gesicht, die immer so wirkte, als wollte sie aus seinem Gesicht davonlaufen. Dieser Eindruck wurde derzeit noch verstärkt, da seine Nase rosa im pergamentartigen Rest seines Gesichts schimmerte. Sie hatte sich gepellt. Über seiner Schulter hing ein Ochsengeschirr, das bei jedem Schritt klapperte wie eine Zunderbüchse. Seine Hand umklammerte Hammer und Meißel. Im Gehen nickte er Fidus zu, schaute dann kurz den Weg hinab, wo Frau und Kind allmählich im flirrenden Horizont verschwanden.

»Schon wieder welche?«, sagte er und blieb vor ihnen stehen.

»Werden von Mal zu Mal dünner«, erwiderte Klara.

»Hast ihnen aber nichts gegeben?«

»Natürlich nicht.«

»Gut. Wir können nicht das ganze Land durchfüttern. Wie viel Kartoffeln sind es heute geworden?«

»Dreizehn Sack.«

Karl-Ernst Schätzel zog die Augenbrauen nach oben. »War das alles?«

»Ja.«

»Wo sind die Säcke?«

»Stehen hinten.«

»Alle?«

»Drei habe ich auf dem Heuboden versteckt.«

»Gut.« Er rieb sich kurz mit seiner Hand die struwweligen Haare. »Gut. Gut.« Karl-Ernst Schätzel blickte auf den Becher zwischen Fidus' Schenkeln. Fidus schluckte. Ihre Stelldichein hatte er mittlerweile als gegeben angenommen, wie es um die Verköstigung stand, das wusste Fidus nicht. Zu seiner Verwunderung sagte er: »Wasser ist nicht genug. Hol deinem Besuch doch mal einen Becher Wein, Klara«, er zwinkerte Fidus zu, »ist heiß heute, steigt schön zu Kopf.«

»Ich habe ihm doch schon längst einen Wein geholt«, sagte Klara.

Fidus lief rot an. »Ich ... Es war ... «, stammelte er.

»Ach so ist das«, sagte Karl-Ernst Schätzel. Wenn er deswegen wütend war, ließ er es sich nicht anmerken. »Wir haben gebacken, willst du auch ein Stück Brot, Fidus?«

»Ich, äh, danke, gerne«, sagte Fidus.

»Schon gut, hast Biss und hältst, was du versprichst, Junge, gefällst mir. Klara hat sich gestern gefreut.«

Fidus versuchte den Sinn der Sätze zu entwirren. Aber seine Nervosität in Gegenwart des Vaters hielt klare Gedanken in Schach. Er strich seine patschnassen Hände an seiner Hose ab. »Entschuldigung, ich verstehe nicht ganz, was Sie meinen«, sagte er.

»Hast es ihm noch gar nicht erzählt? So eine Neuigkeit! Deine Briefe von der Front sind angekommen«, sagte Karl-Ernst Schätzel und schob lächelnd hinterher: »Mit etwas Verspätung will ich meinen!«

Klara biss sich auf die Unterlippe.

***

Fidus warf die Tür auf, dass es in den Angeln knirschte und knarzte. Die Wonne seines weinseligen Moments war längst verflogen. Die drei Kilometer nach Hause war er so schnell gelaufen, dass er zwischendurch anhalten musste, um nach Atem zu ringen. Zudem hatte ihm hinterrücks der Hunger aufgelauert. Er hatte den *Storchen* passiert, war schnell gelaufen, ohne zu denken, nur sein Ziel vor Augen. Da verkrampfte sich überfallartig sein Magen, noch bevor er überhaupt diesen Geruch einzuordnen vermochte. Was schwang da aus den geöffneten Fenstern der Gasthausküche? Der Duft von gebratenen Zwiebeln? Doch da packte auch schon der Hunger zu. Unbarmherzig. Fidus strauchelte regelrecht.

Schon seine Zeit in der Höhle hatte ihn gelehrt, dass die Gedanken an Essen alles schlimmer machten, aber vielleicht war es der Wein, den er getrunken hatte, dass er nicht anders konnte: Die Erinnerungen an Braten, Würste, Rotkohl, Sauerkraut und Forellen mit Mandelbutter stiegen in ihm

auf. Er dachte an *Saumache, Grießknepp, Gequellde mit wei-
ßem Käs, Dampfnudeln mit Woisoss* – oder *Rostige Ritter*?
Wann hatte er zum letzten Mal *Rostige Ritter* gegessen? Bevor
er den Einzugsbefehl bekommen hatte? Früher konnte allein
die Vorfreude daran seine Stimmung tagelang aufhellen. Er
hatte die altbackenen Brotscheiben, eingeweicht in Eiern,
Milch und Zucker und knusprig ausgebacken, förmlich auf
der Zunge – denn auch oder gerade weil er in ärmlichen
Verhältnissen aufgewachsen war, verstand sich seine Mutter
darauf, aus wenig viel zu machen.

Mit brodelnden Säften torkelte Fidus also vorwärts, und
erst als sein Elternhaus in Sicht kam, nahm wieder verzwei-
felte Wut von ihm Besitz. Seine Familie saß am Küchentisch,
als er die Tür aufstieß. Mutter und Almut pulten die Kerne
aus den ersten Bucheckern, die sie im Wald gesammelt hatten. Vater studierte eine ältere Ausgabe der *Rheinpfalz*. Im
Grunde war es das Einzige, was er noch tat, seit ihm eine
Stanzmaschine beide Hände geraubt hatte: lesen. Er, der Fidus bei jeder Gelegenheit ins Gebet genommen hatte, lesen,
schreiben und rechnen zu üben, *weil nur so ein gemachter
Mann aus ihm würde*, konnte keinen Stift mehr halten. Er,
der wöchentlich mit hochgezogenen Augenbrauen Fidus'
Schreibheft kontrolliert hatte – glichen dieselben Buchsta-
ben nicht einander wie Eier, schmatzte er mit den Lippen
und schüttelte den Kopf –, musste lernen, mit seinen Armstümpfen die Zeitung umzublättern. Vor dem Essen band
ihm die Mutter sogar einen Löffel an den Armstümpfen fest.
Es funktionierte mehr schlecht als recht. *Ich lasse mich nicht
mehr füttern, vorher verhungere ich*, sagte sein Vater und damit
war das Thema vom Tisch. Die meiste Zeit saß er im Haus
oder im Garten und starrte in die Leere. Manchmal verschwand er auch im Wald und kehrte erst Stunden später zu-

rück. Er hatte keine Funktion mehr, die für den Tagesablauf von Bedeutung gewesen wäre.

Verwundert schauten sie auf, als Fidus zu seinem Bettkasten stapfte. Er wuchtete das vordere Ende der schweren Spelzenmatratze nach oben und klappte es nach hinten. Darunter fand er nichts, außer einem nackten Brett. Seine Briefe an Klara waren nicht mehr an Ort und Stelle. Dort, wo er sie vor zwei Jahren versteckt hatte. Sie waren verschwunden. Weg. Noch hatte er gehofft, dass ihm nach Kriegsende zwei, drei Briefe heruntergefallen waren, die jetzt, nach zwei Jahren auf mysteriösem Weg angekommen waren – vielleicht waren sie ihm im Verschlag des Mühlrads herausgerutscht? Vielleicht hatte der Müller die Briefe abgeschickt? Doch eigentlich wusste er schon auf dem Nachhauseweg, dass diese Erklärung pures Wunschdenken war. Allein die Größe des Stapels, den Klara mit ihrer Hand angedeutet hatte, ging weit über drei Briefe hinaus. *Es ist wirklich schön im Krieg. Da will ich auch mal hin*, hatte sie gesagt und angefügt: *Erzählst du mir irgendwann, wo du wirklich warst?* Da konnte er nicht mehr an sich halten. Er sprang auf und stürmte los.

Die Briefe. Sie waren das letzte Zeugnis seiner Fahnenflucht. Max und Arnulf waren tot, wenn nicht noch ein Wunder sie wieder zum Leben erweckte. Die Familie Baumbach war verschwunden, ihr Haus von Besatzern in Beschlag genommen worden. Die Frau des Försters war mit ihrem übergeschnappten Mann beschäftigt. Fidus wusste nicht einmal, ob sie wusste, wer er, Fidus, war. Sie hatten sich schließlich nur einmal gegenübergestanden, verdreckt und ausgehöhlt, am Morgen nach der Kapitulation. Und wenn er bei der Arbeit in der Fabrik war und einmal das Gespräch auf den Westwall kam, dann schwieg sich Fidus vornehm aus, und alle vermuteten das Schlimmste. Die Augen, die ihn ansahen,

sahen einen Kriegsveteranen, keinen Drückeberger. Und so sollte es auch bleiben. Wenn das rauskam! Es brauchte nur einen Satz eines Trunkschädels, dann war am Ende Fidus' Feigheit vor dem Feinde oder gar seine vaterlandsverräterischen Tendenzen der Grund für die Kapitulation Deutschlands. Brauchte er nicht.

»Wer war das?«, fauchte Fidus und blickte seine Familie an.

»Hat dich die Tarantel gestochen?«, fragte seine Mutter.

»Fidus hat einen neuen Stiefel«, quiekte Almut.

In diesem Moment fiel Fidus auf, dass er in der Hitze des Gefechts den ausgelatschten Schuh unter der Sitzbank hatte liegen lassen. Überhaupt fiel es ihm wie Schuppen von den Augen: Er hätte sich von Klara die Briefe zeigen lassen müssen und sie einfach einkassieren sollen. Er schaute zur Tür hinaus, aber die Dämmerung war nicht mehr fern.

Seine Mutter sprang auf und ging auf ihn zu, genauer gesagt ging sie auf seine Stiefel zu, tief gebeugt und mit zusammengekniffenen Augen. Eine Armlänge entfernt kam sie zum gleichen Schluss wie ihre Tochter. »Woher hast du den Stiefel?«, fragte sie aufgestachelt, geradezu bärbeißig, und richtete sich auf.

»Hamsterer.«

»Nur einen?«

»Die Frau hatte nur einen.«

»Bist du nicht gescheit, Fidus?«

»Lieber einen engen Schuh als zwei.«

»Was hast du ihr gegeben, die Lebensmittelmarken?«

»Nein.«

»Was dann?«

»Klara hat mit Kartoffeln bezahlt.«

»Hättest du die Kartoffeln mal lieber mitgebracht.«

Die Wut, der Wein, der Hunger. Fidus' Verstand schwamm

vor Benommenheit. Die Abendsonne hatte seinen Kopf in Brand gesteckt. Seine Glieder glühten, und sein Puls hämmerte schmerzhaft gegen seine Stirn und Schläfen und überall – er fühlte sich elend, nicht nur körperlich, nicht nur wegen der Briefe: Zwei Jahre lang hatte er geschuftet, hatte tagelang Bleche gestanzt und geschnitten, ohne sich dafür zu interessieren, was in der Fabrikation daraus wurde. Seine Hände waren rissig und wund. Der Gestank nach heißen Maschinen wurde ihm mit jedem Tag mehr zuwider. Es roch dort auch nach dickem, altem, schweren Öl und Funkenflug. Immer. Jeden Morgen betrat er die Fertigungshallen. Alles um ihn herum war in Bewegung. Nur sein Gehirn stand still.

»Warst du das, Almut? Hast du meine Briefe genommen?«, herrschte er seine Schwester an, denn sie war schließlich im Winter die meiste Zeit im Bett gewesen – in seinem Bett, um genau zu sein, das näher am Ofen stand. Tag wie Nacht lag Almut im Bett, denn im Haus war es trotz des Ofens über Wochen so kalt, dass seine Mutter nicht wusste, wie sie seine Schwester anders schützen sollte, außer sie unter drei Decken einzupferchen und die Löcher an Schultern und Hals mit sämtlichen Lumpen im Haus zuzustopfen. Oder war es vielleicht vielmehr seine Mutter, die dabei seine Briefe gefunden und jetzt zur Post gebracht hatte?

Aber warum?

Um ihn vor Klara lächerlich zu machen?

Hatte sie die Briefe vielleicht sogar geöffnet und gelesen?

Mit einer Schärfe in der Stimme, mit der er es bisher nicht gewagt hatte, einem seiner Elternteile gegenüberzutreten, zischte er seine Mutter an: »Nein, du warst das!«

»Was faselst du denn da, Fidus? Ich habe deine Briefe nicht angefasst«, sagte seine Mutter entrüstet.

»Also wusstest du, dass sie dort liegen!«

»Ich habe sie einmal gesehen, aber nicht angerührt!«

»Papa?«, fragte Fidus und plötzlich standen ihm junge Tränen in den Augen, doch sein Vater schaute nur verwundert drein.

»Was hat es mit diesen Briefen auf sich?«, fragte seine Mutter.

Fidus setzte sich auf sein Bett.

Sollte er reinen Tisch machen?

»Nichts«, sagte er schließlich und drückte sich den Saum seines Hemds in die Augen, um sie zu trocknen. Flüsternd fuhr er fort: »Ich gehe nicht mehr in die Fabrik. Aus und vorbei. Keine Fabrik mehr. Nie wieder.«

»Was hat das jetzt miteinander zu tun, wie meinst du das?«

»Ich war heute bei Scharpf in Haßloch, ich kann dort übernächste Woche anfangen.«

»Scharpf? Der Holzbau?«

»Ja.«

»Was ... Weil ... Bekommst du dasselbe?«

»Am Anfang noch nicht.«

Seine Mutter brauste auf: »Warum machst du denn so was?«

»Metall ist tot. Holz lebt.«

Seine Mutter schwieg einen Moment, ihre Gesichtszüge verhärteten. »Ach so ist das? Bevor es dunkel wird, brauchen wir Feuerholz, um die Bucheckern zu rösten. Mal sehen, wie lange dein Holz dann noch lebt«, sagte sie knapp und zeigte nach draußen.

»Was ist denn jetzt mit diesen Briefen?«, quietschte Almut.

* * *

Meine liebe, gute Klara,

heute kann ich Dir von guter Stimmung in der Truppe berichten! Es ist nicht mehr so kalt, wir haben uns in der eisigen Frühlingssonne gewaschen, und unsere Essensrationen fielen endlich einmal üppiger aus. Seit einigen Tagen herrscht auch Ruhe an der Front. Die Munition ist auf beiden Seiten ausgegangen. ~~Die Nachschublinien sind empfindlich gestört.~~ *Da hatte ein Offizier eine* ~~wie ich finde~~ *pfiffige Idee: Am Westwall wird der Krieg jetzt über Schachpartien ausgetragen, ob Du es glaubst oder nicht! Wir können von Glück sagen, dass wir hier nicht gegen die Russen antreten müssen! Eigentlich ganz simpel, und es funktioniert, wenn alle wirklich mitmachen. Ist seither sehr friedlich hier!*

~~Ich mache zwar nur Hilfsdienste, aber~~ *Ich führe zwar größtenteils wichtige, organisatorische Tätigkeiten im Lager aus, aber bin nicht ganz unbeteiligt am Kriegsgeschehen. Sie haben alle Tische aus dem Lager mitgenommen und überall in der Umgebung Spielbretter und Figuren besorgt. An Letzteren mangelt es allerdings, weswegen ich mit anderen aus meiner Truppe Figuren schnitze. Ein Kamerad ist so geschickt, er schafft es in Windeseile, die Bauern aus Stein zu meißeln. Seine Pferde sehen aus wie Kühe, aber es gibt Schlimmeres, wie ich finde. Die besten Schachspieler bekommen jetzt sogar ein eigenes Zelt und extra Essensportionen. Vielleicht darf ich ja auch mal an die Front? Ich versuche mich gerade in die Spielregeln einzufinden!*

Dein schnitzender, gut gelaunter,
Dich auf Knien verehrender
Fidus

* * *

»Ich geh einkaufen!«, rief meine Mutter durchs Treppenhaus herauf und legte dann mit der Lautstärke noch einen drauf: »Falls du Papa suchst, *der – ist – im – Garten!* O-k-a-y?«

Ich reagierte nicht, war verstimmt.

Und gestresst, gestresst war ich auch.

Unten fiel die Tür ins Schloss.

Morgen würde Bintou in Frankfurt landen. Das war der Stand. Ich saß vor meinem Notebook und spielte in diesem Augenblick mit zwei, genau genommen drei Radikallösungen dieses Problems. Ja. Es war für mich zu einem Problem herangewachsen. Keine Spur mehr von Vorfreude. In welcher Phase unserer Beziehung befanden wir uns, wie viel Realität konnte unsere Beziehung vertragen? Wir waren verliebt. Das halbe Jahr, das wir uns nicht gesehen hatten, potenzierte dieses Gefühl sogar noch. Alles war warm, luftig, leicht und beschwingt. Doch was uns hier erwartete, war erdrückend, nein, nicht einmal erdrückend, es war ein tonnenschwerer Platzregen aus schmutzigen Beleidigungen und eiskaltem Stalking, der auf uns niederprasseln würde, wenn wir am ursprünglichen Plan festhalten würden: Hier, in Bad Dürkheim, sollte unsere Homebase für zweieinhalb Wochen sein.

Hinzu kam – und hier kam das nackte Wesen meiner tiefsten Ängste zum Vorschein – dass Bintou schwarz war, afroamerikanische Wurzeln hatte, wobei ihr Vater weiß war, ein Deutscher, um genau zu sein. Wäre ja alles normalerweise nicht der Rede wert, ich wusste nur nicht, wie das Gehirn meines Vaters diesen Sachverhalt für sich nutzen würde. Vielleicht war das auch der Kern meiner Furcht.

Erste Radikallösung: Wir würden ein Gasthaus in den Weinreben beziehen, ganz in der Nähe, mit Blick auf die Klosterruine Limburg. Ich hatte sogar etwas gefunden, das mein Budget nicht sprengen würde. Zweitens, ich würde sie vom Flughafen mit einem Camper abholen. *Überraschung, Bintou!* Köln und den Dom kannte sie schon. Berlin auch. Das Ziel unserer Reise wäre also Heidelberg und die Alte Brücke. Die Moselschleifen. Das Watt. Sanssouci, Semperoper, Blautopf, Neuschwanstein – und weiß der Teufel was alles. Hochsteigen in der Sächsischen Schweiz, runtersteigen in die Teufelshöhle. Weißwürste in München. Kirschtorte im Schwarzwald. Und vielleicht, nur vielleicht, wenn sich meine Stimmung und vor allem die Stimmung meines Vaters nach zweieinhalb Wochen gebessert hätten, kämen wir vor Bintous Rückflug nochmals kurz vorbei. Diese Idee würde mein Budget sprengen, aber mein Vater war als sparsamer Fluglotse ja äußerst solvent. Es ließ sich irgendwie regeln. Drittens: alles abblasen. Dann blieben sechs Stunden bis zum Boarding.

Ich blickte zum Fenster hinaus. Es nieselte. Oder sollten wir uns in der Mitte treffen? Weg von allem hier? Klar, *Mitte* ging ja nicht, außer wir hätten ein Stelldichein in einem Schlauchboot im Atlantik. Aber was war mit New York? Oder Miami? Kajaktour durch die Everglades. Raue Natur. Mangrovenwälder und Sümpfe. Wabernde Moskitobälle über unseren Köpfen. Angeln auswerfen. Tarpon auf heißem Stein braten. Den Trip ohne Alligatoren-, Krokodil- oder Bärenattacke überstehen, was angeblich einem Pärchen aus Hannover in den Everglades erst neulich passiert war: Zerfleischt beim Camping. Tragisches Unglück. Aber der Kitzel vor der Unwahrscheinlichkeit eines Angriffs durch Urtiere durfte im Grunde nicht fehlen, er war der extravagante Treibstoff, mit dem man sich vor der Rückkehr in die Zivilisation betankte – *ja, ja, die Natur ist dort beeindruckend, ein echtes Schauspiel, aber wusstest du, dass du in bestimmten Zonen nie ans Ufer darfst, niemals, und keine Liebeleien im Zelt, haha, ja, wirklich, kein Sex, weil …*

Nein.

Die Mitte war keine gute Idee.

Und lag ohnehin weit außerhalb meines Budgetrahmens, was die Stimmung meines Vaters sicher nicht verbessern würde, wenn ich ihn um eine Finanzierung ersuchen würde. Einerseits. Andererseits war ich ja nie wirklich außerhalb der deutschen Landesgrenzen gewesen. Unsere Familienurlaube hatten sich im Dreieck Borkum, Fichtelgebirge und Bodensee abgespielt. Freitagabend gab es Fisch. Samstags wurde das Auto geputzt, sofern mein Vater nicht arbeiten musste. Meine Mutter kehrte derweil den Gehsteig. Sonntagmittag gab es Braten. Am Abend lief der Tatort. Ich wuchs in den sicheren Leitplanken deutscher Leitkultur auf.

Und da waren wir ja schon beim nächsten Problem der Probleme: Ich wollte weg, wollte ins Freie, wollte nach Kalifornien ziehen. Ich wusste selbst nicht, was auf dem Dachstuhl in mich gefahren war. Es war das Puzzlestück, das ich spaßeshalber – im Grunde seit ich mich in Bintou verliebt hatte – in den Fingern drehte, aber erst in diesem Moment erstmals ernsthaft in das Bild meines Lebens einzusetzen wagte: Ich wollte in die USA ziehen, ich wollte bei Bintou sein, ich wollte bedeutsam leben, vielleicht wollte ich sogar, dass man einmal in den Studi-Kneipen über mich sprach. *Hey, habt ihr's schon mitbekommen? Der Bergmann studiert jetzt in den USA, nein, kein Auslandssemester, er hat sich angeblich ein One-Way-Ticket gekauft, alles auf eine Karte – was? Ja, ich hätte das von dem ja auch nicht erwartet …*

Je länger ich darüber nachdachte, desto richtiger fühlte es sich an.

Oder war ich nur ein Schisser und Drückeberger?

Wollte ich der verdrießlichen Situation nur entfliehen?

Was würde Bintou zu diesem Vorstoß sagen?

Würden mir meine Eltern die Leviten lesen und den Geldhahn zudrehen?

Und was hatte meine Mutter vorhin gerufen, mein Vater sei im Garten?

Was um Himmels willen tat mein Vater bei Nieselregen im Garten?

Ich stand auf und blickte von meinem Zimmerfenster auf ihn hinab. Er stand am Kugelgrill. Regungslos. Mein Vater, der Fluglotse. Der Mann, der zu sagen pflegte, dass die besten Arbeitstage diejenigen waren, an denen nichts passierte – und nach diesem Prinzip auch lebte.

Er hatte den Grill ganz nach hinten in den Garten gezogen, unter den Pavillon. Eine verschnörkelte Konstruktion aus schwarz lackiertem Stahl mit Vorhängen und Spitzdach, die auf Sandsteinplatten stand. Umrankt wurde der Pavillon von Rosengewächsen, die mein Vater hegte und pflegte wie jeden Grashalm seines Gartens. Hatte ich etwas nicht mitbekommen? Besorgte meine Mutter etwa Steaks und Würstchen? Wir hatten früher oft gegrillt. Ohnehin saßen wir immer lange gemeinsam am Esstisch. Meine Mutter sprach gerne über Kultur, mein Vater über Politik. Sie wussten sich gegenseitig etwas zu sagen, saßen nie schweigend voreinander. Er goss meiner Mutter Wein nach und hörte ihr geduldig zu. Auch wenn mir erst jetzt auffiel, dass Vaters Vergangenheit bei den Tischgesprächen nie eine Rolle gespielt hatte.

Mein Vater trug ein olivgrünes Regencape über seinem Bestatter-Outfit. Das erste Mal seit Tagen, dass er überhaupt ein Kleidungsstück mit einer anderen Farbe als Schwarz anhatte. Die Hände hatte er in den Taschen versenkt. Der Grill war aufgeklappt, die Abdeckung stand schräg ab, es wirkte, als starrte er ins aufgerissene Maul des Geräts.

Dann zog er ein Bündel Papiere hervor.

Legte es auf den Rost.

Und hatte plötzlich Streichhölzer in der Hand.

Von außen merkte man nicht, wie groß unser Haus war. Ich rannte den Flur entlang, schlitterte auf Socken drei Stufen hinab und sprang auf das Zwischenpodest unserer zweiläufigen Treppe, tat mir weh, drippelte deswegen die zweite Treppe Stufe für Stufe hinab. Vorbei an der Ahnengalerie und Familienchronik in gerahmten Bildern. Mamas Großvater in Uniform. Gekörnte Hochzeitsfotografien. Ein Porträt von Oma Klara. Keins von Fidus. Babyfotos von mir. Einschulung mit Schultüte und Zahnlücke. So etwas eben. Ich bog vom Hausflur in die Küche ein, boxte mit der Schulter an den Türrahmen. Registrierte dabei einen recht unangenehmen Schmerz und dass meine Mutter das Haus wieder mit Blumen zu füllen begann. Eine Vase stand auf der Anrichte, daneben ein frisch gebackener Apfelkuchen mit *Riwwelen*. Streuseln. Lecker.

Ich merkte, dass mein Vater scheinbar vom Wohn- und Esszimmer aus in den Garten gegangen war, denn die Glastür zum Wintergarten war zu. Wie groß war eigentlich dieses verdammte Haus? Ich rannte also weiter, sprang über die Sofalandschaft, umkreiste den Lehnsessel wie in einem Hindernisparcour. Ich kam mir vor wie in einer dieser dusseligen Battle-Game-Shows im Fernsehen. Über unsere gefliesten Terrassenplatten stolperte ich auf den nassen Rasen. Meine Socken sogen sich voll. Ich nahm das zur Kenntnis. Mehr nicht. Denn es war ein Bündel Briefe, das im Grill lag, ich sah es jetzt deutlich. Papa stand davor, in der Hand eines dieser langen Kaminhölzer. Es brannte. Ich pirschte mich an ihn heran, meine Augen suchten dabei den Boden nach Spiritus oder Ähnlichem ab – hatte er das Bündel damit getränkt? Wie standen meine Chancen?

Seitlich, ganz langsam näherte ich mich.

Schritt für Schritt.

Bereit zum Hechtsprung.

»Der Flug deiner Freundin ist planmäßig«, sagte mein Vater plötzlich, ohne sich umzusehen.

»Okay«, sagte ich.

»Die Maschine ist gestern schon in LAX gelandet.«

»Ah«, sagte ich.

»Wurde bestimmt schon durchgecheckt und ist bereit fürs Boarding.«

»Gut«, sagte ich, blickte auf das halb abgebrannte Streichholz.

Die Flamme wurde mit einem Mal kleiner.

Mein Vater stellte das Hölzchen auf den Kopf.

Die Flamme wurde wieder größer.

»Bei Grönland könnte es kleinere Turbulenzen geben.«

»Oh.«

»El Niño.«

»Oha.«

»Nichts, was uns Sorgen machen müsste.«

»Ah.«

»Wenn gelandet, holen sie die Maschine sofort rein, ich habe am Tower angerufen.«

»Super. Danke.«

»Sei also pünktlich.«

»Okay«, sagte ich und machte mir allmählich mindestens gleichviel Sorgen um die Finger meines Vaters als um die Briefe. Das schwarze Zündholz bog sich, die Flamme züngelte seinen Fingern entgegen. Ich hörte unsere Türglocke durch den Garten schallen. Mein Vater reagierte nicht einmal. »Was tust du da?«, fragte ich.

»Zum Teufel damit«, zischte er plötzlich, ließ das Streichholz fallen, griff das Bündel Briefe, atmete ein, atmete aus, und drückte es mir in die Hand, ohne mich dabei eines Blickes zu würdigen. Sein Arm schwenkte mir regelrecht entgegen, wie ein Kran. Ich griff zu.

Kaum hatte ich es in der Hand, konnte ich nicht mehr an mich halten: »Ich habe Angst, dass du Bintou beleidigst«, platzte ich hervor.

»Ich beleidige deine Freundin nicht«, antwortete mein Vater tonlos. »Hab's jetzt im Griff.«

»Tust du mir einen Gefallen? Wenn es gar nicht hinhaut, würdest du dann einfach – Englisch mit uns sprechen?«

»Englisch?«

»Ich habe diesen Tipp, äh, im Internet gelesen.«

»Ach. Ja, gut, das wäre ja mal was, kann ich natürlich versuchen.«

Ich atmete auf, konnte gar nicht sagen, wie erleichtert ich mich fühlte. Erneut schellte es an der Haustür. Zweimal hintereinander. Einmal kurz, einmal lang. Ich umklammerte die Beute. »Ich bin sofort wieder da, Papa, okay, nur einen Moment, ich mach nur schnell die Tür auf, dann reden wir weiter«, sagte ich und hoppelte ins Haus. Auf Zehenspitzen. Die nassen Socken waren widerwärtig. Hüpfend auf jeweils einem Bein zog ich sie im Wohnzimmer aus, ließ sie an Ort und Stelle fallen. Erneut klingelte es.

Es war aber kein Paketbote, der nicht akzeptierte, dass niemand zu Hause war.

Es war auch nicht meine Mutter, die ihren Hausschlüssel vergessen hatte.

Es war Opa Fidus.

Die Schultern seines Anoraks waren durchweicht. Seine weißen Haare klebten an seiner Kopfhaut. In der rechten Hand hielt er den Griff eines Rollkoffers, in der linken Hand einen klitschnassen Krimi.

»Opa?«, rief ich.

»Die haben mich rausgeworfen«, sagte er.

»Was ...?«

Da spürte ich hinter mir einen Luftzug. Ich schaute über meine Schulter. Mein Vater stand mit gebührendem Abstand hinter mir, regungslos wie vor dem Grill, jetzt nur die Kapuze des Regencapes über den Kopf gezogen. Er wirkte wie ausgestopft. Sein Gesicht schien aus Gummi, seine Augen waren starr. Ich hielt die Türklinke gepackt, drehte mich zur Seite und machte den Blick frei.

Vater. Sohn.

Sohn. Vater.

Sie schauten sich an.

Das Telefon klingelte.

Niemand nahm Notiz davon.

»Hallo«, sagte Opa. »Ich muss dir was sagen.«

Das kam unvermittelt.

Opa. Papa.

Ich schaute sie abwechselnd an, spitzte die Ohren, dachte, hier kämen jetzt endlich die Karten auf den Tisch. Seelenstrip. Umarmung. Tränen. Friede, Freude und Apfelkuchen zum Versöhnungskaffee. Mit *Riwwelen*. Und vielleicht doch noch der Grill, der schmauchend den Abend einläutete? Ein wenig heile Welt? Meine Mutter, die in der Küche Hagebuttentee trank und Steaks marinierte. Die erste Flasche Wein, dann die zweite. Tiefsinnige Gespräche über den Tod und das Leben danach. Und dazwischen ich. Unter dem Tisch

das Mobiltelefon, auf dem ich eine Nachricht an Bintou ein-
tippte: *Freu mich auf dich, guten Flug. Herzchen, Kusssmiley.*
Doch wenn es etwas gab, dann allenfalls Pustekuchen.

Mein Vater gab ein seltsames kehliges Glucksen von
sich, das irgendwo zwischen Lachen und Würgen lag. Dann
brüllte er los, wie vom Donner gerührt: »Du hattest Oma immer unter deiner Fuchtel, mit deinen gesponnenen Ideen!
Du ...«

***

Fidus sperrte den Mund auf, stopfte sich den Rest des But-
terbrots hinein, da hörte er aus dem Dorf die Kirchenglocke
schlagen und konnte trotz seiner Hast nicht anders, als inne-
zuhalten. *Gong*, machte es. *Gong*. Zwei Kilometer wurde das
Sonnabendgeläut durch die Septemberluft getragen, in der
Fidus schon die ersten Anzeichen des Herbsts auszumachen
glaubte. Den Geruch nassen Waldbodens. Eine einschmei-
chelnde Kühle, die der spätsommerlichen Wärme unter die
Arme griff. *Gong*, machte es wieder. Es handelte sich wahrscheinlich um einen Test, denn seit Jahren schwiegen die
Kirchenglocken. Das Geräusch, das den Sonntag einläutete,
das Ende der Woche verkündete – ja, den Monat und das
Jahr einteilte – war verschwunden, als die Nazis die Glocke
aus dem Turm stahlen, auf einen Lastwagen verluden und
damit wegfuhren. Wahrscheinlich zum nächsten Schmelz-
ofen, um Kriegsgerät daraus herzustellen.

Es musste fast acht Jahre her sein, im Sommer 1942 oder
1943. Wie alle Kinder aus seiner Schule hatte Fidus damals
bei diesem Spektakel aus gebührendem Abstand zugesehen.
Die Glocke, die an einer Seilwinde herabgelassen wurde.
Pfarrer Greule, der erhobenen Hauptes auf den Eingangsstu-

fen zur Kirche stand und vor Abtransport den Gefreiten auf die Schultern klopfte. Jetzt war die Glocke zurück im Turm und gab der Gegend ihren Herzschlag zurück – in diesem Moment offensichtlich noch mit Herzrhythmusstörungen. Fidus ging zur Tür, zog sie auf und blickte nach Brunnweiler. Es musste ein Testlauf sein, denn das Schlagen schien keinem Takt zu folgen. Er hörte sogar auf zu kauen, lauschte, denn ganz leise war etwas zu hören, ein zartes Schwingen der Septemberluft, dann schlug die Glocke wieder. Laut und schnell hintereinander. Zweimal: *GONG---GONG*.

Fidus lächelte.

Schon der Morgen schien zu wissen, dass der Tag bedeutungsvoll sein würde. Seine Mutter war mit Almut in die Stadt gefahren. Vorhänge aussuchen. Denn die Familie würde Ende des Monats in eine Wohnung im Dorf umziehen. Eine Wohnung ohne Garten, aber mit fließendem Wasser. Vorbei die Zeiten des Plumpsklos. Eine Wohnung mit Schlafzimmern und einem Elektroherd, denn auch wenn sie in ihrem Tagelöhnerhaus ans Stromnetz angeschlossen waren, so hatte seine Mutter doch zeitlebens mit dem alten, gusseisernen Holzofen gekocht. Die neue Wohnung hatte Klingel, fünf Räume, darunter ein Badezimmer mit nagelneuem Spiegel, in dem man auf erschütternde Weise die Unebenheiten des eigenen Gesichts erkennen konnte und das so hell war, dass Fidus drinnen bleiben konnte, um sich abends die Spreißeln aus den Händen zu ziehen. Es war verrückt. Fünf Jahre waren seit Kriegsende vergangen, vor drei Jahren waren viele Städter noch den Hungertod gestorben – und jetzt?

Almut war eine gute Schülerin. Seine Mutter arbeitete als Sekretärin. Die wundersamste Verwandlung hatte aber sein Vater vollzogen, denn auch er arbeitete wieder. Fidus blickte in die Rebflächen, weit hinten waren mehrere Personen zu erkennen. Wahrscheinlich war sein Vater darunter, um die Beeren vor der bevorstehenden Lese zu inspizieren, denn er hatte eine Anstellung bei einem Winzer im Dorf gefunden. Er fuhr etwa Traktor, benutzte seine Armstümpfe wie zwei Finger. Seine Prothesen brauchte er nicht. Er drehte mit dem weichen Fleisch seiner Stümpfe und den spitzen Gelenkknochen darunter den Zündschlüssel. Er schaltete, lenkte, konnte Gespanne in Windeseile an- und aushängen. Sein Vater arbeitete für zehn Männer. Er putzte mit Inbrunst Fässer. Bei der Weinlese kümmerte er sich um den Transfer, stampfte Beeren, zog Karren. Nur Kisten konnte er nicht greifen, weswegen die Ware von anderen ausgeliefert wurde. Er ging sogar hin und wieder ins Wirtshaus, wenngleich er dort nur unbeholfen trank und niemals aß. Manchmal sah man ihn lächeln.

Fidus schaute auf die Uhr. Er musste sich beeilen, wenn er rechtzeitig zur Leistungsschau in Neustadt sein wollte, zumal er noch etwas vorhatte. Er zog die Tür hinter sich zu, krempelte das rechte Hosenbein seines dreiteiligen Tweedanzugs nach oben – sein einziges besseres Kleidungsstück, von dem er jede Fluse zupfte, als sei es eine Motte. Er setzte sich aufs Fahrrad und radelte in den regengrauen Samstagmorgen hinein, der Besserung versprach: Die Wolkendecke riss bereits auf. Als er in der Stadt ankam, schien die Sonne. Er lehnte sein Fahrrad an eine Litfaßsäule beim Casimirianum, eine alte Stiftskirche. *Polo Filterzigaretten* versprachen auf einem Werbeplakat *naturreinen Genuss. Rheinberger Schuhe* waren vom ersten Schritt an *bequem und angenehm zu tragen.* Dieses Problem hatte Fidus wie so viele andere hinter sich gelassen. Seine Zehen lagen in seinen zwei Paar Schuhen so entspannt wie in einer warmen Wanne, er hatte eines für seine Arbeit als Zimmerer, eines für seine Freizeit, die er so oft wie möglich mit Klara verbrachte – man nahm allmählich das Wort *Heirat* in den Mund.

Er schlenderte zum Krämerladen, den er sich auserkoren hatte, der nur wenige Meter entfernt lag. Ein Geruch nach Äpfeln, Waschpulver und Möbelpolitur schlug ihm entgegen, als er die Tür öffnete und dabei eine Glocke wie ein Martinshorn losheulte. Ein kurzes, jähes Aufheulen. Hinter dem Tresen stand eine Frau mit einer Frisur wie ein Atompilz und einem mindestens ebenso radioaktiven Blick. Sie war eingerahmt von einem Regal, das sich hinter ihrem Rücken bis an die Decke zog. Die Fächer waren prall gefüllt mit Schachteln, Konserven und Flaschen, voller Kernseifen, Wein, Sonnenblumenöl und Dosenpfirsichen. Ihre Hand lag auf einer Kuchenglocke, unter der Fidus einen Napfkuchen entdeckte. Fidus fackelte nicht lange und bat um eine Dose Pomade. Die Frau überlegte kurz. Sie schleifte einen Sack Mehl zur Seite, wischte sich ihre Hände an ihrer Schürze ab, bevor sie eine Schublade aufzog und die Ware herausangelte.

Die vier neuen, blitzblanken Münzen, die Fidus ihr gab – fünfundfünfzig Pfennig –, breitete sie mit dem Zeigefinger auf ihrer Handfläche aus. Sie schien weitsichtig, denn sie senkte die Hand auf den Tresen, streckte ihren Hals in die Höhe, wölbte unnatürlich die Nasenflügel und tippte jede Münze einzeln an.

Fidus' Blick fiel auf einen Stapel Zeitschriften. »Haben Sie zufällig auch Krimihefte?«, fragte er.

»Was soll das sein?«, fragte die Frau, ihr Gesicht so starr wie das konische Sichtfenster der wuchtigen Lebensmittelwaage auf dem Tresen neben ihr.

»Kurze Kriminalgeschichten.«

»Sehen wir aus wie ein Buchladen, junger Mann«, fragte

sie, hievte einen Karton mit Maggiwürze auf den Tisch und beachtete ihn nicht weiter.

In einer geschützten Ecke der Pfarrgasse ging er kurz an den Speyerbach, befeuchtete seine Hände und zerrieb eine walnussgroße Portion der Pomade zwischen den Händen. Dann schmierte er seine dunkelblonden Haare nach hinten und fühlte sich wie neu gemacht. So sah man heutzutage aus. Und heute Abend, wenn er und Klara aus dem Kino kamen – *Nachtwache* wollten sie sich ansehen und im dunklen Saal Händchen halten –, würde er seine Krawatte ausziehen, seinen Hemdkragen hochstellen und Klara noch in eine Bar ausführen, mindestens aber ins Wirtshaus. Sie würden über Heirat sprechen, über ein gemeinsames Leben. Sie würden herumspinnen, wie so oft in letzter Zeit, denn das konnte Klara gut: Ihre Träume in Handlungsschritte gliedern, so dass sie gar nicht mehr wie Träume klangen, eher wie ein konkreter Plan. Am Ende dieses Tages sollte dann alles anders kommen. Oder eben genau so. Wie man es nahm.

Fidus krempelte seine Hemdsärmel nach oben, wusch seine Hände im Bach und entschloss dann, die Ärmel dort zu lassen, wo sie waren: Lässig in den Ellenbogen. In weiter Ferne erklangen bereits die Pauken und Trompeten eines Spielmannszugs. Er wischte sich schnell die Hände an der Hose ab und warf sich das Sakko über die Schulter. Seine rechte Hand hängte er an zwei Fingern in seiner Westentasche auf und schlenderte zum Marktplatz hinüber, der bereits so überfüllt war, dass Fidus kurzerhand in die Rathausstraße bog. Denn soweit er Klara richtig verstanden hatte, sollte die Handel- und Handwerks-Parade hier herunterkommen.

Auch hier hatten sich bereits Menschen links und rechts der Straße versammelt, besonders in der Nähe des Marktplatzes drängten sie sich auf die Bürgersteige. Erst etwas weiter nach oben dünnte es aus. Fidus bezog Stellung zwischen zwei Menschentrauben und prüfte tastend nochmals seine Frisur.

Auf die Kapelle folgte zunächst ein Autohaus. Fidus kannte den Betrieb. Er lag auf dem Weg nach Haßloch. Fidus kam immer auf dem Weg zur Arbeit daran vorbei und träumte von einer Vespa. Die Mechaniker hatten ihre Blaumänner angezogen, sich Öl ins Gesicht geschmiert. In den Händen trugen sie Werkzeuge: Hämmer oder Schraubenschlüssel, die sie stolz über ihren Köpfen schwangen. Hinter ihnen marschierten die winkenden Bürofachfrauen, verkleidet als Zündkerzen. Es folgte ein Spiel- und Kinderwarengeschäft. Voraus lief ein griesgrämiger Mann mit einem Transparent auf einem Stock, darauf der Namen des Ladens *Krausser*, hinter ihm ein Dutzend Frauen, die verschiedene Modelle von Kinderwagen die Straße hinabschoben. Die *Neustädter Uhrmacher* trugen dunkle Anzüge, darüber weiße Kittel. Sie trieben Frauen vor sich her, die als dosenförmige, runde Wecker verkleidet waren und Glockenschalen als Hut trugen.

Nach den tanzenden Pfeifen eines Tabakfachhandels aus Herxheim folgte Klaras Lederwarenfabrik *Hauenstein*, auch angekündigt durch ein Schild auf einem Stock. Was für ein Aufgebot! Fünf Männer in Anzügen gingen nonchalant vorweg, als flanierten sie eine Strandpromenade hinab. Sie rauchten filterlose Zigaretten. Dahinter kamen die Frauen. Klara war als Handschuh verkleidet. Wie zehn ihrer Kolleginnen auch. Aus drei Löchern der Handfläche schauten rotlippige Gesichter und Arme hervor. Einige schienen Spaß zu haben. Sie winkten, schwitzten, lächelten, tratschten, kicherten. In Klaras Gesicht stand geschrieben, was es war – hatte sie gewusst, was auf sie zukam, als sie Fidus zu der Parade einlud? Fidus wusste es nicht, und als sich ihre Blicke kurz streiften, schaute sie peinlich berührt weg. Vielleicht hätte sie sonst bemerkt, dass Fidus nur künstlich lächelte und sie in diesem Augenblick ohnehin nur am Rande wahrnahm.

Fidus stand da wie angepflockt. Ihm war übel. Kotzübel. Sein Herz hämmerte. Sein Gesicht fühlte sich seltsam an. Kalt und trocken wie Pergament. Kaum war Klara vorübergezogen, starrte er auch wieder auf die gegenüberliegende Straßenseite. Ein Mann stand auf der obersten Stufe seiner Haustür, die offen stand und ihn schwarz einrahmte. Er trug einen cremefarbenen Anzug und dunkelblaue Krawatte. In seiner Armbeuge hockte ein kleiner Junge. Er trug eine bestickte Lederhose mit Hosenträgern und folgte fasziniert dem Treiben. Neben ihm winkte eine Frau im Takt zur Musik. Die Kapelle hatte mittlerweile am Marktplatz Stellung bezogen und schlug ohne Unterlass auf Bleche und Trommeln ein. Es dröhnte, alles dröhnte. Trompeten kreischten, Klarinetten pfiffen und Fidus konnte seinen Blick nicht abwenden. Erst als der Mann seinen Blick bemerkte und ihm in die Augen schaute, wusste Fidus, dass er sich nicht täuschte. Ihm gegenüber stand Ernst Ermlich.

* * *

Ihre Blicke hafteten aneinander. Wenn Ermlich Fidus erkannte, dann ließ er es sich nicht anmerken. Fidus konnte jedenfalls keine Reaktion in seiner Mimik ausmachen. Keinen Schatten, der über sein Gesicht zog. Kein Zucken seiner Schweinsäuglein. Und doch, plötzlich setzte er das Kind ab und zog eine Zigarette aus seiner Innentasche hervor. Sein kalter, scheinbar teilnahmsloser Blick löste sich von Fidus und irrte unsicher die Parade auf und ab, als würde er einen Halt suchen, an den er sich klammern konnte. Er stellte sein rechtes Bein auf die untere Querverstrebung des kurzen Treppengeländers, zündete seine Zigarette an und sog mit hohlen Wangen den Rauch ein. Seine Frau beugte sich zu seinem Ohr. Er lachte aufgesetzt, warf kurz den Kopf in den Nacken. Fidus atmete flach.

Da stand er also.

Urdeutsch.

Aufrecht wie eine Eiche, während andere wie Herbstlaub gefallen waren.

Ermlich.

Einer dieser Kleingeister mit Größenwahn.

Fidus sah alles in einem Gefühl, ohne damals oder auch nur heute die passenden Worte dafür zu haben. Das unsägliche Elend und Leid, zersprengt, millionenfach verteilt, an Jung und Alt, überall, auf der ganzen Welt, in so vielen Facetten und Ausprägungen, dass noch in tausend mal tausend Jahren bei jedem Menschen der Herzalarm und die Kopfsirene heulen musste, fiel nur das Wort *Nationalsozialismus*. Und er sah das Unrecht, das dort drüben, ihm und allem gegenüber, Gestalt angenommen hatte. Gut angezogen. Rauchend. Einem samstagmorgendlichen Amüsement nachhängend, bevor die erste Flasche Wein entkorkt wurde. Fidus starrte. Ermlich nahm keine Notiz von ihm. Dann dachte er an die Briefe, die nach diesem Tag vor drei Jahren niemand mehr erwähnt hatte. Seine Familie nicht, Klara nicht, er nicht. Fidus hatte sie schon vergessen, er glaubte allmählich seine eigene Lügengeschichte: Er war an der Westfront gewesen, er war zurückgekehrt. Und jetzt gab es doch jemanden, der wusste, was geschehen war – und war das überhaupt noch von Interesse?

Viel später, die Menschenmenge hatte sich längst aufgelöst, die Straße war so gut wie leer, ging er hinüber und schaute auf das Klingelschild an der Tür. *Ermlich* stand darauf. Kein Deckname. *E. Ermlich* stand dort. Fidus drehte sich fassungslos um sich selbst, einmal, zweimal, weil er nicht wusste, wo er hinlaufen oder auch nur hinschauen sollte, um seine Wut zu mildern und den Kampf gegen die Tränen zu gewinnen. Er wollte zu Klara. Ging los, sie zu suchen. Fand sie aber nicht. Er drehte Runde um Runde, auch in Besenwirtschaften und Gasthäusern. Einige ihrer Kolleginnen hatten ihre Handschuhkostüme neben einem Biertisch aufeinandergehäuft. Klara saß nicht dabei. Am Ende radelte Fidus sogar auf den Buckelhof. Klara war nicht da.

So kam es, dass Fidus am späten Nachmittag mit Pomade im Haar dasaß. Vor dem Haus seiner Eltern. Geistverloren pulte er die Rinde von einem Ast und sah den Abend kommen. Almut spielte im Garten. Seine Mutter polterte in der Küche, sie stampfte auf irgendetwas am Herd ein. Sein Vater las in der Zeitung. Die Sonne überzog die Felder und Brunnweiler mit einem rot- und goldschimmernden Glanz. Kaum war die Sonne hinter den ersten Baumwipfeln der Haardt verschwunden, verkehrten sich die Farben ins Graue, die Wärme ins Kühle.

Ob er in dieser Nacht Schlaf fand, konnte Fidus nicht mit Sicherheit sagen. Er lag im Bett, sein Körper erschlafft, seine Gedanken kamen zum Erliegen, doch die Bilder ließen ihn nicht in Ruhe. Er sah den Zug, den humpelnden Weissager, den Anverwandten von Max. *Geht heim, Buben.* Er sah Ermlich und Schworm. Obwohl er tot gewesen war, spürte er die Kälte des Sees. Der Schmerz, die Ruhe, der Ruck. Er spürte Arnulfs Hand, die ihn packte. Arnulf. Und Max war bei ihm, der rote Max. Er lachte. Da war die Höhle. Die Briefe, die

Baumbachs. Ermlich. Der Drachenfels. Das Unrecht. Die Flucht. Sein Tod. Die Bomben, der Mord, das Leid. Das alles sah er, sein Nachtdasein flocht die Bilder ineinander. Der Weissager trug plötzlich eine SS-Uniform und schickte sie in den Tod. Und da war Ermlich. Immer wieder Ermlich. Er sah ihn, wie er vorhin dagestanden hatte, der Salonlöwe auf dem Treppenabsatz der Provinz.

Erst durch ein Geräusch kam Fidus in den frühen Morgenstunden zu sich. Ein Geräusch, das nicht zu den Geräuschen passte, die er kannte. Der plätschernde Brunnen war der übliche Klangteppich, der alles unterlegte. Nachts drang er sanft durch die dünnen Fenster. Dazu kam der Atem seiner Familie. Das leise Rasseln der Mutter, manchmal das monsterhafte Schnarchen des Vaters. Almuts Brabbeln. Oder auch der Wind, der durch die Bäume fuhr. Das Knarzen der Wände. Manchmal hörte man das Rascheln von Kleingetier, aber was Fidus an diesem Morgen hörte, war etwas anderes, etwas, das nicht hierhergehörte, es war knirschender Schotter und ächzendes Metall, als würde …

Fidus schlug die Bettdecke weg und stand so leise es ging auf. Der Bettkasten knirschte. Barfuß schlich er zur Tür. Draußen bewegte sich etwas. Ohne Zweifel. Ein Schatten huschte vor dem Kassettenfenster entlang. Fidus traute sich nicht zu atmen. Jemand schlich ums Haus und schaute durch die Fenster. Eine schwarze Silhouette. Fidus' Herz pochte. Er griff einen Schürhaken. Doch kaum hatte er ihn in der Hand, ließ er ihn wieder sinken. Sie kam ihm bekannt vor, diese Silhouette. Aus Tausenden von Konturen würde er diese Kontur erraten. Es war Klara.

Leise öffnete er die Tür, da stand sie vor ihm. Sie sah verzweifelt aus, nicht verweint, aber blass und zermürbt bis zum Quellgrund ihrer Seele. Fidus ging nach draußen, griff intuitiv Klaras Hand. Mit seiner anderen Hand zog er die Tür hinter sich zu.

Es war frisch, die Luft kühl und klar. Ein sanftes Morgengrau lag auf der Gegend, gleich würden die Vögel im Chorus den neuen Tag besingen – das war die Uhrzeit, wenn er unter der Woche für gewöhnlich zur Arbeit aufbrach. »Klara«, hauchte er, »ist was passiert?«

»Ich will hier weg«, sagte Klara, »nur weg.«

»Wohin denn?«, fragte Fidus und zog Klara ein Stück des Wegs hinunter. Er sah ihr Fahrrad auf dem Weg liegen, daneben stand ein dicker Rucksack. »Wo willst du denn hin?«

»Mir egal. Frankreich. Weg hier.«

»Ist was passiert?«, fragte Fidus mit pochendem Herz. Er dachte an die ganzen bier- und weinbesäuselten Männerscharen und brachte die Frage kaum über die Lippen, er flüsterte: »Hat man dir weh getan?«

Klara schien kurz zu überlegen. »Weh getan? Nein, meine Mutter ist wieder schwanger.«

»Oh«, erwiderte Fidus verblüfft, der die Information nicht wirklich zuordnen konnte. Er ahnte bestenfalls die Dimension dahinter, »ich … und?«

»Fidus, sie werden mich wieder als Kindermädchen rannehmen. Ich will keine Windeln mehr waschen, ich mache das nicht mehr!«

»Wir heiraten bald, Klara!«, rief Fidus himmelsstürmend, »dann suchen wir uns eine … «

»Das wird mein Vater nicht zulassen«, unterbrach ihn Klara, »er wird uns hinhalten, ich weiß, wie er ist, er wird *ja* sagen, *bald könnt ihr heiraten, aber lass deinen Fidus erst einmal einen Haushalt aufbauen*, wird er sagen, und wieder gehen vier, fünf Jahre ins Land. Er hat schon angekündigt, dass ich wieder in der Pflicht stehe.«

»Aber ich will dich heiraten!«

»Ich dich auch, Fidus, aber sieh es doch mal so: Ist dir hier in der Umgebung jemals ein Paar begegnet, das verheiratet und wirklich glücklich war? So richtig glücklich? Die miteinander lachen können? Und so miteinander reden, wie wir zwei beide?«

Fidus überlegte. Ihm wollte aber kein Beispiel einfallen.

»Was ist denn mit deinen älteren Schwestern? Können die sich nicht mal um das Baby kümmern?«

»Die sind doch alle weggeheiratet, Fidus, und meine Eltern hören nicht mit Kindermachen auf, bis ein Junge geboren wird. Ich geh weg, ich habe den ganzen Tag darüber nachgedacht. Ich will nicht mehr Handschuhe nähen und Babys hüten. Ich will weg – kommst du mit mir? In einem deiner Briefe hast du doch geschrieben, *lass uns glücklich sein, Klara, was immer Glück auch sein mag.*«

Fidus brauchte Zeit.

Zeit zum Nachdenken.

»Wo warst du denn den ganzen Tag, ich habe dich überall gesucht?«, fragte er, fast ein wenig vorwurfsvoll.

»Ich war bei unserer Stelle«, sagte Klara. »Ich dachte, du kommst bestimmt.«

Fidus sank kurz der Kopf vornüber. Ihre Stelle war ein Hochsitz, am Rand eines Privatwaldstücks, das zwischen mehreren Äckern steckte. Hier trafen sie sich, wenn sie ungestört sein wollten. Er sah sie plötzlich vor sich, Klara, die allein dort oben gesessen hatte, fest überzeugt, dass ihr Fidus bald kommen würde. Er, der Ritter und Edelmann, der den stummen Ruf ihres Herzens vernommen hatte. Oder auch nicht. Dann wurde es nämlich Nachmittag, dann Abend. Nur er war nicht da. Fidus fühlte sich naiv. Schuldig und naiv.

»Tut mir leid, daran habe ich nicht gedacht.«

Klara schwieg.

Ihr Gesicht wirkte im Morgenlicht, als sei es aus Stein gehauen. »Komm mit mir.«

Ein erster Vogel tschilpte. Und da war die kühle Morgenluft, der Geruch des Waldes, die stillen Geräusche. Hinter Klara lag Brunnweiler. Die Kirchenglocke würde bald schlagen.

Klara blickte ihn an, und er wurde ein anderer.

Wie immer, wenn sie ihn anblickte.

»Vorher müssen wir aber noch etwas erledigen«, hörte er sich sagen.

***

Es dauerte bis ich meinen sturmgrantigen Vater in seinen Lehnsessel und meinen regengetränkten Opa in unser Gästezimmer sortiert hatte. Fidus sprach von Mittagsstunde. Fred von Mondlandung. Nun. Mir war beides recht. Ich ging in mein Zimmer, legte das Bündel mit Briefen – das ich zu keinem Zeitpunkt aus der Hand gegeben hatte – auf meinen Nachttisch und angelte mein Mobiltelefon vom Tisch. Ich wollte meine Mutter über die neuesten Entwicklungen in dem Fall unterrichten. Da sah ich, dass ich zwei Anrufe in Abwesenheit gehabt hatte. Die Nummer kam mir bekannt vor, die Vorwahl ließ auf die Region schließen, aber ich konnte sie in diesem Augenblick nicht zuordnen. Es war natürlich das Pflegeheim – eine Erkenntnis, die ich mir aber erst in der Konversation erarbeitete.

»Pirrung«, meldete sich eine Frauenstimme, als ich zurückrief.

»Alo Bergmann, guten Tag, ich … «

»Herr Bergmann, schön, dass Sie zurückrufen, ich hatte

es schon bei Ihnen zu Hause probiert, als niemand ranging, habe ich es auf Ihrem Mobiltelefon versucht.«

»Ah, ich – wer spricht denn da?«, fragte ich – ich hatte wirklich eine Blockade im Schädel.

»Pirr-ung«, wiederholte die Frau, »von der *Seniorenresidenz Sonnentage.*«

»Jetzt, natürlich, hallo, Frau Pirrung, mein Großvater ist hier, wenn Sie deswegen anrufen.«

»Gott sei Dank!«, rief die Frau. »Ich war schon wieder drauf und dran, die Polizei zu verständigen.«

»Was ist denn passiert?«

»Was passiert ist? Vor drei Tagen verschwindet er das erste Mal, ist angeblich in die Bibliothek nach Neustadt gefahren. Gestern stellt sich raus, dass er wieder unsere Kunstausstellung torpediert hat, wie immer in den letzten Jahren, als sei Kunst sein Erzfeind«, erklärte die Dame aufgelöst.

»Geht das etwas genauer?«

»Genauer? Gerne! Ein Künstler hat bei uns einmal Exponate ausgestellt, bei denen er Alltagsgegenständen durch den assoziativen Kontext andere Bedeutungen verliehen hat, sehr amüsant, verstehen Sie?«

»Ehrlicherweise nicht.«

»Ein Topfdeckel und ein Schlägel zum Beispiel. Ein Haargummi und eine Gefriertüte. Sehr erheiternd finde ich auch die Vase kombiniert mit einer Flasche Limonade, eine Vase hat man sich ja vorher niemals als Trinkgefäß vorgestellt. Ihr Großvater hat die Ausstellung, nun, sagen wir, um eigene Ideen erweitert. Ein Küchenmesser und Tomatenketchup zum Beispiel. Ich muss Ihnen nicht sagen, dass das bei unseren *Bewohner*innen* für Irritation gesorgt hat.«

Ich schloss die Augen und lächelte, ich konnte nicht anders. »Und jetzt hat er …?«

»Jetzt haben wir eine neue Ausstellung eines jungen Künstlers aus der Region auf die Beine gestellt«, sprudelte die Frau hervor. »Ganz toll, ganz, ganz tolle Bilder. Farbenfroh. Er malt nach blinder Intuition. Und jetzt stellt sich heraus, dass Ihr Opa drei Bilder einfach hat verschwinden lassen und durch eigene Arbeiten ersetzt hat.«

»Ein blinder Künstler? Haben Sie meinen Großvater dabei erwischt?«, fragte ich und versuchte dabei die Erinnerung an den Abend im Krankenhaus zu verdrängen, als Opa Fidus eine Tüte mit Malutensilien entsorgte.

»Nein, das nicht.«

»Woher wissen Sie denn dann, dass er es war?«

»Ihr Großvater gehört zu unseren längsten und ältesten Bewohnern, wir kennen ihn mittlerweile, diese Störaktion trug seine Handschrift – und er hat es auch nicht abgestritten, als wir ihn zur Rede gestellt haben, im Gegenteil, er hat ... «

»Aber deswegen können Sie einen über Neunzigjährigen doch nicht vor die Tür setzen«, unterbrach ich die Heimleiterin.

»Entschuldigung?«

»Mein Großvater sagt, Sie hätten ihn rausgeworfen.«

»Das setzt dem Ganzen den Korken auf!«

»Korken?«

»Krone! Krone, meine ich – ich bin schon ganz verwirrt!«

»Also haben Sie ihn nicht rausgeworfen?«, fragte ich – was mir zugegebenermaßen auch als äußerst ungewöhnliche Maßnahme vorgekommen wäre.

»Wir haben die Wogen geglättet. Der Künstler war außer sich. Wir arbeiten täglich am guten Ruf unserer Einrichtung, so etwas spricht sich rum, Herr Bergmann, ich meine ... «

Erneut ging ich dazwischen. »Frau Pirrung, ich weiß

nicht, was schadhafter für den Ruf einer Seniorenresidenz ist: Lebhafte *Heimbewohner*innen* oder eine verletzte Aufsichtspflicht. Auf mich wirkt es nämlich so, als hätten Sie bis eben nicht gewusst, wo mein Opa ist. Schon wieder. Er ist jetzt jedenfalls hier. Ihm geht es gut. Einen schönen Tag noch.«

Ganz sachte klopfte ich an die Tür des Gästezimmers und öffnete. Opa saß auf dem Bett, die Jacke an, beide Beine auf dem Boden, die Hände im Schoß.

Niedergeschlagen sah er mich an: »Es kann keine Rede davon sein, dass ich deine Großmutter *unter meiner Fuchtel* hatte, dein Vater verzerrt die Tatsachen. Ich habe Klara immer geliebt, so gut es eben ging«, sagte er.

Ich setzte mich neben ihn, da fiel mein Blick auf Opas Rollkoffer neben der Tür. Ich erkannte darin keine Klamotten, keinen Kulturbeutel, nur zerfledderte Krimis. »*So gut es ging? Wie meinst du das? Wegen des Krieges, oder ...?«*, fragte ich.

»Quatsch«, sagte Opa, »was weiß man mit fünfzehn schon von der Liebe? Alles und rein gar nichts.«

Ich streifte Opa sachte die Jacke ab und legte ihm den Arm um die Schultern. Er presste die Lippen aufeinander und senkte den Blick. Ich sagte: »Was ich mich seit deinen letzten Erzählungen immer frage – wer hat die Briefe damals abgeschickt?«

»Ich weiß es nicht. Mein Vater, denke ich.«

»Warum hätte er das tun sollen?«

Opa Fidus zuckte niedergeschlagen mit den Schultern. »Er war ein Mensch, der viel gesehen und wenig gesagt hat.«

»Erzählst du mir bald von deinem zweiten Tod?«, fragte ich aufmunternd.

»Natürlich, aber nicht jetzt. Wenn ich darf, dann würde ich gerne etwas schlafen. Ist dieses Zimmer … gehört das Bett … kann ich mich hier kurz hinlegen?«

Ich stand auf und zeigte auf seinen aufgeklappten Koffer. »Es ist alles in Ordnung, Opa. Wir haben zwei Gästezimmer. In einem schläft Mama, im anderen befindest du dich gerade. Bleib erst einmal hier, ich kläre das alles. Du kannst ja nicht auf der Straße schlafen. Soll ich mal in Papas Schrank schauen, ob ich dort einen Pyjama für dich finde? Ich glaube, wir haben auch noch neue Zahnbürsten und so ein Zeug. Ich sammele im Haus mal ein paar Sachen für dich ein. Die haben dich im Pflegeheim ja mit rein gar nichts vor die Tür gesetzt.«

Opa schwieg einen Augenblick. »Ich habe Reißaus genommen«, sagte er reumütig und schielte unter seinen Augenbrauen hervor.

»Kann ich gut verstehen«, antwortete ich.

Wir lächelten uns verschmitzt an. Ich öffnete die Tür und drehte mich nochmals zu ihm um. »Warum erzählst du mir diese ganzen Geschichten eigentlich erst jetzt?«

»Man hat immer noch genügend Jahre, bis man irgendwann nicht mehr genügend Jahre hat«, sagte Opa.

DREI

HOPP, HOPP, BALKENGALOPP

Die Schwangerschaft hatte Klaras schlankes Gesicht nicht berührt. Ihre Hüften wurden breiter, ihre Brüste größer – ihr Bauch natürlich auch, er erreichte gegen Ende ihrer Schwangerschaft kosmische Ausmaße –, doch ihr Gesicht blieb schlank. Je älter sie wurde, umso mehr trat auch die Ähnlichkeit mit ihrem Vater zutage, ohne dass Fidus genau sagen konnte, an was es lag. Vielleicht war es die Reife, die die Jahre in ihre Gesichtszüge zeichneten und ihren Blick tiefer, erfahrener und auch etwas härter wirken ließ. An diesem Vormittag sprang ihm auch ein weiteres Detail mal wieder ins Auge. Ihre samtschwarzen, lockigen Haare wurden von einem Kopftuch eingefasst, das ihr Gesicht umrahmte. In der Mitte all dessen schaute die Nase ihres Vaters hervor. Baugleich in der spitzen Art, nur etwas feiner, bepunktet mit wenigen Sommersprossen. Dazu ihre dunkelbraunen Augen, denen ein Kometenschweif aus honigfarbenen Sprengseln etwas Magisches verlieh – zumindest, wenn sie ihre Augen nicht wie im Augenblick hinter einer Sonnenbrille verbarg.

Seit dem frühen Morgen hing die Sonne wie ein Brennglas

über ihren Köpfen. Es war ein sengend heißer Tag in Barcelona. Ein weiterer. Seit Tagen hielt die Hitze die Stadt in Schach. Wer konnte, harrte im drückenden Halbdunkel seiner Wohnung aus, bis die selige Abenddämmerung anbrach und das Meer eine kühle Brise zur Stadt trug. Erst dann öffnete man die Fensterläden, wischte den Insektenfriedhof vom Fensterbrett und atmete. Und trotzdem wollte Klara – hochschwanger wie sie war – an diesem Samstagvormittag in den Zoo. Sie hatte die Beine aus dem Bett geschwungen, eine Weile am Bettrand gesessen (wie so oft in letzter Zeit, sie brauchte ein paar Minuten, um in Gang zu kommen) und hatte erklärt, heute in den Zoo zu wollen. Ende der Diskussion. Kein *wenn*, kein *aber*. *Basta*. Fidus redete auf sie ein, wusste jedoch, dass sie sich von nichts abbringen ließ, wenn sie es sich einmal in den Kopf gesetzt hatte.

Fast achtzehn Jahre lebten sie nun in der Stadt, aber um den Zoologischen Garten hatte er nach einem Anstandsbesuch vor vielen Jahren immer einen großen Bogen gemacht. Er hatte damals an den Zäunen und Gittern gestanden. Der Gedanke, der ihn dabei überkam, war einfach, das Gefühl vielschichtig: Tiere gehörten in die freie Wildbahn. Punkt. In den Dschungel. Ins Meer, in die Steppe, an den Himmel. So fühlte es sich auch heute für ihn an. Er und Klara standen am Gehege eines einsamen Löwen und *Rilkes Panther* schoss ihm durch den Kopf. Er hatte das Gedicht erst vor wenigen Wochen gelesen, eher durch Zufall. Fidus' Leidenschaft waren Krimis, so lernte er in der Anfangsphase auch Katalanisch sprechen. Es war Klara, die deutsche Lyrik mochte. So hatte das Gedicht seinen Weg auf ihren Terrassentisch gefunden. Fidus hatte es bei einem Kaffee zur Hand genommen. Jetzt lag ihm der erste Satz auf der Zunge. Er wollte ihn Klara vortragen, und noch mehr: Er wollte die Hand heben wie eine

Marmorstatue und im Brustton der Überzeugung die Verse zum Besten geben – vielleicht würde sie lachen?

Er mochte es, wenn sie lachte.

Da passierten mehrere Dinge auf einmal.

Es schepperte, kreischte und pflatschte. Das Pflatschen war Klara zuzuordnen. Zwischen ihren Beinen lag eine schillernde Pfütze, sie beugte sich nach vorn und stöhnte leise. Das Kreischen stammte indes von einer anderen Zoobesucherin, die im Moment des Pflatschens ihre beiden Kinder an ihnen vorbeizerrte. Fidus nahm das nur am Rand seiner Wahrnehmung zur Kenntnis. Es war verzwickt, wenn Dinge zur selben Zeit geschahen. Der Grund des Kreischens und Wegrennens hatte nämlich nichts mit dem Pflatschen zu tun – ergo der geplatzten Fruchtblase von Klara –, sondern vielmehr mit einem Scheppern. Das waren gusseiserne Metallstäbe, die auf gusseiserne Metallstäbe schlugen. Das Geräusch hatte seinen Ursprung nicht weit entfernt. Entstanden war es ungefähr zehn Körperlängen von ihnen entfernt. Und dort stand der Löwe und blinzelte in die Mittagssonne. Hinter dem Tier stand die Gehegetür offen, schwang nochmals sanft auf und zurück. Ein Scharnier quietschte qualvoll.

Dann war es still.

Der Löwe war frei.

Jetzt hatte Fidus ja, was er wollte.

Das Tier schlenderte los, mit gesenktem Haupt. Nach einem Meter blieb es stehen, musterte beiläufig Fidus, dann Klara, die trotz ihrer Lage keinen Mucks von sich gab. Sie stützte sich den Bauch und atmete flach – so flach es ihr rasender Puls eben ermöglichte. Der Löwe hob kurz seinen Kopf und schnüffelte, ließ ihn dann aber wieder sinken.

Sollten sie langsam rückwärtsgehen?

Sich bewegen?

Davonrennen?

Aufplustern?

Lärm machen?

Stillstehen?

Ihn mit dem Fotoapparat bewerfen, der um Fidus' Hals hing?

Der Löwe ging zu einer Rasenfläche, nicht weit entfernt. Zwei Tierpfleger kamen angerannt, hielten in weiter Entfernung kurz an, drehten sich wieder um und rannten denselben Weg zurück. Der Löwe ruhte in sich, ließ sich träge nieder und leckte sich das Fell. Als eine Möwe kreischte, richtete er sich plötzlich auf und spitzte die Ohren. Es ging rasend schnell. Für den Wechsel von einer teilnahmslosen, geradezu einschläfernden, zu einer aufgeweckten, höchst beunruhigenden Wesensart hätte ein Fingerschnipsen genügt. Das Tier drehte sich einmal um sich selbst, da fiel sein Interesse erneut auf Klara und Fidus.

Fidus hatte keine Ahnung von Tieren, außer vielleicht von Hühnern, die sie besessen hatten. Er wusste, wie Eber stanken, wie Pferde aussahen, und würde man ihn fragen, ob er eine Kuh zu melken vermochte, würde er es wahrscheinlich bejahen. Er kannte Hunde. Und Katzen, klar, die er hin und wieder in irgendwelchen Wiesen beobachtet hatte, wie sie auf sanften Pfoten einen Bogen um ein Objekt von Interesse beschrieben, in die Knie gingen, die Ohren nach vorn gerichtet, ausharrend, bevor sie losschnellten, um eine Maus, eine Fliege oder einen Grashalm im Wind zu fangen. Und wenn ein Löwe auch keine Hauskatze war, dann war die Verwandtschaft nicht von der Hand zu weisen. Da konnte man sich nun an Relativierung versuchen, aber der Löwe befand sich augenscheinlich in Phase eins des Angriffsmodus. Nur das in seinem Interessenszentrum kein Grashalm im Wind schlackerte. Im Zentrum seines Interesses waren er, Klara und sein ungeborenes Kind.

Genauer: Fast geborenes Kind. »Ich spüre das Köpfchen«, flüsterte Klara in diesem Moment. Sie hielt Fidus' Arm, mit ihrer anderen Hand drückte sie zwischen ihre Beine.

Der Löwe, wahrscheinlich in Gefangenschaft geboren, schien seine Urinstinkte nicht eingebüßt zu haben. Er ging leicht seitwärts. Kurz hatte Fidus das Gefühl, dass das Tier durch den Halbkreis, den es beschrieb, sich von ihnen entfernte. Doch er merkte schnell, dass der Eindruck täuschte. Der Löwe schnitt ihnen recht geschickt beide Fluchtrouten ab. Die Sonne brannte wie eine apokalyptische Feuersbrunst. Fidus' Herz pochte, ein Affe gackerte. Als er die Sirenen hörte, waren sie längst eingekesselt im Dreieck aus Löwenhaus, Löwenkäfig und dem Löwen. Der Hintergrund flackerte vor Fidus' Augen, hier und da bewegte sich etwas. Menschen? Tiere? Fidus wusste es nicht. Er schob Klara hinter sich und machte einen ersten Schritt rückwärts. Was blieb ihnen sonst übrig? Sie mussten etwas tun. Ganz langsam gingen sie rückwärts. Wenn sie den Käfig erreichen wollten, hatten sie zehn Körperlängen zu gehen. Das war viel, wenn man schlich. Wenig, wenn man sprintete, aber das trauten sie sich nicht, es galt nur, das Tier nicht aufzuscheuchen. Dennoch richtete der Löwe seine Ohren auf.

»Fidus«, flüsterte Klara.

»Gleich sind wir in Sicherheit«, sagte Fidus, und sie waren wirklich schon weit gekommen, die Hälfte der Strecke zum Käfig hatten sie hinter sich gebracht, da ging der Löwe in die Knie.

Ohhh, wie lang doch kurze Strecken sein konnten, und wie kurz doch lange Strecken. Das dachte jedenfalls Fidus, der es nicht wagte, eine hektische Bewegung zu machen. Man tat Abertausende, wahrscheinlich Millionen oder sogar Milliarden Schritte in seinem Leben. Aber entscheidend für die ganzen Kehren und Wendungen waren doch am Ende des Lebens nur wenige gewesen. Oder alle? Was wäre gewesen, wenn er nicht mit Klara aufgebrochen wäre, damals in der Pfalz im Morgengrauen? Was wäre gewesen, wenn sie damals über den Lindenberg gegangen wäre, so wie es Max vorgeschlagen hatte? Was wäre gewesen, wenn sie auf dem Drachenfels nicht desertiert wären? Oder wenn er in einer Millisekunde auf seiner Flucht den Wald hinab anders entschieden hätte und rechts oder links abgebogen wäre? Und was wäre, wenn sie vorhin einfach am Brunnen geblieben wären? So wie er es sich gewünscht hatte? Was wäre gewesen, wenn er sich einmal in seinem Leben gegen Klara durchgesetzt hätte?

Der Zoo lag im *Parc de la Ciutadella*, dem *Zitadellenpark*. Er war Hunderte Jahre alt, gespickt mit Brunnen, Teichen, Bäumen, Wiesen, Ruinen. Fidus hatte hier immer das Gefühl auf magische Weise mit der Vergangenheit in Berührung zu kommen, vor allem die Spaziergänge an lauen Herbsttagen liebte er: Die Geräusche der Stadt, gedämpft im sanftmütigen Licht des schwindenden Jahres. Deswegen schlug er Klara vor, den Zoo sein zu lassen, er wollte vorhin einfach am *Font de la Cascada* bleiben. Die Füße ins Becken dieses Brunnengetürms hängen. An einem Schattenplätzchen auf einer Wiese ausruhen. Ja, das war sein Wunsch gewesen: Schattenbaden, neben Klara, ihren Berg von Bauch streicheln – und den Schatz, der darunter versteckt war. Doch sie wollte nicht. Vielleicht spürte sie eine Verbindung von dem Kind in ihrem Bauch und den gefangenen Lebewesen in den Käfigen? Warum sonst der Zoo, gerade heute?

Wie in Zeitlupe bewegte sich die Vorderpfote des Löwen nach vorn. Die linke. Er setzte die vorderen Ballen ab. Irgendwie wirkte er verspielt, neugierig, fast niedlich. Wirre Gedanken stolperten in Fidus' Kopf übereinander, so etwa: Der Mensch ist dem Löwen ein Wolf, oder der Löwe ist dem Menschen ein Mensch. Da strauchelte Klara. Nur ganz leicht kam sie aus dem Tritt und fing sich auch sofort wieder. Der Löwe schoss auf sie zu wie ein abgeschossener Pfeil.

Fidus war schneller. Ohne nur einmal hinter sich geblickt zu haben, hatte er sie blind zum Eingang des Käfigs geführt. Er griff das Tor und schlug es vor den Augen des herannahenden Löwen zu. Klara stolperte rückwärts und stürzte. Fidus sah es nur im Augenwinkel, denn das Tor rastete nicht ein. Fidus schlug es zu, es schwang wieder leicht auf. Da krachte der Löwe an die Gitterstäbe, dass das ganze Gehege nur so erzitterte.

Das Tier fauchte, stank aus dem Maul. Sein Zahnfleisch war schwarz, die spitzen Zähne so gelb wie seine Augen. Klara krümmte sich und schrie auf, in einer Melange aus Panik und Wehen. Da ließ der Löwe unversehens ab, ging einige Schritte rückwärts, was unbeholfen aussah, als würde er taumeln. Fidus blutete an der Hand und am Oberarm, aber umklammerte eisern die Tür.

Erneut schrie Klara auf. Der Löwe begann im Kreis zu laufen, als sei er zurück in seinem Käfig und würde seine Runde drehen. Waren sie in sein Revier eingedrungen? Klara schrie. Der Löwe brüllte. Sirenen heulten, Affen gackerten. Schnattern, kreischen, grunzen, zwitschern. Die ganze Welt war wild geworden.

Der Löwe brüllte, weil er zurück in seinen Käfig wollte.

Klara brüllte, weil ihr Sohn herauswollte.

Und Fidus hielt die Käfigtür, da schnellte der Löwe plötzlich wieder nach vorn, prallte gegen die Tür, urgewaltig wie die Brandung gegen den Fels. Ein wildgewordener Berg aus Fleisch, Knochen und Krallen. Der Vorderlauf des Tiers drang durch die Gitterstäbe, zweimal, dreimal. Fidus spürte warmes Blut an seiner Flanke.

Ein zartes Schreien durchdrang die flirrende Hitze.

Fidus wurde schwarz vor Augen.

* * *

»Ich wäre damals fast verblutet. Nachdem ich wiederbelebt wurde, warst du auf der Welt. Deine Mutter hielt mich aber ein paar Tage von dir fern, ich habe geflucht wie ein Rohrspatz – liegt wohl in der Familie…«, sagte Opa, hob sein Hemd und präsentierte der versammelten Runde seine nackte Flanke. Auch noch nach so vielen Jahren war ein Geflecht aus Narben zu erkennen.

»Und was war mit dem Löwen?«, fragte Bintou.

»Erschossen«, antwortete Opa. »Peng.«

»*My mother told the story differently*«, sagte mein Vater mürrisch.

»Was sagst du, Fred? Ich habe nie wirklich Englisch gelernt«, sagte Opa und sah mit hochgezogenen Augenbrauen Bintou an. »Ich spreche aber fließend Katalanisch.«

Bintou lächelte, ich sagte: »Papa sagt, dass Oma Klara die Geschichte anders erzählt hat.«

»Jaaaa«, sagte Opa, »ja, ja, sie mochte das ganze Blut nicht.«

Er nahm einen schnellen Schluck von seinem Weißwein mit Wasser, das eher ein Wasser mit Weißwein war. Als ich seinen Blick suchte, wich er aus. Auf seinen Wangen und seinem Hals erkannte ich rote Flecken. Niemand sagte etwas. Ich genoss die Stille am Tisch, sie stand kurz zwischen uns allen wie etwas Ehrwürdiges, das man nicht anzutasten wagte. Ich nahm einen Schluck Wein, kaute darauf herum. Bintou suchte unterm Tisch nach meiner Hand. Vater starrte ins Leere und rührte sich nicht. Mutter werkelte in der Küche. Es blubberte in einem Topf – es blubberte und dampfte genau genommen seit Stunden, ohne dass ich wusste, was da genau blubberte und dampfte. Hätte ich nachfragen müssen und Bintou auf das Mahl vorbereiten?

Wahrscheinlich.

Es war Schlag auf Schlag gegangen.

Flughafen. Ankunft. Rückfahrt.

Begrüßungssekt.

Keine angestrengten Unterhaltungen, sondern angeregte Unterhaltungen – was mich sehr freute!

In dieser Heile-Welt-Blase saßen wir seit geraumer Zeit, tranken Wein, knabberten Chips, dippten Paprikaschnitze in Kräuterquark und warteten auf den Startschuss für das Abendessen. Wir lauschten Opas Anekdoten, und alles wäre gut gewesen, wäre da ein nicht unscheinbares Detail gewesen: Mein Vater hatte recht. Opa log.

Es war zu offensichtlich, dafür musste man nicht einmal Psychologie studiert haben. Ein Semester Menschenkenntnis genügte. Sein flüchtiger Blick, die roten Flecken. Oder lag es nur an meinem Vater? Schließlich ging es hier um seine Geburt. Immer wieder klammerte sich Opas Blick an seinen Sohn, fand aber an der gefühlskalten, reglosen Miene keinen Halt.

Es zischte. Der süße Duft von gebratenen Zwiebeln erfüllte den Raum. Mein Vater erwachte in diesem Moment aus seiner Schockstarre, blickte auf Bintous leeres Weinglas und schnappte den Riesling aus dem Kühler. »*Would you like some more wine?*«, fragte er in höflichstem Oxfordenglisch – obwohl Bintou Deutsch sprach, sie war zweisprachig erzogen worden und kannte nur manche Worte nicht. Aber es funktionierte. Kein Fluch war bisher über seine Lippen gekommen. Keine Beleidigung, nichts dergleichen. Vielleicht überlistete die Fremdsprache sein Gehirn? Oder er erstickte alle Flüche in sich und brüllte sie heimlich in seine Faust, denn er verschwand verhältnismäßig oft in der Toilette – was natürlich auch an den Medikamenten liegen konnte, die er sich wie Dragees einzuverleiben hatte. Immerhin hatte sich seine gräulich-pathologische Gesichtsfarbe in eine kränkliche Naturblässe gewandelt.

Seit Bintou im Haus war, wirkten Opa und Vater nebeneinander auch wieder wie Sturmflut und Bergsee: Opa aufbrausend, Papa still – seine fahrige, hibbelige Art war wie weggeblasen. Er war in sich gekehrt und zuvorkommend. Mit ruhiger Hand füllte er Bintou das Weinglas, drehte die Flasche am Ende leicht ab, als sei er Sommelier in einem Dreisterne-Restaurant.

»Danke«, sagte Bintou, mit etwas belegter Stimme.

»*You're welcome*«, antwortete mein Vater.

»Sind Sie erkältet?«, fragte Opa.

»Ein bisschen, ich vertrage diese vielen Stunden in der Klimaanlage des Flugzeugs nicht.«

»Da bin ich voll bei Ihnen, Bintou. Ich und meine Frau waren früher viel reisen, anfänglich war natürlich unser Sohn auch dabei. Wir waren auf der ganzen Welt unterwegs. Da war ich auch immer verschnupft, wenn ich aus dem Flugzeug stieg«, begann Opa redselig und ließ sich auch nicht vom hörbaren Seufzen meines Vaters aus der Ruhe bringen. »Auf diese Weise habe ich einmal einen singhalesischen Taxifahrer kennengelernt. Der erzählte mir, sein Wundermittel gegen Erkältung sei, sich jeden Morgen ein Stück Ingwerwurzel in den Popo zu schieben.«

»Opa!«, rief ich.

»Wenn es doch wahr ist!«, rief Opa.

»Popo?«, fragte Bintou und runzelte die Stirn.

»Ist egal«, sagte ich.

Doch Opa zeigte schon auf seinen Hintern.

Bintou lachte. »*Really?* Und das soll helfen?«

»Nun, als er mir davon erzählte, praktizierte er diese Methode schon knapp vier Wochen und hatte in dieser Zeit keine Erkältung. Er starb allerdings drei Tage später.«

»Oh«, sagte Bintou, »ein Autounfall, oder … ?«

»Nein. Verstopfung«, entgegnete Opa und begann schelmisch zu lächeln. Bintou lachte auf, ich schloss die Augen. Opa fuhr fort: »Der Schluss war natürlich nur ein Witz, ich habe einen Spaß gemacht, aber die Geschichte mit der Ingwerwurzel, die ist wirklich wahr!«

Meine Mutter kam aus der Küche, scheinbar hatte sie zugehört. Sie wischte sich die Hände an einem Küchentuch ab, an ihrer Wange hing etwas Mehl, ihre Haare waren kraus – und war das Blut an ihrer Schürze? Kochen war eben ein Akt schöpferischer Gewalt. Sie legte Bintou eine Hand auf die Schulter, als würden sie sich seit Jahren kennen, angelte mit der anderen Hand ihr Sektglas, das immer noch halbvoll an ihrem Platz stand. »Ich kann dir für deinen Rückflug Ingwerwurzel im Supermarkt besorgen«, sagte sie.

»Danke, so dünn wie möglich, bitte«, entgegnete Bintou.

Mutter lachte.

Opa lachte.

Bintou lachte.

Ich lachte der Höflichkeit wegen, mir war das alles nicht ganz geheuer.

Mein Vater zeigte keine Reaktion.

Dennoch schien Opa jetzt seinen ganzen Mut beisammenzuhaben. Es war das erste Mal, dass er meinen Vater direkt ansprach. »Ich will dir nicht zu nahe treten, Alfred, aber wegen deines Todes wollte ich doch noch etwas loswerden, wenn ich darf.« Er räusperte sich bedeutungsschwanger. »Alo hat mir von deiner Geschichte erzählt, was du über die Mondlandungen zu berichten weißt, und dass du dich seit deinem Tod wie ein Raumfahrer fühlst. Das finde ich alles sehr interessant. Er erzählte mir auch von deinem Gefühl von Einsamkeit und Bedeutungslosigkeit.«

Vater sah ihn unverwandt an. Ich schluckte. Meine Mutter trank ihr Sektglas in einem Zug aus. Opa sagte: »Ich bin vorgestern in die Bibliothek nach Neustadt gefahren. Ich habe mir alle Bücher geben lassen, die mit Raumfahrt zu tun hatten, weil ich mich damit ja überhaupt nicht auskenne. Wusstest du, dass Neil Armstrong am 21. Juli 1969 als erster Mensch den Mond betrat? Das ist über fünfzig Jahre her, seit über zehn Jahren ist Armstrong tot! Aber weil es dort oben keinen Wind oder Regen gibt, sind seine Fußspuren immer noch zu sehen … Ist das nicht ein schöner Gedanke?«

* * *

»Leck mich doch am Arsch!«

* * *

Meine gute, liebe Klara,

im Lager wird Tag und Nacht für die Schachfront trainiert, und ich bin und bleibe wahrscheinlich auch in naher Zukunft nur stiller Beobachter in diesem Gefecht. Ich möchte ~~Dir dennoch an dieser Stelle einen herzlichen Gruß senden und~~ einige Gedanken mit Dir teilen. Das Grundprinzip dieses Spiels ist nämlich recht eigentümlich, wenn man sich einmal von den bisweilen raffinierten Spielzügen erhebt und das Spielbrett von oben betrachtet. Zu schützen gilt es nämlich den König, der aber trotz seines Rangs keine nennenswerten Fähigkeiten besitzt. ~~Saß wahrscheinlich zu lange mit seinem dicken Hintern auf seinem Thron.~~ Er kann nur ein Feld in eine beliebige Richtung ziehen. Schlimmer sind im Grunde nur die Bauern dran, die bereitwillig geopfert werden. Pferde können nach einem bestimmten Muster springen. Läufer und Türme gerade oder diagonal über so viele Felder ziehen, wie sie mögen. Die beste Spielfigur auf dem ganzen Feld ist aber die Dame, sie kann alles. Wahrscheinlich denke ich deswegen die ganze Zeit an Dich: Die Dame macht die beste Figur im ganzen Spiel, sie kann alles besser, was die anderen Figuren können. Außer springen. Aber dazu gibt es ja Pferde.

Dein Dich verehrender,
hoffentlich nicht zum Bauernopfer werdender
Fidus

* * *

Fidus' Briefe verteilten sich wie Trümmerteile in meinem Zimmer, als wäre das Bündel an der Zimmerdecke zerschellt und großflächig herabgeregnet. Kreuz und quer lagen sie auf meinem Schreibtisch. Sie bedeckten das Notebook, andere lagen auf dem Bett, auf dem Nachttisch oder der Fensterbank, meist in Kombination mit den Umschlägen. Eine Handvoll hatte ich während meiner Lesestunde für Bintou auf dem Fußboden geordnet. Der Anblick schien mir nach nur gut einer Stunde recht ominös, weil ich schon wieder vergessen hatte, warum ich das getan hatte. Ich pflückte einen Brief vom Boden und erinnerte mich, dass ich in einem Anfall von Ordnungswut beschlossen hatte, die Briefe in humorvolle, tiefgründige, melancholische und romantische Episoden zu separieren, was am Ende nicht aufging, weil die Briefe alles immer zugleich waren, humorvoll, tiefgründig, melancholisch und romantisch eben, nur in unterschiedlicher Gewichtung.

Bintou hatte auf meinem Bett gelegen und mir geduldig zugehört. Euphorisch las ich einen Brief nach dem anderen vor, manchmal etwas holprig, wegen der doch recht krakeligen Handschrift meines Großvaters. Dabei lief ich im Zimmer auf und ab. Oft lachten wir, mehrmals kamen ihr vor Rührung sogar die Tränen. Irgendwann, nach einem Dutzend Briefen, wirkte Bintou wie betäubt. Ich bemerkte ihren trüben Blick, noch vor dem Ende des nächsten Absatzes war sie eingeschlafen. Wie konnte es anders sein? Sechsundzwanzig Stunden war sie auf den Beinen. In dieser Zeit hatte sie wahrscheinlich alle Formen von Stress erlebt und am Ende noch ein paar Gläser Wein getrunken. Bintou zuckte noch einmal, schob ihre Füße unter die zurückgeklappte Bettdecke, dann sank ihr Kopf endgültig ins Kissen. Ich deckte sie zu und schaltete die Nachttischlampen aus.

Am Schreibtisch nahm ich nochmals einen Brief zur Hand. War es mein Plan gewesen, mein Hirn lesend im Dämmerlicht in einen bettfertigen Zustand zu versetzen, schlug dieser krachend fehl. Ich war aufgekratzt, an Schlaf war nicht zu denken, nicht jetzt, später oder in hundert Jahren. Das musste man sich einmal zu Gemüte führen: Da saß ich vorhin mit meinem Pflegeheim-Opa beisammen, der drei Mal gestorben – oder ein brillanter Lügner war. Dazu kam mein Vater, der bewiesenermaßen das Zeitliche gesegnet hatte. Ersterer gab meiner US-amerikanischen Freundin, die meine Familie an diesem Abend erst kennengelernt hatte, Anekdoten über ingwergespickte Körperöffnungen zum Besten. Letzterer sprach den größten Teil des Abends englisch, weil er sonst alle Regeln des gepflegten Miteinanders brach. In der Küche köchelte sanft ein Ossobuco seiner Vollendung entgegen, zubereitet von einer Frau, die Mutter, Schwiegermutter, geschiedene Ehefrau und Ex-Hausherrin in Personalunion war. Von dem schwelenden Konflikt meines Vaters und Großvaters gar nicht zu reden. Klar: Die Eskalation war programmiert.

Ich schob die Briefe zur Seite und schaltete meinen Computer an. Dann schlich ich auf leisen Sohlen in den Flur. Im Haus war es still und dunkel, nur unter Opas Türschwelle drang noch Licht hervor. Ich ging in die Küche, zog ein Bier aus dem Kühlschrank. Zurück in meinem Zimmer machte ich mir über meine Bluetooth-Kopfhörer Musik an und lud mir den Kriminalroman auf meinen E-Reader, der das Fass vorhin zum Überlaufen gebracht hatte: *Schlumpf Erwin Mord*, ein Buch von Friedrich Glauser, das in den dreißiger Jahren in der Schweiz erschienen war. *Leck mich doch am Arsch!* Es war so schnell gegangen, plötzlich hatte mein Vater das Buch in den Händen gehabt. Hatte er die ganze Zeit darauf gesessen? Wutentbrannt war er jedenfalls aufgesprungen, hatte mit dem Buch über dem Tisch gewedelt, als wäre er ein cholerischer Bieter in einer Auktion. Dass es sich dabei um das Geschenk handelte, das Opa ihm am Abend seines Herztodes ins Krankenhaus gebracht hatte, wurde mir erst klar, als er losbrüllte.

»Da verrecke ich, bin scheißhinüber, und du bringst mir so ein zerfleddertes Ding mit ins Krankenhaus?«, schrie mein Vater. »Hast du sie noch alle, Fidus?«

Fidus wurde blass und schluckte.

Wir alle wurden blass im Angesicht dieses Gefühlsausbruchs.

»Das war das erste Buch ... nach meinem ... das ich in der Höhle ... als ich mich ... vor den Nazis versteckte«, stammelte Opa.

»Ahhh, jetzt kommt wieder dieses Märchen! In dem alten Ding fehlen sogar Seiten. Das bringst du mir also mit? Ernsthaft? Warum nicht gleich eine Klatschzeitschrift?«

»Ich ... Es tut mir ... Es war ...«, stotterte Opa.

»Symbolisch. Es war vielleicht ein symbolisches Geschenk«, versuchte ich zu vermitteln.

Die Blicke meines Vaters sprangen kurz irre umher. Jähzornig feuerte er das Buch in die Tischmitte, traf die Schüssel Kartoffelchips, die uns geradezu um die Ohren flogen. Er stürmte hinaus. In aller Seelenruhe säuberte meine Mutter den Tisch und servierte das Abendessen. Das Ossobuco war butterzart und blieb uns dennoch im Hals stecken.

Am Tisch beschränkte man sich auf Smalltalk. Ich warf einen Blick auf das Sideboard, auf dem meine Mutter den Krimi abgelegt hatte. Hatte das Buch vielleicht wirklich eine symbolische Bedeutung? Die Geschichte mit den Fußspuren auf dem Mond ging mir auch nicht mehr aus dem Kopf. Wollte Opa seinem Sohn mit dem Buch vielleicht etwas über seine Nahtoderfahrungen mitteilen, etwas Unaussprechliches? Ich hatte bisher nicht gewagt, ihn darauf anzusprechen, weil ich mehr von seinem Leben als seinem Tod gefesselt war: Was hatte er erlebt, auf der anderen Seite? War da mehr als das schwarze Nichts, das meinen Vater um den Verstand brachte? Hatte er ein weißes Licht gesehen, wie es immer wieder zu hören war? Oder erzählte er wirklich *Märchen* und verarschte uns nach Strich und Faden?

Ich wurde jedenfalls das Gefühl nicht los, dass Fidus uns über seinen zweiten Tod nicht die ganze Wahrheit gesagt hatte.

Bintou brabbelte im Schlaf. Ich nahm einen Schluck Bier, jagte dann die Worte *Löwe, Barcelona, Geburt* oder *Zoo* durch den Deutsch-Spanisch-Übersetzer und gab sie in eine Suchmaschine ein. Wie zu erwarten fand ich nichts. Es war schließlich vierundfünfzig Jahre her. So alt war mein Vater. Ich fand nur eine Nachricht von einem ausgebrochenen Tiger, der vor gut fünfundzwanzig Jahren einen Mann getötet hatte. Die Geschichte hatte sich aber in Prag zugetragen. Dann hatte ich noch eine Idee.

Barcelona lag in Katalonien, wo meines Wissens eine andere Art des Spanischen gesprochen wurde, und wirklich: Löwe hieß auf Katalanisch nicht *León* sondern *Lleó*, Käfig hieß nicht *Jaula* sondern *Gàbia*, und Geburt hieß nicht *Nacimiento* sondern *Naixement*. In der Bildersuche erschien plötzlich der Scan eines vergilbten Zeitungsartikels. Ich spürte mein Herz pochen. Das körnige Schwarz-Weiß-Bild neben dem Text ließ einen Zookäfig erkennen. Es dauerte eine Weile, bis ich alles übersetzt hatte.

Gehege unverschlossen

Das Drama, das sich vorgestern im Parque Zoológico abspielte, war nicht auf einen technischen Defekt zurückzuführen. Es war menschliches Versagen.

Vor zwei Tagen konnte Löwe »Reyes« aus seinem Gehege im Zoologischen Garten ausbrechen und wurde aus Sicherheitsgründen von Polizeikräften im Eingangsbereich des Zoos erlegt. Dass das Tier in Freiheit gelangen konnte, ist nach einer Untersuchung auf menschliches Versagen zurückzuführen. Während der täglichen

Inspektion und Reinigung des Geheges befand sich das Tier in seinem Löwenhaus. Zwei Tierpfleger betraten das Freigehege durch eine extern zugängliche Käfigtür, die danach vom Fachpersonal nicht ordnungsgemäß verschlossen wurde.

Ein Glücksfall war, dass durch die Hitzewelle der letzten Tage der Zoologische Garten weitaus weniger besucht wurde als zu dieser Jahreszeit üblich. Die wenigen Besucher konnten sich in Sicherheit bringen. »Wir sind bestürzt und traurig, aber froh, dass niemand zu Schaden gekommen ist«, sagte Zoodirektor Roberto Ruiz unserer Zeitung. Der leitende Tierpfleger wurde bis auf weiteres beurlaubt. Im Zuge des Anbaus eines Vogel- und Reptilienhauses soll das gesamte Sicherheitskonzept des Zoologischen Gartens auf den Prüfstand.

Für Schlagzeilen sorgten unterdessen eine hochschwangere Deutsche und ihr Ehemann, die sich zu ihrer eigenen Sicherheit im Löwengehege verschanzten. Wahrscheinlich durch die Stresssituation befördert, platzte der 38-Jährigen die Fruchtblase. Mit Unterstützung ihres Mannes gebar sie noch im Gehege einen gesunden Sohn. Die Familie war wohlauf, wurde aber dennoch ins Krankenhaus gebracht, das sie gestern wieder verlassen durften. Die Geburt dürfte dem Paar lange in Erinnerung bleiben.

In Opas Zimmer war noch Licht, das unter der Tür hindurchschimmerte. Zerknirscht ging ich vor der Türschwelle auf und ab, das Notebook unter dem Arm geklemmt. Es war bereits nach eins. War er vielleicht einfach bei Licht eingeschlafen? Sanft drückte ich die Klinke hinunter. Opa lag im Bett, er war aber wach. Er hob den Kopf, als ich ins Zimmer kam. Seine Haare standen in alle Richtungen ab. Er wirkte verwirrt. Sein Blick wanderte suchend umher, als wüsste er nicht, wo und wann er sich befand – und wer ich war. »Alo«, sagte er dann mit einer Stimme, die in seiner Kehle zu haften schien.

Kaum dass ich ihn so vor mir sah, hatte sich mein Zorn bereits in Sanftmut verwandelt. Dreiundneunzig Jahre war Opa auf der Welt. *Drei-und-neunzig.* Er hatte alle Bundeskanzler und Bundeskanzlerinnen des Landes miterlebt. Er war dreiunddreißig, als Kennedy ermordet wurde. Neununddreißig bei der Mondlandung. Neunundfünfzig beim Fall der Mauer – da war ich noch nicht einmal geboren – und einundsiebzig bei 9/11. Das war der erste Epochenumbruch in meiner Lebenszeit, und ich war damals gerade fünf, sechs Jahre alt! Und jetzt stand ich weit nach Mitternacht in seinem Zimmer – um was? Ihn der Lüge zu bezichtigen?

Er räusperte sich. »Ist alles in Ordnung?«, fragte er.

»Kannst du nicht schlafen?«, fragte ich.

»Ich habe viel im Kopf.«

»Kann ich verstehen.«

»Warum hast du deinen Computer in der Hand? Musst du so spät noch für dein Studium arbeiten?«, fragte Opa.

»Ja«, sagte ich, »nein«, schob ich hinterher.

Opa sah müde aus, dennoch setzte er sich schwerfällig im Bett auf.

»Es hat Zeit«, sagte ich plötzlich und glaubte mir selbst nicht.

»Nun sei nicht so schüchtern, Alo. Ich bin alt, aber nicht naiv. Ich merke doch, dass etwas nicht stimmt. Ist es wegen deinem Vater, oder ...?«

»Nein.« Ich war nervös. »Opa, ich habe etwas gefunden, dass ich dir zeigen wollte.«

Ich setzte mich an seinen Bettrand, klappte den Computer auf und stellte ihm das Gerät auf den Schoß. Er angelte seine Lesebrille vom Nachttisch. Er blickte eine Weile auf den Bildschirm, seine Augen sprangen ein paar Mal von dem vergilbten Foto des Artikels zu meiner Übersetzung. »Das sind ja wir, das ist unsere Geschichte, woher … ?«, brachte er fast erstaunt hervor.

»Im Internet gefunden«, hakte ich ein, »aber der Text muss fehlerhaft sein, weil … da steht, dass an diesem Tag niemand verletzt wurde … «

Opa kniff lange die Augen zusammen, als wären sie trocken und würden brennen. Seine Stirn war übersät mit Altersflecken, die mir nie richtig aufgefallen waren. In seinen buschigen Augenbrauen hingen winzige Hautschuppen, die herniederrieselten, als er seine Brille von der Nase schob und sie halb auf die Bettdecke und das Notebook gleiten ließ.

»Erzählst du mir Märchen?«, fragte ich. Opa schwieg. Aufbrausend fügte ich an: »Es wäre okay für mich, Opa, ich wäre dir nicht böse, wenn du ein bisschen geflunkert hast, wirklich nicht, macht ja jeder einmal, aber ich würde schon gerne die Wahrheit wissen. Weil, du hast ja nach Papas Geburt angeblich auch ein Foto des Löwenkäfigs gemacht, das im Pflegeheim hängt, das wäre doch nicht gegangen, wenn – du schwer verletzt gewesen wärst … «

»Klara und ich haben uns im Laufe unseres Lebens verändert, Alo. Wir haben uns verliebt, entliebt, mussten uns wieder verlieben. Immer wieder neu. Man muss Verwandlung zulassen, mit Bewahren wird man nicht glücklich. Das war vielleicht die Kunst. Förster Schworm – ich hatte dir von ihm erzählt – sagte damals auf dem Drachenfels, dass *Weiß* die Summe aller Farben sei und *Liebe* die Summe aller Gefühle. Das klingt so gefühlsduselig, vielleicht hatte Schworm es ja auch so gemeint. Das weiß ich nicht. Aber darum geht es vielleicht auch gar nicht, sondern darum, wie ich … « Opa seufzte. »Wenn Liebe die Summe aller Gefühle ist, dann gehören dazu Vertrauen, Ehrlichkeit, Zuneigung. Aber auch Abneigung, Streit – oder Eifersucht. Ich bin gestorben. Drei

Mal. Ich habe nur beim zweiten Mal etwas … Ich habe die Geschichte etwas abgekürzt.«

»Ich hätte nichts gegen eine Verlängerung.«

* * *

Das übliche Morgenmurren versandete im Unvermeidlichen. Auch die Letzten stiegen auf knarzenden Leitern herab in die Grube. Der erste Meißel wurde in Stein getrieben, dann der zweite, der dritte. Die Männer begannen zu hämmern, zu schaben, zu klopfen. Der Klangteppich der Arbeit legte sich über die Baustelle. Fidus liebte diesen Moment, wenn alle miteinander im Tun versanken. Er versuchte mit seinem Grabungsmesser die Konturen eines jahrhundertealten Quaders zu erahnen, an dem er schon gestern und vorgestern gearbeitet hatte. Trockener Mörtel blätterte ab. Er war mittlerweile gut darin, denn wenn es nicht anderswo etwas zu tun gab, wurde er in den letzten Jahren immer wieder ins Gotische Viertel beordert, um bei den Ausgrabungen der Grundmauern der römischen Ursiedlung *Barcino* zu helfen. Bald sollte es ein Museum sein. Er mochte die Arbeit, aber vor allem mochte er auch das Gefühl, nach fast neun Jahren eine geregelte Arbeit zu haben, nun ja, oder eine Art von geregelter Arbeit: An diesem Freitagmorgen tauchte etwa das Gesicht Oriols am Rand der Grube auf. Wie so oft in den letzten Jahren.

»*Fideu*«, raunte er, so nannten ihn mittlerweile alle bei der Arbeit: *Fideu*.

Was Fidus vor Jahren für eine charmante Färbung seines Namens gehalten hatte, der katalanischen Sprache geschuldet, entpuppte sich als Spott.

Fideu, riefen sie und kicherten.

Fideu, was gibt es heute zu essen?

Fideu, wir haben Hunger!

Es war Klara, die das Wortspiel verstand. *Fideuà* wurde gerne an Straßenständen verkauft, ein spanisches Gericht, benannt nach den Fadennudeln *Fideu*. »Sie nennen dich nach einer Nudel«, sagte sie.

»Ich bin aber Deutscher und kein Italiener«, entgegnete Fidus mürrisch.

»Ist ja vielleicht ein Kompliment.«

»*Fideu*«, raunte also Oriol, und Fidus ließ sein Werkzeug sinken. Regungslos starrte er kurz nach oben. Hinter Oriol tauchte kurz das zerknautschte Gesicht des Grabungsleiters auf und verschwand so schnell, wie es erschienen war. Fidus ahnte nichts Gutes. Wie immer, wenn Oriol ihn unangekündigt mit einem Spezialauftrag aus seiner Arbeit riss. Unter dem zottigen Schnauzer seines Chefs steckte eine filterlose Zigarette, dick wie eine dünne Zigarre, die er oft und gerne in seinem Mund vergaß, zumindest bis sie so weit heruntergebrannt war, dass sie ihm die Bartspitzen versengte. Mit Verachtung pflegte er den Stummel dann auf den Boden zu spucken.

Der drahtige Spanier zuckte mit den Schultern, hob die Hände. »*No tinc temps*«, schnarrte er, »was ist los, *Fideu*, bist du krank? Mach schon, *va, encàrrec especial, va, va*.«

Keine zwei Minuten später saßen sie in der Fahrerkabine seines Pritschenwagens, den Oriol durch das nebelverhangene Oktoberbarcelona steuerte. Hinten, auf der Laderampe, harrten zwei grobknochige Arbeiter aus, die Fidus noch nie gesehen hatte. Zwischen ihnen lagen drei Sackkarren mit rostigen Metallrädern. Grimmig, mit verquollenen Augen, blickten die Männer drein und ließen jede Bodenwelle über sich ergehen. Wahrscheinlich hatte Oriol sie kurz zuvor an der *Joan de Borbó* eingesammelt. Dort standen die Tagelöhner. Das wusste Fidus, weil er und Klara dort vor neun Jahren gestanden hatten. Vier Jahre lang hatten sie sich so ihren Lebensunterhalt verdient.

Kaum hatten sie das Zentrum hinter sich gelassen, zerfiel die Stadt in ein zerklüftetes Areal, aus dem alte und neue Bauten wie aus einem Greisengebiss emporwuchsen. Kranungetüme ragten zwischen Schutthaufen und Rohbauten auf. Sie fuhren die *Carrer de la Riera Blanca* nach Norden und passierten dabei »Barracópolis«, die Elendsviertel der Stadt. Holzfeuer brannten vor einer endlosen Reihe aus Holzhütten, die nur nicht auseinanderfielen, weil sie an eine zerfallene Steinmauer gebaut worden waren, was ihnen gewisse Stabilität verlieh. Ein schmuddeliges Kleinkind, untenherum splitternackt, oben dick bekleidet, warf Stöckchen für ein Rudel streunende Hunde. Drei Jungen in zerschlissenen Klamotten kickten mit einem zerfransten Fußball. Eine Frau hängte an dünnen Leinen die Wäsche auf, die zwischen den Hütten gespannt waren. Eine verhutzelte Alte saß in einem zerlöcherten Sessel, eine Decke auf den Beinen. Von Männern war keine Spur zu sehen, sie waren alle auf den Baustellen der Stadt. Oder standen immer noch an der *Joan de Borbó* und fragten sich mittlerweile, wie sie heute Abend mit etwas in den Händen nach Hause kommen konnten.

Klara und er hatten es bei ihrer Ankunft in der Stadt geradeso schlimm erwischt, wie alle Migranten, dachte Fidus bei dem Anblick. Damals, im Jahr 1951. Vielleicht war ihre Ankunft nur anders in der Ausprägung der Tristesse. Nach einer monatelangen Fahrradtour durch Frankreich waren sie in Barcelona gelandet – so nannten sie diese Zeit mittlerweile, nicht *unsere*, sondern *die Fahrradtour* oder *Odyssee auf zwei*

Rädern. Manchmal, in den richtigen Momenten, nannte es Fidus auch *die Fahrradtortur* und lächelte. Denn mit Anfang dreißig war er noch der Meinung, dass sich in diesem einen Wort das ganze Spektrum des menschlichen Gefühlslebens versammeln ließ, das sie in diesen Monaten erlebt hatten. Als sie in Barcelona ankamen, hatten sie schließlich nichts mehr bei sich, außer ihren Kleidern am Leib und zwei schrottreifen Fahrrädern, die sie so oft notdürftig geflickt und repariert hatten, mit Gummis, Drähten und Nägeln, dass sie bei jeder Tretbewegung quietschten, eierten und knarzten. Sie sprachen kein Wort Spanisch, geschweige denn Katalanisch.

Dass Fidus und Klara in ihrem Zustand überhaupt ein Zimmer im Stadtviertel *El Raval* bekamen, im südlichen *Barrio chino*, hielten sie damals für ein Wunder, ein Geschenk, auch geschuldet der Milde und Wohltätigkeit der bevorstehenden Weihnachtstage. Und sicher, das Zimmer war heruntergekommen, die Böden waren zerschlissen, die Ecken schimmlig, die Gemeinschaftstoilette verdreckt, aber es gab ein Bett, einen Tisch und eine Kochnische. Das Zimmer hatte einen Boden, eine Decke, vier Wände, ein großes Kassettenfenster und eine Tür, die sie zuschließen konnten. Zuschließen. Allein der Gedanke daran, war zu schön, um wahr zu sein. Es war Vormittag, als die Frau – eine Chinesin mit mildem Lächeln und kalten Augen – ihnen das Quartier zeigte und ohne Vorschuss anbot. Klara war blass, sie beide waren blass, entkräftet, abgemagert und ausgelaugt, sie hätten sich überall zum Schlafen hingelegt. Das Zimmer kam ihnen wie reinster Luxus vor. Sie nickten gerührt. Fidus nahm den Schlüssel mit einer Verbeugung entgegen – denn so bedankte man sich doch in China, oder nicht? Die Frau drehte sich wortlos um und verschwand. In der Nacht kamen die Ratten.

Während Fidus die Tiere davonscheuchte und ratlos vor den Ritzen saß, weil er nichts fand, mit denen er sie abdichten konnte, erwachte vor den Türen *El Raval* zum Leben. Die Bars, Clubs und Bordelle füllten sich. Gaukler, Dealer und Bettler begannen ihre Streifzüge. Die Sirenen gehörten hierhin wie die Prostituierten an den Gehsteig. Es verging fortan keine Nacht ohne Grölen, Johlen und Schreien. Es wurde gestritten, geprügelt, gemordet. Die hässlichste Seite des Menschseins bildete in *El Raval* das Grundrauschen, das erst in den frühen Morgenstunden verklang. Drei, vier Stunden herrschte Ruhe. Jede Flasche, die dann in den schmalen Gassen zerschellte, wirkte wie ein Raketenangriff. Selig waren diese Stunden ohnehin nicht. Denn nach der Ruhe kam der Gestank: Es stank in den Gassen nach allem, was Menschen auszuscheiden vermochten – und der Gestank zog hinauf in ihr Zimmer, völlig egal, ob sie das Fenster offen oder geschlossen hielten. Es stank so lange, bis die Reinigungsfahrzeuge die Zeugnisse der Nacht in die Gosse spülten und das Spiel von neuem begann.

»Wir können hier nicht bleiben«, sagte Klara noch bevor die erste Nacht zu Ende war.

Knapp zwei Jahre sollte es dauern, bis sie sich aus der Situation befreit hatten. Das Geld, das sie verdienten, reichte gerade für Essen, Miete und neue Kleidung. Klara flickte Netze am Hafen, nähte Krempen an Hüte. Wurde Fidus nicht von irgendeinem zwielichtigen Bauunternehmer als Tagelöhner beschäftigt, ging er auf eigene Faust los. Er schaufelte Kohlen für die Glasbläser. Oder sammelte für eine Handvoll Peseten die leeren Holzkisten an den Ständen eines Marktes ein, schob sie zurück zur Sammelstelle oder stapelte sie je nach Zustand zu einem Schutthaufen und verbrannte sie auf einem Platz dahinter. Danach zog er weiter, zum *Mercat del Born*, wo er die losen Einkaufswagen auf dem Parkplatz einsammelte.

Vor fünf Jahren hatte ihn dann das erste Mal Oriol mitgenommen, tags darauf erneut. Einen Monat später fuhr Oriol als Erstes an die Stelle der Hafenpromenade, an der Fidus zu stehen pflegte. Irgendwann beorderte er ihn direkt zu den Baustellen. Fidus erklomm die Karriereleiter, sozusagen. Er erledigte Hilfsdienste, wurde für alles eingesetzt. Nicht nur, weil er alles konnte, vor allem auch, weil er zuverlässig war, nicht murrte und zupackte – was wahrscheinlich dazu führte, dass Oriols Gesicht nun öfter, als es Fidus lieb war, über irgendwelchen Gruben erschien.

Mit dem Leben am Bodensatz der Gesellschaft kam Fidus besser zurecht als Klara, die an Wochenenden ihrer Lage regelrecht entfloh. Von ihren ersten Ersparnissen kaufte sie sich ein zitronengelbes Kleid, über und über mit roten Rosen bestickt, dazu einen breitkrempigen Strohhut und cremefarbene Stöckelschuhe. Eine Stunde verbrachte sie an Sonntagen am Waschbecken für ihre Morgentoilette, sie steckte sich die Haare zusammen und war piekfein und schön – schöner als jede andere Frau, der Fidus in seinem Leben begegnet war.

Mit geschwellter Brust flanierte Fidus dann an ihrer Seite die Strandpromenade entlang. Das Mittelmeer schwappte so kontinuierlich ans Ufer wie sein verliebtes Herz gegen seine Brust. Wenn das Geld reichte, dann setzten sie sich in eine Weinbar, bestellten sich zu einer Schale Oliven einen *Porró*, einen Schnabelkrug mit Wein, den sie sich in einem dünnen Strahl in den Mund gossen – wie sie anfangs lachten, wenn er ihnen übers Kinn rann. *Vorbei ist unsere Fahrradtortur*, hörte sich Fidus dann gerne sagen und spürte kurz darauf Klaras Hand in seiner. Taten ihre Füße nach den langen

Spaziergängen weh, nahmen sie eine der immer überfüllten Straßenbahnen. Sie stellten sich seitlich auf die Trittbretter, klammerten sich an die Haltestangen, ließen den Fahrtwind ihre Klamotten aufplustern und versuchten den Gedanken an ihre Unterkunft und die neue Arbeitswoche zu verdrängen.

Erst im Spätsommer 1953 fanden sie ein neues Zuhause am nördlichen Rand von *El Raval*, am *Plaça de Vicenç Martorell*. Das fünfstöckige Haus, in das sie zogen, war so breit wie ihre Wohnung. Es maß gerade einmal sechs Schritte. Aber sie hatten Platz für ein Bett, einen Schrank und einen kleinen Esstisch. Sie hatten eine Gasheizung, vorbei waren die Zeiten des Kohleofens. Es gab eine Kochnische und ein winziges Badezimmer mit eigener Toilette und Dusche. Das Besondere: Ihre Wohnung lag im obersten Geschoss. Durch eine Luke in der Decke hatten sie Zugang zur Dachterrasse, die exakt so groß war wie ihr Zimmer.

Dort oben standen verwahrloste Pflanzenkübel, ein alter Tisch und Stühle. Klara ging beim Anblick das Herz auf. Sie machte daraus in der Folgezeit eine Oase. Mit Genugtuung sah man sie an Wochenenden die *Rambla* hinabflanieren und bei den Floristen Kräuter, Büsche und Blumen kaufen. Bis spät in die Nacht lagen sie oft hier oben und starrten in den Himmel, nicht selten schliefen sie ein. Nur einen Kilometer waren sie von ihrer alten Wohnung entfernt, aber unten, in der Stadt, hörte man jetzt einen Brunnen plätschern, Kinder spielen oder Straßenmusiker fideln. Und der einzige Gestank war der Rauch von Holzöfen – und von den Mandarinenbäumen, wenn sie im Frühjahr langsam verblühten.

An einer steilen Anliegerstraße brachte Oriol seinen Wagen zum Stehen, neben einem stattlichen Berg an kopfgroßen

Granitblöcken. Sie stiegen aus. Zu ihrer Linken schmiegten sich fürstliche Patrizierhäuser an die Hänge. Verschwommen ragten die Gebäude aus dem Morgengrauen hervor. Der Wind trieb dicke, feuchte Nebelschwaden die bewaldeten Hügel herab und blies sie hinab in die Stadt, hinaus aufs Meer. Weit entfernt hörte Fidus ein Surren, das in stetem Rhythmus lauter und wieder leiser wurde, wie ein Moskito, der das Ohr umkreiste. Er blickte die Hänge empor.

Das Geräusch musste vom *Tibidabo* herabkommen, der sich irgendwo über ihnen befand. Das war der Hausberg Barcelonas, auf dem die Kirche *Sagrat Cor* thronte. Auf der Spitze des Gotteshauses wuchs Jesus in wallendem Gewand empor. Mit weit ausgebreiteten Armen segnete er die Stadt und nahm die ganzen Pilger in Empfang, die den Weg hierher auf sich nahmen – und doch musste Jesus die meiste Zeit mit ansehen, wie er einen um den anderen ans Laster des Vergnügens verlor: Ein Freizeitpark gehörte ebenfalls zu dem Areal, und das Surren, das Fidus zu hören glaubte, war mit Sicherheit das kleine Propellerflugzeug, das auf einem Stahlarm seine Passagiere im Kreis flog.

»Va«, pfiff Oriol, warf die Tür seines Wagens mit einem Knall zu und sprang eine kurze schiefe Steintreppe an der Seite eines Hauses hinauf, das mit seinen Erkern und Türmchen fast wie ein Schlösschen anmutete.

Fidus ging ihm rasch nach, die zwei Arbeiter schienen unentschlossen und begannen ihnen erst nach einer kurzen Beratung widerwillig zu folgen. Dabei war es nicht einmal ein weiter Weg. Es waren vielleicht zwanzig Schritte zu gehen, als sie auf einem kleinen, betongegossenen Plateau zum Stehen kamen. Oriol zog eine verknautschte Zigarette aus der Brusttasche seines löchrigen, verstaubten Hemds. Er wartete auf die beiden Nachzügler. Fidus betrachtete seinen Chef, der mit seinen rissigen Fingernägeln und verdreckten Händen immer aussah, als würde er mit Schaufel ins Bett gehen. Erstaunlicherweise hatte Fidus ihn in den ganzen Jahren nie arbeiten sehen. Oriol hatte niemals eine Schaufel, einen Hammer, ja nicht einmal einen Zollstock in Händen gehabt, nur Zigaretten und Lenkräder, wenn er seine Arbeiter durch die Gegend fuhr.

»Pass auf, *Fideu*, die Besitzer – « begann er zu sprechen und fuchtelte dabei diffus in Richtung des Patrizierhauses –»sind erzkatholisch und wollen zum Beten nicht immer in die Stadt fahren, hier wird eine kleine Kapelle gebaut.« Er zeigte mit der Zigarette in der Hand auf den Steinhaufen an der Straße. »Da unten liegt die Grundmauer, muss alles hier rauf. Montag kommen die Maurer. Wenn ihr es heute nicht schafft ... hast du morgen was vor?«

Fidus kniff die Lippen zusammen, er hatte sich am frühen Abend mit Klara und ihrer eigentümlichen Künstlerclique – ja, Künstlerclique – in der Stadt verabredet. »Alles gut, wir schaffen das«, sagte Fidus.

Er hatte den Satz noch nicht einmal beendet, da klopfte ihm Oriol bereits auf die Schulter. »Auf dich ist eben Verlass, ich hole euch am Nachmittag wieder ab«, rief er mit Raucherstimme und jagte im Kamelsgalopp davon.

Doch keine halbe Stunde war vergangen, da saßen die zwei Tagelöhner mit ihren *Botas*, ihren Trinkbeuteln, auf den Granitblöcken und rauchten.

»Was ist los?«, fragte Fidus.

Sie würdigten ihn keines Blickes. »Pause«, sagte einer forsch, seine Augen waren Glutnester der Verachtung.

Fidus lud einen weiteren Stein, der eine Tonne wiegen musste, auf eine Sackkarre. Er wuchtete ihn nach oben, dann holte er einen weiteren.

»Wie lange geht denn eure Pause?«, fragte er genervt, »los jetzt.«

»Viel zu schwer«, nölte einer und blitzte Fidus an, sein Blick schon trüb vom Wein. Der andere grinste mit Lefzen.

Fidus seufzte. Es gab diese Typen, die ihr Leben wie ein Feuerwerk abbrannten. Was hier vor ihm saß, waren Trunkbeutel mit Trinkbeuteln. Man traf sie in Barcelona an jeder Ecke. »Wir müssen heute Abend fertig sein, los jetzt.«

Doch zum Verdruss der beiden Männer machte Fidus nach dieser Ansage nicht weiter und erledigte ihre Arbeit gleich mit, er lehnte sich auf die Sackkarre und starrte zu ihnen hinunter.

Einer schüttelte den Kopf und stand auf. »Von einem Ausländer lassen wir uns gar nichts befehlen – woher kommst du überhaupt?«

»Deutschland, ist das wichtig?«

Der zweite stand auch auf. »Ein Nazi.«

»Scheiß Nazis«, griente der andere.

»Stimme ich zu«, sagte Fidus gelassen, »hilft uns hier aber auch nicht weiter.«

Kurz standen die drei Männer voreinander. Es knisterte in der Luft. Dann sanken die Schultern der Tagelöhner urplötzlich hinunter. Einer murmelte etwas, das Fidus nicht verstand, er machte kehrt und ging die Straße hinunter. Der zweite Spießgeselle kaute auf seiner Mundschleimhaut. Fidus sah die nach innen gewölbte Wange, das leichte Malmen seiner Zähne. Er bedachte Fidus mit abgefeimtem Lächeln, spuckte auf den Boden. Dann drehte auch er sich um. Im Davonlaufen rempelte er Fidus an. Sie verschwanden im Nebel. Fidus blickte ihnen nach, sah sich in diesem Augenblick aber vielmehr selbst, wie er jetzt allein neben einem Berg aus Granitblöcken stand.

Wie viele waren es?

Zweihundert?

Dreihundert?

Mehr?

Er wusste es nicht.

Was er wusste: Er spürte schon nach diesen paar Quadern, die er versetzt hatte, den Schweiß, der ihm den Rücken herabrann. Aber es half nichts. Er gab sich die Sporen, zog sein Hemd und seine Jacke aus und machte sich an die Arbeit. Der frische, neblige Morgen umfing ihn wie ein Sprühregen. Zwischen Brocken zehn und Brocken zwanzig wurde es dennoch schlimmer. Er ignorierte den Schmerz, seine brennenden Arme, das Ziehen in seinem Rücken, das mit jedem Stein zunahm. Sein Oberkörper – denn mittlerweile hatte er auch sein Unterhemd ausgezogen – glänzte vor Schweiß. Doch er dachte nicht einmal mehr an eine Pause. Seinen Proviant hatte er ohnehin schon nach der ersten Stunde verschlungen.

Am frühen Abend war die Arbeit getan. Benommen blickte er auf den Steinhaufen. Das Propellerflugzeug auf dem *Tibidabo* schien mittlerweile wirklich ein Moskito zu sein, der seine Ohren umschwirrte. Das Surren erfüllte seinen ganzen Kopf. Etwas weiter den Hang hinauf fand er einen Brunnen, in dem er sich satt trank. Danach tauchte er das Unterhemd hinein und wusch sich. Er ließ sich trocknen, genoss die Gänsehaut, die seinen Körper emporkroch. Dann wusch er sich erneut, versenkte seinen Kopf samt Schultern im Trog und lauschte eine Weile dem Rauschen in seinen Ohren.

Kurze Zeit später – es wurde allmählich dunkel und Fidus' Haare waren noch feucht – fuhr Oriol mit spuckendem Motor die Straße herauf. »Wo sind die zwei anderen?«, fragte er.

»Abgehauen.«

»Abgehauen, wann?«

»Nachdem sie gemerkt haben, wie viel einer dieser Steine wiegt.«

Oriol sah ungläubig auf Fidus' Tagwerk: »Du hast das nicht alles alleine gemacht, nicht wirklich, *Fideu*?«

Fidus zuckte verlegen mit den Schultern.

»Wer für drei arbeitet, wird auch für drei bezahlt«, sagte Oriol, ließ ein Lachen folgen, dass wie ein rostiger Anlasser klang und klopfte ihm auf die Schulter. Fidus zuckte zusammen.

Seine Schulter tat weh.

Alles tat weh.

* * *

Oriol warf ihn am *Plaça de Catalunya* aus dem Wagen und brauste davon. Hatte Fidus auf der Fahrt noch mit dem Gedanken gespielt, zuerst nach Hause zu gehen, zu duschen und sich umzuziehen, war es damit nun endgültig vorbei. Er hatte schließlich in einem Brunnen gebadet, und allein der Gedanke an ihr Treppenhaus brachte ihn zur Verzweiflung. Er spürte jede Faser seines Körpers, als wäre er mit einem Ochsenziemer bearbeitet worden. Als neben ihm eine Rotte Tauben in den engen Altstadtgassen aufstob, zuckte Fidus erschrocken zusammen. Er war mit den Nerven am Ende und brauchte etwas zu essen. Hunger nagte an ihm. Und Durst. Bier. Er brauchte das Labsal eines Biers und keine Zwischenstationen mehr. Und was machte es schon, dass man ihm seine Arbeit ansah? Wenn Fidus an Klaras Künstlerfreunde dachte, dann konnte man diesen *Look* ja fast als Stilform bezeichnen: Tagsüber lungerten sie rauchend vor ihren Staffeleien herum, abends trugen sie Farbkleckse wie Schminke zur Schau.

Die kleine *Bar Centric* war bereits rappelvoll, als Fidus hereinstolperte. Ein Deckenventilator verwirbelte die Stimmen. Klara saß mit Enrique und Lluís an einem Ecktisch. Es war stickig und roch nach Rauch. Lluís hob die Hand, als er Fidus hereinkommen sah. Klara hatte ihn in dem Haushalt kennengelernt, den sie seit fast vier Jahren verantwortete. Eine reiche Schweizer Familie hatte Klara als Hausdame engagiert. Die Qualifikation schien den Unternehmern beim Vorstellungsgespräch weniger wichtig als die Sprache. Sie waren glücklich, mit Klara deutsch sprechen zu können. Klara musste nie kochen oder putzen, dafür gab es eine Köchin und eine Putzfrau. Sie organisierte. Unter anderem auch die Gartenarbeiten. Und Lluís arbeitete für die Firma, die sie stets dafür beauftragte.

Selbstverständlich arbeitete Lluís dort nur gelegentlich, wie er gerne versicherte. Die meiste Zeit malten er und Enrique Meisterwerke in ihren Ateliers. Angeblich. Dabei sah Fidus die beiden, wenn er von der Arbeit nach Hause lief, gerne auf der *Rambla* hocken. Für einen Obolus zeichneten sie irgendwelche Leute. Kinder von Neureichen. Matrosen auf Landgang. Geliebte von Geliebten. Meisterwerke sahen anders aus.

Im Grunde zeichneten sie immer. Ein beliebtes Motiv war etwa Klara in Kneipen. Fidus wusste gar nicht, wie oft Enrique sie schon auf irgendwelchen Papierservietten und Bierdeckeln verewigt und ihr danach das Bild geheimnisvoll zugesteckt hatte, als sei es bald Millionen wert. Enrique. Fidus fühlte sich in seiner Gegenwart immer wie ein Dorftrottel, auch wegen seines Umgangs mit Klara. Es gab keine Tür, die Enrique Klara nicht aufhielt. Ständig hängte er sein Jackett über ihre Schultern, völlig egal, ob Klara kalt war oder nicht. Dabei war Klara ein Pfälzer Naturkind. Fidus hatte sie einmal im Winter barfuß durch den Schnee laufen sehen, weil sie keine Lust hatte, Schuhe anzuziehen. Warum um Himmels willen sollte man ihr ein Jackett über die Schultern hängen? Konnte sich selbst anziehen. Trafen sich in solchen Momenten Klaras und Fidus' Blicke, verdrehte sie gerne die Augen. Und bei Enriques Parfüm bekam Fidus das kalte Grausen. Er roch wie ein überreifer Obststand im Pferdestall. Nach Pferdeäpfel-Parfüm. So roch er.

Richtig.

Fidus konnte Enrique nicht ausstehen.

»Die wichtigen Leute kommen eben immer zu spät«, sagte Enrique, schenkte Lluís und Klara das gönnerhafte Lächeln des Bonvivants und genoss es sichtlich, wie sie lachten.

Klara hatte ein dickes blaues Wollkleid mit dunkelbraunen Knöpfen an, das knapp über ihren Knien endete, dazu hellbraune Lederstiefel, die knapp unter ihren Knien endeten. Auf dem Kopf trug sie eine Baskenmütze. In der Hand hielt sie ein Glas mit Wermut, zwischen den Fingern derselben Hand steckte eine selbstgedrehte Zigarette. Fidus beugte sich hinunter und gab ihr einen Kuss, halb auf den Mund, halb auf die Wange.

»Kommst du etwa direkt von der Baustelle?«, fragte Klara.

»Nach allem, was man so hört, zieht es auch Josep Guinovart vor, seine getane Arbeit unmittelbar in Weinbars zu ersäufen – habe ich euch erzählt, dass ich ihn einmal getroffen habe?«, prahlte Enrique.

Fidus blickte Klara an. »Spezialauftrag«, sagte er und hob die Augenbrauen.

»Oh, soll ich dir was zu trinken besorgen?«, entgegnete Klara fürsorglich.

»Nein, danke, mache ich selbst, ich brauche auch etwas zu essen, ich sterbe vor Hunger.«

»Ich kann dir auch was zum Essen holen, ist kein Problem.«

»Passt schon, danke.«

Fidus machte auf dem Absatz kehrt, ging an die Bar, bestellte Bier und *Patatas bravas*, dazu zwei Portionen *Pan con tomate*. Irgendwie war er sogar froh, der Runde auf diese Weise nochmals entflohen zu sein. In wenigen Minuten würde er Klara von seinem Tag erzählen, von den Granitblöcken, die am Montag zu einer Kapelle gemauert würden. Was dann kam, wusste er schon. Für Enrique und Lluís wäre es das gefundene Fressen für ein abendfüllendes Gespräch: die Elite, die sich unter einem Deckmantel von neumodischer Pseudospiritualität zurückzog. Ganze Milieugruppierungen würden sie dann mit allen Farben des Regenbogens kolorieren. Schwarz die Diktatoren und ihre Diktaturen, deren Zeit ablief, man spürte es, allerorten, die Abschottung musste enden – und was war mit der überirdischen Erlösung, die sich die Bonzen nach Jahrhunderten immer noch mit den irdischen Rückenschmerzen der Proletarier erkauften, wofür Fidus der lebende Beweis war? Wären sie auch dem Untergang geweiht?

So oder so ähnlich würde die Unterhaltung laufen.

Enrique und Lluís machten aus allem ein Bohei.

Vielleicht behielt er sein Tagwerk einfach für sich.

Fidus trank sein Bier in zwei, drei Zügen aus, bestellte ein neues und beschloss, auf sein Essen zu warten. Die Kunstszene käme auch ohne ihn zurecht, dachte er, da fiel sein Blick auf den Mann neben ihm. Es war ein Künstler. Nicht irgendeiner, sondern der mit dem gezwirbelten Schnurrbart. Er kannte ihn, natürlich kannte er ihn. Es war Salvador

Dalí. Mit Klara hatte er einmal eine seiner Ausstellungen besucht, im Viertel *Ribera*, am Platz *Soundso*, das war Jahre her – wusste Klara, dass Dalí hier saß? War sie deswegen gerade so zuvorkommend gewesen und hatte angeboten, ihm ein Getränk zu holen? Um in Dalís Nähe zu kommen? Wobei sie den Meister auch schon früher gesehen hatten, meist aus der Halbferne. Für gewöhnlich verkehrten er und andere seiner Zunft drüben in der *Bar Marsella*, nicht weit von hier, in der Gegend ihrer alten Wohnung. Dass sich dort die Elite der Künstlerszene traf, hatte sich herumgesprochen. Die Berühmten genossen es, in kleiner Runde Absinth zu trinken, zu schwadronieren und dabei zu spüren, wie das Publikum an den Zitzen ihres Gebarens hing und jede Geste, jedes Lachen und verschwiegene Flüstern wie Nektar aufsog. Jetzt verstand Fidus auch, weswegen die Stühle links und rechts des Mannes leer waren, obwohl die *Bar Centric* proppenvoll war: Dalís Aura musste ja auch irgendwo sitzen, und keiner wagte es, ihr diesen Platz streitig zu machen.

War Fidus ins Fettnäpfchen getreten?

War gebührender Abstand von diesem Mann zu halten?

Das Proletariat hatte aber Durst und Hunger.

Fidus musste etwas essen.

Damit musste Dalís Aura klarkommen.

Fidus stützte seinen Arm auf den Tresen, bettete seinen Kopf in seine Handfläche. Das Bier zeigte bereits Wirkung. Stieg ihm zu Kopf, kroch in seine Glieder. Seine Augen brannten. Dalí nahm keine Notiz von ihm. Er trug einen dunklen Nadelstreifenanzug und ein purpurnes Einstecktuch. An seinem Barstuhl lehnte ein Gehstock mit geschwungenem Messingkopf. Vor dem Künstler stand ein randvolles Glas Rotwein, zerstreut malte er Skizzen in ein gebundenes Buch.

Seine Fingerkuppen waren schwarz. Fidus schielte aufs Blatt, konnte aber nur erahnen, was er zeichnete. Es wirkte, als hätte Dalí die Sonne am Himmel gegen eine leicht verdorrte Traube ausgetauscht. Tropfen rannen durch die Falten ihrer Haut, fielen in einen feinen Kelch, der tief unten im Erdboden steckte – eine Steppe? Eine Wüste?

»Ist das eine Traube?«, fragte Fidus.

»Der Tod der Traube ist die Geburt des Weins«, murmelte Dalí, ohne auch nur aufzusehen, im Gegenteil, er schob seine Fidus zugewandte Schulter sogar etwas nach vorne und schirmte seine Skizze ab.

Fidus lächelte. Künstler waren schon Sonderlinge, Phantasten, manchmal auch Effekthascher und Einfaltspinsel, aber was wusste er schon? Im Gegensatz zu Enrique und Lluís konnte Dalí wahrscheinlich seine Rechnungen bezahlen. »Und was hat das alles mit einer Wüste zu tun?«, fragte er. »Ist doch eine Wüste, oder?«

»Es gibt zwischen Wein und Wüste eine Verbindung, die ich noch nicht durchdrungen habe«, raunte Dalí.

»Durst wahrscheinlich«, entgegnete Fidus.

Jetzt sah Dalí auf. Seine dunklen Augen galoppierten auf ihn zu, wie ein wilder Stier in der Manege. »Machst du dich über mich lustig?«

Das tat Fidus. Ja. Aber er ging nicht weiter darauf ein, auch Enrique und Lluís verstanden keinerlei Spaß, wenn es um ihre Arbeit ging. Ihr Beruf war in ihren Augen *Berufung*, eine brühernste Angelegenheit also, etwas Übermenschliches. Das machte es Fidus leicht, sie ab und an ein wenig zu piesacken. »Was ihr Künstler alle mit dem Tod habt, ist mir ein totales Rätsel«, sagte er.

Dalí setzte sich auf, musterte Fidus kurz von Kopf bis Fuß. Man konnte es nicht leugnen, der Mann hatte etwas, das zwischen professoraler Erhabenheit und verwirrter Exzentrik lag. »Das Sein ist begrenzte Ewigkeit«, sagte er.

»Leben«, entgegnete Fidus, »es heißt Leben.«

Ein joviales Lächeln umspielte die Lippen des Großkünstlers. Mit einem desinteressierten Augendreher wandte er sich ab, mit seiner Hand wischte er einige Krümel vom Tresen. »Der Tod kommt zu dir, weit in der Zukunft, oder auch nicht«, sagte Dalí blasiert, bei den letzten Worten sprang seine Stimme ins Falsett.

Fidus nahm vom Barkeeper dankend sein zweites Bier und einen Teller mit Röstbrot entgegen. Eine Scheibe klappte er zusammen, schob sie sich in den Mund. Das Brot war ledrig und zäh, aber Fidus hätte auch eine Schuhsohle gegessen. Er kaute zweimal und spülte mit einem großen Schluck Bier nach. »War schon tot, hab's überlebt«, sagte er mit vollem Mund, »na ja, ich war kurz tot, bin ersoffen und wurde wiederbelebt.«

Dalí schien kurz in der Luftleere des denkenden Seins zu verharren, er starrte auf den Tresen, auf die Barrückwand, dann blickte er Fidus an. »Tot? Wie lange?«, fragte er ausdruckslos.

Fidus zuckte mit den Schultern. »Paar Minuten oder so.«

»Und?«

»Als ich wieder lebte, habe ich geflucht. Tagelang.«

»Geflucht?«, fragte Dalí mit gerunzelter Stirn – er wirkte plötzlich interessiert, zumindest interessierter als vorher.

Fidus biss in ein zweites Brot. »Ja, ehrlich, geflucht, keine Ahnung, warum – habe alles und jeden beleidigt. Fällt Ihnen dazu etwas ein?«

Die dunklen Augen des Künstlers blickten umher, er zuckte mit den Schultern. »Urschrei aus dem Inneren. Der Tod ist ein Vulkan. Der Fluch ist Lava. Krater. Wachszähne.

Schlund. Hitze.« Seine Augen weiteten sich irre, irgendwie lächelte er auch. Veräppelte er Fidus gerade? »Der Krater ist ein Mund«, dozierte er und malte sich plötzlich mit seinem Stift einen Kringel auf den Handrücken.

Fidus nahm einen Schluck Bier. »Also, was ich mich manchmal frage: Habe ich geflucht, weil ich tot oder weil ich wieder lebendig war?«

Dalí blickte kurz hinter sich, als vermute er dort das Tor zu einer anderen Dimension. Er wirkte erregt. Dann winkte er dem Barkeeper. Mit seiner Hand kreiste er einmal über seinem unberührten Weinglas, zeigte dann auf Fidus. Der Barkeeper nickte unterwürfig. »Du lügst mich nicht an? Du sprichst gut Katalanisch, aber woher kommt dein Dialekt?«, löcherte ihn Dalí und knurrte: »Erzähl, was hast du gesehen, auf der dunklen Seite? Aber erzähle es mir gut und in ehrlichen Worten, ohne Schmuck und Girlanden.«

»Der Tod ist nicht unsere Zukunft, er ist unsere Vergangenheit, denn hätten wir nicht gelebt, könnten wir ja auch nicht sterben«, sagte Fidus und blickte in Dalís ratloses Gesicht, weswegen er nachlegte: »Weil Sie vorhin gesagt haben, der Tod käme zu mir in der Zukunft, deswegen komme ich drauf.«

Dalí überlegte. »Je mehr du lebst, umso mehr stirbst du. Meinst du das?«

»Etwas in der Art«, sagte Fidus, beachtete das Glas Wein nicht, das der Barkeeper vor ihn hinstellte. Stattdessen nahm Fidus sein Bier, stapelte die letzten Scheiben Tomatenbrot auf seine Kartoffeln und nahm auch den Teller zur Hand.

Ein Anflug von Panik huschte über das Gesicht des Künstlers, als er verstand, dass Fidus im Begriff war zu gehen. »Vergangenheit«, sagte Dalí.

»Ist Zukunft«, antwortete Fidus.

Dalí starrte Fidus an.

Fidus schmunzelte.

Künstler.

Keiner am Tisch sagte etwas, als er sich setzte.

Es war Enrique, der das Wort ergriff. »ER hat zu dir gesprochen, was hat ER gesagt?«

»Dies und das«, sagte Fidus.

»Dies und das?«, entfuhr es Enrique und legte erregt seine auf Klaras Hand.

»Dies und das«, wiederholte Fidus und genoss den Augenblick.

Sein Kopf war nach dem zweiten Bier so nebelig wie der Morgen, sein Magen füllte sich nach der Brotvorspeise mit Kartoffeln. Alles war irgendwie gut, und erst viele Jahre später sollte Fidus Folgendes über diesen Abend denken: Wären die Taglöhner nicht abgehauen und hätte er an diesem Tag deshalb nicht Tonnen von Stein versetzt; wäre sein ganzer Körper kein Bündel aus Ziepen und Ziehen gewesen, auf dem ein biergetränkter Wattebausch von Kopf herumschlackerte; und hätte er nicht kurz mit Dalí über tote Trauben gesprochen, was ja ganz amüsant gewesen war; dann wäre ihm in diesem Augenblick vielleicht aufgefallen, dass Enriques Hand auffällig lange auf Klaras Hand lag. Und lange zog Klara ihre Hand nicht weg. Begann Fidus an diesem Abend die Zeichen zu ignorieren? Er wusste es nicht. Aber er wusste, wann er die Zeichen nicht mehr ignorieren konnte.

* * *

Zwei Jahre verbrachte Fidus alleine in der Dämmerung. Er wagte es nicht, Klara zur Rede zu stellen. Alles ließ sich schließlich mit ihren Ausreden erklären. Immer öfter richtete Familie Lüthi-Wyss Abendveranstaltungen aus, denn ihr Im- und Exportunternehmen florierte. Immer öfter kam Klara deshalb spät nachts nach Hause. Immer öfter verbrachte Klara die Tage auf der Dachterrasse. Sie bettete öfter als nötig Pflanzen um, schnitt gedankenversunken die Triebe, denn wer viel und bis spät in die Nacht arbeitete, der brauchte in seiner Freizeit doch Zerstreuung, oder nicht? Hin und wieder rochen ihre Kleider nach Rauch und nach Enriques Pferdeäpfel-Parfüm.

»Hast du dich mit Enrique getroffen?«, fragte Fidus einmal beiläufig.

»Wieso, ich, woher weißt du ...«, stotterte Klara.

»Weil du nach seinem Parfüm riechst«, erklärte Fidus.

»Ach so, ja, haha, wir haben uns zufällig getroffen und haben noch schnell etwas getrunken – habe ich dir erzählt, dass er eine Vernissage seiner Werke organisiert?«

Es musste ihm entgangen sein.

Klara veränderte sich, hatte sich verändert. Im Gegensatz zu Fidus – der einen steten Briefwechsel mit seiner Mutter unterhielt, zweimal hatte er seine Familie in all den Jahren in Deutschland besucht –, mied Klara den Kontakt zu ihrer Familie. Und umgekehrt. Sie war eine Geächtete, eine Verstoßene und Abtrünnige – und vielleicht war das gar nicht so weit von der Wahrheit entfernt. Klara hegte eine Abneigung gegen alles, was sie an ihre bäuerliche Herkunft erinnerte. Sie weigerte sich etwa, auf den Höfen und Feldern im Viertel *Nou Barris* zu arbeiten, selbst als sie in den Anfangsjahren knapp bei Kasse waren. Um das lebende Geflügel auf der *Rambla* machte sie einen großen Bogen. Seit sie in Barcelona waren, hatte sie auch keinen Schluck Milch getrunken, nicht einmal ihren Kaffee hellte sie damit auf. *Gehört den Kälbern*, sagte sie und wechselte die Straßenseite, wenn sie im Viertel

Eixample eine Familienmolkerei passierten – *wegen des Geruchs*, sagte sie.

Letzteren Punkt konnte Fidus verstehen. Gerüche waren ein eigentümliches Gebilde, flüchtig, vergänglich und doch voll lebendiger Kraft. Ganze Lebensabschnitte konnte ein Geruch in sich einschließen und unvermittelt freigeben. Vor vielen Jahren hatte Fidus etwa in einer Autofabrik gearbeitet. Kaum hatte er seinen Fuß in die Fertigungshalle gesetzt, drehte der widernatürliche Geruch nach Gummi und Metall seine Eingeweide auf links. Die Erinnerung an die Nachkriegsjahre in der Pfalz überfiel ihn hinterrücks. Er tat sein Bestes, denn der Sold des Autobauers war gut, aber er hielt es nicht lange aus. Eine Woche, dann suchte er sich etwas anderes. Und wehte ihm manchmal in den engen Gassen der Altstadt ein Hauch von Kloake entgegen – was öfter vorkam, als ihm lieb war –, wurde Fidus unmittelbar zurück in ihre erste Bleibe versetzt. Der Gestank glich einem Zeitsprung, es war, als säße Fidus in einem Zug und die Bilder der Vergangenheit rasten an den Abteilfenstern vorbei.

Klara trennte ihre Vergangenheit von ihrer Gegenwart, aber auch Arbeit und Freizeit schienen für sie zwei Teile, die in ihrem Lebenspuzzle nicht zueinander passten. Die Klara, die mit streng hochgesteckter Frisur morgens zur Arbeit ging, war eine andere als die, die abends mit offenen Haaren in den Bars der Stadt an Wermut nippte. Klara flüchtete in die Kunst, Literatur und Architektur. Minutenlang konnte sie im Anblick von Gaudís knöcherner *Casa Milà* versinken, stundenlang durch die Farbspiele *Mirós* blättern, verträumt den Gauklern auf irgendwelchen Plätzen zusehen. Sie liebte das Nachtleben und die Mode, denn trotz ihres geringen Budgets verstand sich Klara darauf, wie eine Frau von Welt zu wirken. Nur die ewigen Trauerränder unter ihren Fingernägeln, von ihrem ganzen Umgetopfe und Umgegrabe auf der Dachterrasse stellten zur Schau, dass sie sich mit Inbrunst die Finger schmutzig machte.

Fidus dachte manchmal, dass Klara auf der Dachterrasse ihre Vergangenheit begrub. Irgendwann mischte sich das ungute Gefühl hinzu, dass er dort oben mitbegraben wurde. Gewissheit sollte er aber erst an einem Abend im Dezember 1962 erlangen. Selbst für diese Jahreszeit war es schneidend kalt. Die eisige Luft hatte diese eigentümliche Dichte angenommen, als würde sie sich gegen Schneefall wappnen. Seit Tagen hatte Fidus das Gefühl, dass es jeden Moment losgehen würde. Fidus kniete auf dem Fußboden vor ihren Balkontüren. Er breitete eine Decke vor die Türschlitze, damit der kalte Wind nicht mehr hereinziehen konnte. Dann ging er zum Küchenschrank und stapelte sich alle Konserven – ihr Hauptnahrungsmittel unter der Woche – auf den Unterarm. Wankend ging er zurück und beschwerte die Decke mit den Büchsen.

Dabei fiel sein Blick eher beiläufig auf den *Plaça de Vicenç Martorell*. Der Platz erstrahlte in Festbeleuchtung. Alles schillerte und funkelte. In drei Tagen war Heiligabend. Lichterketten hingen in den Bäumen, umkränzten das Karree. An den Hausfassaden über Geschäften hingen Sterne, davor standen Christbäume. In der Mitte all dessen lagen sich ein Mann und eine Frau in den Armen. Es waren Klara und Enrique. Sie küssten sich. Sie redeten. Fidus sah ihre Atemwolken, die sich über ihren Köpfen vereinigten. Klara streichelte Enrique mit ihrem Lederhandschuh über die Wange, drehte sich um und ging davon. Lüstern ging Enrique ihr nach, er fasste sie um die Taille. Dann eiste sich Klara los und schritt eilig auf die Haustür zu.

Denken konnte Fidus in diesem Moment mehr schlecht

als recht. Das Bild von Enrique und Klara inmitten Tausender Lichter war unwirklich. Es kam ihm vor wie eine Reklametafel grausamer Schönheit. Er sah den Schriftzug förmlich in goldenen Lettern darunter entlanglaufen:

ICH LIEBE DICH, KLARA …

JO TAMBÉ T'ÉSTIMO, ENRIQUE …

GEH NICHT, ICH VERMISSE DICH SCHON JETZT …

BALD SIND WIR FÜR IMMER ZUSAMMEN …

DU SAGST ES IHM NACH DEN FEIERTAGEN …

CREU-ME, AMOR …

Fidus hatte Angst. Seine Beine waren weich, sein Gesicht war kreidebleich. Da hörte er unten im Treppenhaus dumpf das gusseiserne Türschloss aufschnappen. Klara kam Schritt für Schritt herauf. Fidus' Herz pochte so stark, sein Baumwollhemd zitterte auf seiner nackten Brust. Er wusste, wenn die Tür aufging und Klara ihn ansah, brauchte es keine Worte mehr. Der Schreck in seinen Augen würde ihn verraten, das stille Beben seines Körpers, die Blässe. Klara würde auf die Konserven und die Decke an der Balkontür schauen – und eins und eins zusammenzählen.

Aber Fidus war nicht so weit. Nicht einmal jetzt. Lieber lebte er eine Lüge. Allein der Gedanke, nur einen Tag ohne Klara zu sein, brachte ihn um den Verstand. Aber was sollte er tun? Springen? Allem ein Ende bereiten? Auf die Dachterrasse flüchten, bis Klara am Vormittag das Haus verlassen hatte? In der Hoffnung, nicht zu erfrieren? Kurzerhand warf er sich aufs Bett. Er klaubte seinen Krimi vom Nachttisch – *Los atracadores* von Tomás Salvador –, bettete sich das aufgeschlagene Buch auf die Brust und stellte sich schlafend.

Die Tür ging auf, er roch die eisige Luft, die Klara mit hereintrug. Er spürte ihren Blick. Sie musterte ihn eine Weile – überlegte sie, ob sie ihn wecken sollte, um reinen Tisch zu machen? Er spürte, wie sie ihm das Buch von der Brust nahm. Dann löschte sie das Licht, nur die Standleuchte neben ihrem Esstisch ließ sie an. Fidus hörte, wie Klara an die Balkontüren ging. Lange sah sie hinunter, es war still im Raum.

Er hörte Zündhölzer, als sich Klara eine Zigarette ansteckte. Er hörte das feine Knistern der Glut, wenn sie an der Zigarette zog. Rauch erfüllte die Wohnung. Er hörte, wie Klara die Vorhänge zuzog. Er hörte das Reiben ihrer Kleidung auf ihrer Haut, als sie sich aus- und ihr Nachthemd anzog. Er hörte, wie sie sich die Zähne putzte. Er hörte, wie sie das Licht löschte. Er hörte ihre nackten Füße auf dem Dielenboden, als sie die paar Schritte zum Bett lief. Er hörte, wie die Bettfedern quietschten, als sie sich ins Bett legte. Er hörte ihren ruhigen Atem. Bis zum Morgengrauen.

* * *

Klara schlief noch, als Fidus aufstand. Leise schlüpfte er in seine Klamotten, schlich hinaus, zog sanft die Wohnungstür hinter sich zu und stürzte fluchtartig das Treppenhaus hinunter. Mit gesenktem Kopf trat er vor die Haustür. Er ertrug den Blick auf den *Plaça de Vicenç Martorell* nicht, die Erinnerung an letzte Nacht. Als er das erste Mal richtig aufsah, hatte er die *Rambla* längst überquert und befand sich auf direktem Weg ins Viertel *Ribera*. Die Stadt kam ihm an diesem eisigen Morgen still, träge, geradezu starr vor, als würde sie den Atem anhalten – oder hatte er sich so weit in sich selbst zurückgezogen, dass die Geräusche der Stadt nur entfernt zu ihm drangen? Mochte sein. Mochte nicht sein.

Der Himmel über Barcelona war wie in den letzten Tagen klar und am frühen Morgen von einem bläulichen Weiß.

Nur über *Montserrat*, der Gebirgskette, die sich hinter der Stadt erhob, hing beharrlich ein dunkles Wolkenband, das sich nicht von der Stelle zu rühren schien. Schon seit Tagen nicht. Fidus hatte das Wetterereignis aus exponierter Lage beobachtet. Seine Aufgabe – und die von einem Dutzend anderer Arbeiter – war seit knapp einer Woche, den Südturm der Basilika *Santa Maria del Mar* einzurüsten. Bis morgen Abend, kurz vor Beginn der Festlichkeiten, galt es fertig zu sein. Was dazu führte, dass Oriol wie ein aufgescheuchtes Huhn über die Baustelle sprang. Seine Schimpftiraden drangen bis in luftige Höhen.

Bei seinen Kollegen nahm Fidus sogar eine überraschende Art von Disziplin wahr. Noch vor Dienstbeginn warteten sie geschlossen auf den Startschuss. Mit Gott wollte es sich eben niemand verscherzen, schon gar nicht so kurz vor Weihnachten. So standen sie auch an diesem Morgen bereits in Reih und Glied vor dem Bauzaun, dick eingemummt, mit roten, laufenden Nasen. Fidus ging auf die Arbeitertraube zu. Doch war vor zwanzig Minuten noch alles Denkbare besser gewesen, als mit Klara in einem Bett zu liegen, so ertrug Fidus plötzlich den Gedanken an seine Artgenossen nicht mehr. Die Blicke, die mürrisch über hochgestellte Mantelkrägen hinweglinsten. Die Rotznasen, das Schnäuzen, die Blähungen.

Kurzerhand bog Fidus ab, ging die sechs Stufen zur Kirche empor. Er brauchte Ruhe. Abstand und Ruhe. Und meterdicke Mauern, denn der Rückzugsort in seinem Innersten war heute nicht weit genug von der Welt da draußen entfernt.

Es war kalt und dunkel in der Basilika. Eine alte Frau zündete vor einer der seitlich eingebetteten Kapellen eine Kerze an. Ansonsten konnte er keine Seele entdecken. Fidus ging durch das hohe Kirchenschiff. Der Hall seiner Schritte schien anzuschwellen. Sie waren plötzlich überall, seine Schritte: links, rechts, oben, unten. Oder war er nur sensibilisiert bis in jede Nervenfaser? Mochte sein. Mochte nicht sein. Er war jedenfalls erschöpft. Erschöpft von Angst, Lähmung und Traurigkeit, von der endlosen Nacht. An Ort und Stelle wäre er eingeschlafen, hätten ihn nicht längst auch andere Gefühle heimgesucht und wachgehalten: Eifersucht, Zorn und Hass pumpten in seiner Brust. Was tat er hier in der Kirche? Sollte er nicht besser Enrique suchen? Ihn windelweich prügeln? Was war sein Plan? Hatte er einen Plan?

Sitzen.

Das war der Plan.

Fidus wollte sitzen.

Fürs Erste.

In Ruhe nachdenken im Hauptschiff dieser Kirche.

Denn wenn Gott etwas gut konnte, dann einen in Ruhe lassen, oder nicht?

Fidus setzte sich in erster Reihe vor den Altar, fühlte sich aber schlagartig unwohl. Der Raum war so hoch und weit, viel höher und weiter, als er zu denken vermochte. Manchmal, wenn ihm die Stadt zu laut und das Leben zu umtriebig wurde, pferchte er sich gerne an einem kleinen Platz an der *Carrer dels Comte* ein. Das war eine spaltenge Altstadtgasse, flankiert von den mächtigen Außenwänden der *La Catedral de la Santa Creu*. Die gusseisernen, geschwungenen Laternen, die hier montiert waren, erinnerten ihn fast an die Pfalz. Der einzige Lärm war das Gurren und Flügelschlagen der Tauben, die hoch oben in den Nischen und Aussparungen des Kirchengebäudes nisteten. Hier hing er seinen Gedanken nach. Das mochte er. Manchmal hatte er das Gefühl, dass seine Zeit in der Höhle mit den Baumbachs sein Denkvermögen auf den kleinsten Nenner gepresst hatte. Ein Kirchenschiff war einfach zu mächtig, die Weite zu einschüchternd, vor allem für diese Niederungen, durch die er gerade waten musste. Am liebsten hätte er sich verpuppt, da entdeckte er ein Schild, das den Weg in die Krypta wies …

Es gab in dem kleinen Raum mit halbrunder, verzierter Steindecke zwar einen Altar, aber keine Sitzbänke. Fidus lehnte sich zunächst an die Rückwand der schummrig beleuchteten Krypta, dann ließ er sich langsam in die Hocke sinken. Er fühlte sich kurz wie der *Caganer*, der Kackbauer aus den katalanischen Krippen. Fidus lächelte. Sein Kackhaufen wäre aber kein Glücksbringer, der an Weihnachten Wohlstand in die Haushalte brachte, sein Kackhaufen wäre direkt für Enriques Kopf bestimmt.

Haha.

Ja, das würde er tun.

Hahaha.

Arschloch.

Kackhaufen.

Weißglut.

Hahaha.

»Hier unten bist du, *Fideu*«, drang kurz darauf Oriols Stimme so laut und auszehrend wie ein Schlagbohrer zu ihm, »ich suche dich schon überall, was machst du denn hier? Bisschen früh für ein Gebet, Junge! Weihnachten ist erst übermorgen!«

»*Hola*«, murmelte Fidus.

»*Hola*? Ist das alles? José hat dich hier reingehen sehen. Was ist denn los, *Fideu*? Ist deine Mutter gestorben?«

»Nein.«

»Dann gibt es keinen Grund, Trübsal zu blasen. Komm schon, ich brauche dich da draußen, ohne dich kriegen die die Tragebalken nicht gesetzt, machen nur Murks. *Venga*.«

»Kunst ist Maskerade.«

»Was? Bist du krank? Du bist blass.«

»Nein.«

»Dann komm endlich, auf die Beine, los jetzt!«

Fünf Minuten später stand Fidus auf einer Trittleiter auf einem der unteren Gerüstlagen, vielleicht acht, zehn Meter über dem Boden. Mit einer Seilwinde wurde ein Tragbalken heraufgezogen. Fidus ließ das Seil durch seine Hand gleiten und blickte zum Haupteingang der Basilika. Eine Gruppe Menschen hatte sich dort versammelt, sie bildeten einen Kreis, an ihrer Spitze stand ein Pastor. Sie sangen ein Lied, danach klatschten sie laut in die Hände und jubelten. Fidus hatte keine Ahnung, warum. Nach so vielen Jahren fühlte er sich immer noch wie ein Fremder. Der Balken erschien in seinem Blickfeld. Bereits unten hatten sie seine Spitze etwas verjüngt. Er zog dennoch einen Holzbeitel und Hammer aus seinem Handwerkergürtel und klopfte nochmals etwas Holz von den Kanten ab, dann wuchtete er den Balken in eine der Ösen im Gemäuer über ihm. Er reichte tief, so wie es sein sollte.

Die Ösen bedeckten die gesamte Fassade. Ausgespart schon vor Jahrhunderten, für genau diesen Zweck. Wie alt war die Kirche? Siebenhundert Jahre? Fidus trieb vier Keile in die Spalten zwischen Öse und Balken. Er steckte sein Werkzeug weg und rüttelte an dem Balken. Er saß fest, als wäre er in einer Schraubzwinge fixiert. Er stieg von der Leiter, ging die Gerüstlage weiter entlang, über ihm Gräten aus Tragbalken. Er blickte einmal ums Eck, auf die Südseite des Gebäudes. Die Arbeiten auf dieser Ebene waren beendet. Da entdeckte er einen Tragbalken, der mindestens einen Meter unter einer Gerüstlage hervorstand. Fidus knurrte. Konnte so nicht bleiben. Er pustete in seine Fäustlinge, seine Nase lief, sein Kopf war wie in Watte gepackt – bekam er zu allem Überfluss noch eine Erkältung?

Er ging zurück, holte die Handsäge, ließ sich auf die Knie sinken. Er überlegte. Dann schwang er sein rechtes Bein über den Balken und zog das andere hinterher. Sie baumelten in der Luft. Er saß auf dem Balken, wie auf einem Pferd und blickte zur Kirche hin. Fidus begann zu sägen, mehr noch: Er stieß die Säge mit solch wutentbrannter Wucht zwischen seinen Beinen auf und ab, es sah aus, als würde er auf dem Balken galoppieren.

Und wieso hatte er die Balken vorher nie so abgesägt?

Es war viel einfacher, als kniend zu sägen.

Seitlich, auf eine Hand gestützt.

Auf und ab ging die Säge.

Auf und ab.

Späne flogen, es roch nach Harz.

Oriol brüllte wie von der Tarantel gestochen.

»*Fideu!*«, schrie er von unten herauf, »*Fideu!*«

Fidus hörte gar nicht hin.

Was er hörte, war ein Kracken.

Dann war da kein Balken mehr.

Fidus fiel.

* * *

Fidus fällt.

In die Tiefe.

Ein Sandkorn in einer Sanduhr.

Rotbraun der Strand der *Costa Brava*. Karibisch blau der Himmel. Kopfüber will Fidus hineinspringen, in den Himmel. Alles ist sonnenwarm. Die Haut, der Sand, das Leben. Es gibt keine Tage mehr, kein Wochenende, kein Wochenanfang. Das Meer spielt auf der Klaviatur seines Betts. Alles ist hell. Dann kommt der Schatten, der kein Schatten ist, sondern die Sonne. Klara. Ihr Kuss schmeckt nach Salz und dem Weißwein, den sie getrunken haben. Ihre Hand auf seiner Brust ist seine Hand. Fidus schlingt seine Arme um Klara, vergräbt seine Füße im Sand. Sie dösen. Nichts kann an diesem Tag noch kommen, weil es keine Tage mehr gibt. Nur Momente, nur Musik. Ihre Liebe zupft auf den Saiten des Lebens.

Sie fallen.

Die Sonne ist rot.

Färbt alles wie ein Gemälde.

* * *

Das Davor.

Da sitzt es.

Ganz plötzlich, ganz unvermittelt.

Vater, Mutter, Schwester. Sie sitzen am Tisch. Hände liegen in Schößen. Sechs Augen blicken ihn an. Anklagend. Bekümmert. Wütend. Hoffend. Liebend. Lebenvoll. Das Morgenrot fällt durch die offene Tür ins Haus, seine Familie sieht aus wie gemalt. Ein Gemälde. Fidus will bleiben. Fidus will gehen. Sein Vater nickt ihm zu, obwohl er seinen Kopf nicht bewegt. Starr, still und ernsthaft sitzt er im Rahmen seines Schicksals. Hinter Fidus steht das Leben.

Es wartet.

Geduldig.

In seiner Hand ein Stift.

* * *

Er bewegt sich.

Der Stift fährt über das Blatt.

Aus einem Blatt werden Blätter.

Er schreibt alles auf. Formfrei. Name und Adresse dazu.

Alles schreibt er auf. Er ist Kläger, kein Richter. Das Leben wartet. Glocken schlagen, schallen warnend über sie hinweg, hinauf auf den Drachenfels. Der Dom läutet zur Sonntagsandacht, der Briefschlitz des Behördenpostkastens klappert. Er wird geleert werden. Sein Brief wird gelesen. Recht und Ordnung werden folgen. Im März waren sie doch auch im Werk gewesen. Kamen unangemeldet. Mit harten Schritten. Haben abgeführt.

Drei an der Zahl.

In Handschellen.

Es sind aber die Speichen, die im Sonnenlicht glitzern.

* * *

Jeder flüchtet auf seine Weise.

Man flüchtet vor sich selbst.

Man flüchtet vor Fremden oder Freunden.

Man flüchtet vor Wahrheit.

Man flüchtet vor Verantwortung.

Man flüchtet in Arbeit.

Nach der Arbeit in Zerstreuung.

In Besenwirtschaften, in Flaschen.

Man flüchtet in die Tiefe.

In Worte, Lust, Spiel, Musik.

Man flüchtet in die Ferne.

Speichen glitzern im Sonnenlicht.

* * *

Und da ist Hass.

Und da ist Wut.

Und da ist Hunger.

Und da ist Fieber.

Die Blicke sind Richtersprüche. Kein Wohlwollen darin, kein Erbarmen. Und da ist Angst. Sie sind nass. Sie sind krank. Lebenvoll. Noch. Sie betteln. Sie schlafen in Heu. Sie schlafen im Wald. Sie schlafen aufeinander. Sie sprechen sich gut zu. Sie stehlen Eier, sie stehlen Äpfel. Sie schaufeln Dreck, sie fressen Mist. Sie buddeln, schleppen, putzen, weinen, lachen, lieben, humpeln, streiten, stinken, küssen, reden, trinken, essen. Ihre Beine sind gestählt.

Sie fallen.

Weiter, und immer weiter.

Speichen glitzern auch im Regen.

***

Und dann ist da Hoffnung.

Und dann ist da Mut.

Und dann ist da Glück.

Die Alte mit Buckel wartet am Ende des Wegstücks.

Sammelt sie auf am Straßenrand.

Ihr Gesicht zerläuft zu Wachs.

Augenlider, Wangen, Hals.

Ihre Augen sind voller Güte.

Schillern in der Südsonne.

***

Eine Möwe meckert.

Alles ist luftig und leicht.

Klaras Hand liegt so fest in Fidus' Hand, nichts konnte sie ihm entreißen. Ihre Kleidung ist gewaschen und geflickt. Ihre Mägen sind voll. Sie haben in einem Bett geschlafen, bei offenem Fenster. Alles blüht und duftet. Thymian, Lavendel. Nichts schmerzt, alles ist gut. Und da ist das Meer. Die Kühle, das Salz, die Weite, das Jetzt. Hatte sie ihre Liebe ans Meer geholt? War das immer ihr Plan gewesen? Ihnen nicht den Sonnenuntergang zu zeigen, sondern den Weltaufgang zwischen den Horizonten? Plötzlich wird es Fidus klar: Ihre Liebe holte sie zu sich, führte sie an der Hand – und würde sie führen, weiter und immer weiter, bis ans Ende dieser Welt, übers Wasser, in die Sterne, im Kopfslalom die Milchstraße entlang, mit Karacho in die Unendlichkeit. Oder auch nur bis Barcelona. Mit schrottreifen Rädern. Ende der Strecke. Danke für die Gesellschaft. Tschüs, *adéu*, war nett.

Sie war launisch.

Scheiß Liebe.

* * *

Zeit blitzt.

Alles funkelt, alles pulsiert.

Die Luft scheint in der klirrenden Kälte tastbar.

Die Unebenheiten der Baumrinde, die Auswüchse knorriger Äste, die Rillensymmetrie der Pflastersteine: Was sich das Jahr über verbirgt, zeigt sich in der Festbeleuchtung des *Plaça de Vicenç Martorell*, die ein schillerndes Geflecht aus Licht und Schatten über den Platz spinnt. Eine Welt in der Welt ist erwachsen. Doch Klara sieht das alles nicht. Sie geht schnellen Schrittes über den Platz, ihre Hände hat sie tief in den Taschen ihres Mantels vergraben, trotz der Handschuhe, die sie trägt. Schon die letzten Tage hat sie den Eindruck, dass es bald schneit. Es riecht danach. Was absurd ist, denn klare Luft kann ja nicht riechen – oder riecht Luft vor Schneefall nach nichts und genau das fällt ihr auf? Das ist nicht unwahrscheinlich. Selten hat sie die Stadt jedenfalls so sauber, klar und rein empfunden wie in diesen Tagen. *Was für eine Kälte*, denkt Klara, *was für ein Tag*. Das denkt sie eigentlich schon, seit sie Enriques Atelier verlassen hat. Sie denkt immer wieder dasselbe, als sei ihr Verstand zu nichts anderem mehr imstande: *Was für ein Tag, was für eine Kälte, was für ein Tag – was für Tage!*

Drei Mal musste sie sich heute auf der Arbeit übergeben. Sie eilte dazu in den Keller der Villa, erbrach sich in eine Dienstbotentoilette, die so rissig war, dass sie nicht einmal mehr die Dienstboten benutzten. Schlug ihr auch der Gedanke an den bevorstehenden Abend auf den Magen? Das war sicher so. Dazu die Befindlichkeiten der Hausherrin: Ulf Lüthi-Wyss war nur nett und ignorant, seine Gattin Ursula nett und gestört.

Wie schön waren die Zeiten, wenn die Familie die Schweiz ihr Zuhause nannte und sie sich in Ruhe um den Haushalt kümmern konnte. Denn war die Familie in Barcelona, wurde Klara zu ihrem Kummerkasten – zum Kümmer- und Kummerkasten. Ursula Lüthi-Wyss pflegte vor Klara ihren Jammerschalter auf Anschlag zu drehen, wie es ihr beliebte. Sie trällerte hinaus, was ihr auf der Seele lag. *Klara*, verpackte sie ihre Anweisung ins Gewand einer Frage, *hätten Sie ein paar Minuten?* Dann klagte sie über Familienzwiste, Stress, Selbstzweifel, Verdrossenheit, Altersflecken, Verdauungsprobleme oder Hühneraugen. Danach: *Sie können jetzt wieder an die Arbeit gehen, mèrssi.*

Kein Wunder, dass Klara schlecht wurde. Heute musste sie nach den Ausführungen über die fünf Phasen der Migräne in den Keller. Doch so einfach war es nicht. Als der Abend unausweichlich näher rückte, nahm auch die Übelkeit zu. Allein beim Gedanken an Enriques Parfüm drehte sich ihr der Magen um. Wie hatte es Fidus einmal genannt? *Pferdeäpfel-Parfüm?* Es roch schlimmer: nach überreifen Äpfeln und dem Arsch eines Stiers.

Dazu kam Enriques Atelier in einem baufälligen Häusergerippe. Alles war vollgepfropft mit Plunder. Die Kassettenfenster waren teils mit Karton geflickt, seine Matratze war dreckig. Es roch nach kaltem Rauch. Nach Lack, nach Ölfarbe, nach Muff. Und seine Bilder waren scheußlich – warum hatte ihr das monatelang nicht das Geringste ausgemacht? Sie hatte ihn ausgehalten, sich entblößt, hatte für ihn die Beine gespreizt. Stundenlang, weil er sie darum gebeten hatte. Wie ein geiler Hund war er vor ihrer Scham gesessen und hatte gezeichnet. Zwischendurch seine Hose aufgeknöpft. Was? Was hatte sie nur getan? Wieso war sie blind gewesen?

Weil Enrique so gebildet und charmant gewirkt hatte.

Deshalb.

Er wirkte immer so groß und überlegen, so vereinnahmend und überzeugend, vor allem, wenn er sich in Rage redete. Und das tat er eigentlich immer, sich in Rage reden, weil er zu allem eine klare Meinung hatte. Es dauerte, bis sie verstand, dass ihm seine Meinung zu allen Themen wichtiger war als die Themen selbst. Die Welt – und alles was darin geschah – war nur da, damit er sich daraus seine Meinung formen konnte. Wirkte Enrique immer so groß, weil er sich darauf verstand, andere kleinzumachen?

Mochte sein.

Mochte nicht sein.

Und es ist egal, denn sie befindet sich jetzt auf dem Heimweg. Die Episode ist vorbei, und seit dem Gespräch fühlt sich Klara besser. Eine zentnerschwere Last ist von ihren Schultern genommen, obwohl sie den größten Brocken noch schleppt. Dort oben ist das Licht, wo sie hingehört, hinmuss, aber nicht hinwill: Sie muss Fidus alles gestehen, ihre Lügen, ihre Affäre, ihre Schwangerschaft.

»Klara! *Amor meu*, meine Liebe!«, hört sie Enriques Stimme plötzlich hinter sich.

Klara schwingt erschrocken herum. »Bist du mir den ganzen Weg hinterhergelaufen?«, platzt sie mit dem Offensichtlichen hervor.

»Ich konnte nicht anders! *T'estimo!* Ich liebe dich, nur dich!«, ruft Enrique mit tränennassem Gesicht, wirft sich Klara in den Arm und versucht aufgelöst seine Lippen über ihren Mund zu stülpen. Klara befreit sich aus seiner Umarmung. Enrique wirkt verzweifelt. Mit dem Handrücken wischt er sich eine Rotzfahne aus dem Gesicht. »Du bist verwirrt, du bist überarbeitet, du musst keine Angst vor einem Leben mit mir haben«, stochert er, »so muss es nicht enden! *Amor meu!*«

»Es hat schon geendet.«

Klara tätschelt seine Wange, dreht sich um und geht davon. Sie wirkt kaltherzig, doch in ihrer Brust tobt ein Sturm.

Kaum hat sie ein paar Schritte getan, ist Enrique wieder hinter ihr.

Er schlingt seine Arme um sie, er flüstert: »Ich liebe dich, Klara, ich kann ohne dich nicht leben!«

»Ich liebe dich nicht. Geh weg«, sagt sie und streift Enrique ab wie einen Mantel.

Klaras Puls rast, als sie ihre Wohnung betritt. Ihre Höhle. Ihr Wigwam. Ihr Reich. Das Licht brennt noch, doch Fidus liegt bereits auf dem Bett und schläft. Auf seiner Brust ein Krimi. Klara lächelt. Es ist ein trauriges Lächeln, voll ergriffener Liebe. Fidus. Ihr Fidus. Wie sie ihn liebt, wie sie alles an ihm liebt: seinen Geruch, seinen Humor, seine Genügsamkeit, seine Güte, seine Treue, seine Selbstsicherheit, seinen herzhaften Bierdurst und seine dusseligen Krimis, seine Freude an kleinen Dingen: ein Wind, ein Lied, ein Kind. Sie geht zu seiner Bettseite. Sie nimmt das Buch von seiner Brust, löscht die Nachttischlampe – nur kurz löscht sie die Nachttischlampe, denn gleich wird sie ihn ja wecken. Alles gestehen. Doch zuerst muss sie nachdenken. Eine Zigarette rauchen, dabei nach richtigen Worten suchen. Sie geht zur Balkontür, bemerkt dort ein eigentümliches Gebilde. Fidus hat eine Decke auf den Boden gelegt, darauf ihre ganzen Konservendosen mit Tomaten, Erbsen und Bohnen gestapelt. Gegen den Windzug? Fidus. Ihr Fidus. Wieder muss Klara lächeln.

Sie sieht hinunter auf den *Plaça de Vicenç Martorell*.

Der Platz ist leer.

Keine Bewegungen.

Kein Liebhaber, der sich im Schatten suhlt.

Da ist nur Licht in flirrender Kälte.

Und die Glut ihrer Zigarette.

Und Rauch.

Und Gedanken.

So viele Gedanken und Worte findet Klara dennoch nicht, nicht ein einziges, außer *Entschuldigung*. Auch als die Zigarette aufgeraucht ist, ist da nichts außer Leere. Sie streift ihre Klamotten ab. Sie geht ins Bad. Sie geht ins Bett. Sie löscht das Licht. Morgen. Morgen früh wird sie mit Fidus sprechen. Er schläft. Sie muss auch schlafen. Intuitiv will sie Fidus' Hand greifen, sich an ihn kuscheln, doch sie traut sich nicht. So nicht. Unter der Decke zieht sie ihr Nachthemd nach oben, legt ihre Hand auf ihren Unterleib und starrt in die Dunkelheit hinein. *Entschuldigung*.

Es wird schneller hell, als ihr lieb ist, denn die Zweiwortlosigkeit hält an. Klara spürt, wie sich Fidus aus dem Bett schiebt. Ist es früher als sonst? Zieht er sich deswegen so leise an? Warum kocht er keinen Kaffee, wie er es sonst tut? Ist der Gerüstbau an der *Santa Maria del Mar* beendet? Muss er auf eine andere Baustelle?

Klara stellt sich schlafend.

Denn wenn Fidus es eilig hat, ist jetzt keine gute Gelegenheit für das Gespräch.

Heute Abend würde sie mit ihm sprechen.

Heute Abend.

Entschuldigung.

* * *

Klara, meine gute, liebe Klara,

ich weiß gar nicht mehr, wie Du ausschaust. Ich versuche, mir Dich vorzustellen, aber alles, was ich sehe, ist ein Leuchten ohne Kontur. Immerhin. Es ist nämlich gerade heller Tag, aber ich fühle mich so einsam, als wäre es tiefste Nacht und ich der einzige Mensch auf der Welt. Ich will hier weg, ich will zu Dir, mit Dir auf der Treppe zu Eurer Selchkammer sitzen, ~~da pass ich auch gut hin, ich stinke wie ein geräucherter Eber, manchmal wünsche ich mir nichts sehnlicher als ein Bad und neue Klamotten.~~ Ich weiß nicht, wie ich Dir dieses Gefühl erklären soll, das ich empfinde, wenn ich an Dich denke. Das Wort »vermissen« kommt mir so schwach vor – wenn ich sogar die Schule vermissen kann, dann müsste ich Dich ja vermissenvermissen! Geht es Euch gut? Wie geht es Deinen Eltern und Deinen Schwestern? Habt Ihr sehr unter dem Krieg zu leiden? Wo ich die Zeilen schreibe, merke ich, dass ich keine Vorstellung habe, was in Brunnweiler vor sich geht. Ich versuche, mich nicht zu sorgen und bin überzeugt, dass alles zum Besten auf Eurem Hof steht und Ihr bei guter Gesundheit seid. Manchmal hören wir hier Geschichten von anderen Frontabschnitten, auch Flugschriften aus anderen Ländern haben wir gelesen. Ob sie wahr sind? Es steht angeblich nicht gut für die Deutschen. Vielleicht ist der Krieg ja bald vorüber, das wäre für alle besser – ich vermissevermissevermisse Dich!

Es schreibt, Dein nur halbfroher,
weil er sich nach Dir sehnt,
Fidus

* * *

Der tiefste Schlaf war nichts gegen den kürzesten Tod. Fidus hatte das Gefühl, sich vom Grund eines Sees an die Oberfläche zu kämpfen, durch Wasser so dick wie Schlick. Bei jeder Bewegung schmerzten seine Beine, sein Bauch, seine Brust. Er hörte Stöhnen, er hörte Worte, er hörte Klappern. Dumpfe Geräusche flirrten über ihm wie Flügelschläge, je näher er der Wasseroberfläche kam. Fidus blinzelte. Es schillerte grün, es schillerte türkis, es schillerte cremefarben. Da waren verschlungene Blätter und Blüten, so akkurat zueinander, wie sie die Natur nicht hervorbrachte. Was war das? Kacheln? Waren das etwa Kacheln? Fidus blinzelte, doch sofort versank er wieder im See. Er schwamm. Versank. Strampelte. Blinzelte. Zwang sich, seine Augen offen zu halten. Der Raum nahm Gestalt an, er war hoch und hallend. Vor den riesenhaften Fenstern war es dunkel und hell. Wie konnte das sein? Wie konnte es draußen dunkel und hell zugleich sein? Wo war er?

Fidus drehte seinen Kopf. Da spürte er eine Hand in seiner Hand, die zudrückte. Er lag in einem Bett. Klara saß neben ihm. Sie wirkte blass und durchlässig wie ein Wasserzeichen. Fidus blinzelte. Betten aus weißen Metallgestellen reihten sich hinter ihr aneinander, darin lagen Menschen, dazwischen sanfte Bewegungen. »Ich ...«, krächzte Fidus.

»Sprich katalanisch«, flüsterte Klara mit verängstigter Stimme.

»Was zum ...?«

»Versuch einmal, katalanisch zu sprechen, bitte«, unterbrach ihn Klara in fast flehentlichem Ton.

Fidus sah sie verwundert an. »*On estem?*«, fragte er.

»Wir sind im *Hospital Sant Pau*, Fidus, es ist der erste Weihnachtsfeiertag.«

Fidus schaute nochmals zu den Fenstern, es war immer noch hell und dunkel. »*Ha nevat?*«, fragte er, »hat es geschneit?«

Klara lächelte müde. Sie war kreidebleich, ihre Schultern hingen herab. »Zwei Tage lang, Fidus, es hat zwei Tage lang geschneit. Die Stadt steht still. Es fahren keine Busse mehr, keine Straßenbahnen, keine Autos. Nichts geht mehr.«

Eine Schwester kam näher. In der Hand hielt sie eine Blechschüssel. Sie blieb mit etwas Abstand stehen und blickte kurz zu ihnen herüber. Fidus nickte ihr sachte zu. Da drehte sie sich bereits wieder um und folgte einem Stöhnen, das aus einer anderen Ecke des Saals kam. Fidus warf nochmals einen Blick durch die riesigen Kassettenfenster. Der Schnee bog die Äste eines Baums herab, bedeckte Fenstersimse und Dächer der Nebengebäude. Alles schillerte milchig und matt, als stünde der Vollmond am Himmel. »Alle Farben des Lichts«, flüsterte Fidus.

»Was?«, fragte Klara.

»Nichts. Da leben wir in einer Diktatur, die katholischer ist als die Pfalz, und jetzt haben wir auch noch mehr Schnee als zu Hause«, sagte er und versuchte sich an einem Lächeln.

Klara kamen die Tränen. Sie senkte ihren Kopf auf den Bettrand. Fidus löste seine Hand aus ihrer. Der Schmerz, der dabei in seinem Brustkasten entbrannte, raubte ihm den Atem. Er streichelte Klaras Haarschopf.

»*Zu Hause*? Willst du zurück in die Pfalz?«, murmelte Klara.

»Ich will da sein, wo du bist.«

Klara setzte sich wieder auf. »Ich muss dir was sagen … «, begann sie, ohne zu zögern.

»Du siehst müde aus, warst du die ganzen Feiertage über hier? Warst du die ganze Zeit alleine?«, unterbrach sie Fidus.

»Wo hätte ich denn hingesollt? Oriol war einmal hier, er kam mit der Metro und wollte nach dir sehen. Er meinte, du seist an dem Tag nicht ganz bei der Sache gewesen. Ihm tat es leid, dass er dich zur Arbeit gedrängt hat. Er wollte eigentlich heute nochmals kommen, aber der Schnee hat ihm wahrscheinlich einen Strich durch die Rechnung gemacht.«

»Entschuldigung«, sagte Fidus.

»Entschuldigung? Für was?«

»Dass du so blöde Weihnachten hast.«

»Du musst dich für gar nichts entschuldigen, Fidus«, sagte Klara, wieder stiegen ihr die Tränen in die Augen. »Du bist meterweit in die Tiefe gestürzt, bist auf eine Säge gefallen. Deine Beine sind gebrochen, auch einige Rippen – du warst tot, Fidus, du hast so viel Blut verloren, dein Herz hat aufgehört zu schlagen.« Sie holte Luft. »Sie mussten dich minutenlang wiederbeleben.«

»Und warum sprechen wir katalanisch?«

»Weil du auf Deutsch Dinge gesagt hast, die ich nicht wiederholen möchte.«

»War ich schon einmal wach?«

»Ja, mehrmals, wenige Minuten.«

»Kann mich nicht erinnern. Oder doch? Ich glaube, ich kann mich doch erinnern.«

»Sie scheinen ja einmal länger wach zu sein, das ist schön, können Sie mich verstehen – wie geht es Ihnen?«, fragte eine Schwester, die an seine Bettseite trat. Sie war ein Fels in einem weißen Kasack, mit Händen wie Bettpfannen. Sie hatte vier tiefe Furchen im Gesicht, die sich fast parallel zueinander von ihren Nasenflügeln und Mundwinkeln nach unten gruben.

»Schmerzen«, antwortete Fidus.

»Das glaube ich aufs Wort – ist es noch auszuhalten? Ich möchte ungern Ihre Dosis erhöhen.«

»Geht schon.«

»Und wie ist es mit Ihrer Sprache?«, fragte sie und blickte dabei auch Klara an.

»Der Arzt meinte, er soll katalanisch sprechen. Das scheint zu funktionieren. Seit er wach ist, hat er nicht mehr geflucht«, sagte Klara und tastete dabei nach Fidus' Hand.

»Die Flüche sind *Urschreie aus meinem Inneren*, das hat zumindest Dalí gesagt«, erklärte Fidus.

»Urschreie? Dalí?«, fragte die Schwester, spitzte den Mund und zog die Augenbrauen herunter. Ihr ganzes Gesicht verzog sich zu einem einzigen trockenrissigen Acker.

»Salvador Dalí. Der Künstler. Den kennen Sie doch, oder?«

Die Schwester wirkte beunruhigt, sie legte ihm die Hand auf die Stirn, sah sich nach allen Seiten um. »Fieber haben Sie keines mehr – sehen Sie Bilder? Hören Sie Stimmen?«

Fidus fühlte sich überfordert. »Natürlich. Ich höre Ihre Stimme.«

»Ich bin sofort wieder da«, sagte die Schwester und eilte davon.

Klara und Fidus sahen ihr etwas ratlos hinterher. »Als ich kurz wach war, habe ich da schlimme Sachen gesagt?«, fragte er.

Klara nickte und schlug die Augen nieder. »Ich hatte Angst.«

In diesem Moment kam bereits die Schwester zurück, im Schlepptau einen Arzt, mit einer Mimik, so undurchsichtig wie die schwärzeste Nacht. Der Mann grüßte nicht einmal, sondern zückte eine dünne Taschenlampe. Er zerrte Fidus' Lider auseinander und leuchtete in seine Augen. Fidus hatte das Gefühl, der Mann hätte eine Nebelkerze in seinem Schädel gezündet, sein ganzer Kopf erstrahlte im hellsten Schmerz.

»Haben Sie Halluzinationen?«, fragte der Arzt.

»Weiß denn ein Mensch, der Halluzinationen hat, dass er halluziniert?«, fragte Fidus.

»Fidus«, sagte Klara scharf.

»Leck mich doch am Arsch – das war eine ernste Frage, verdammt nochmal!«, fuhr Fidus aus der Haut.

»Sprich katalanisch!«

Fidus seufzte. »Mir geht es gut, Herr Doktor. Ich habe nur gesagt, dass ich einmal mit Dalí an der Bar saß. Er zeichnete Trauben in der Wüste. Dann haben wir uns über meinen Tod unterhalten – er meinte, dass das Fluchen ein *Urschrei aus meinem Inneren* wäre. Das habe ich der Schwester vorhin erzählt. Mehr nicht.«

»Herr – Bergmann«, sagte der Arzt laut und betonte dabei jedes Wort, als sei Fidus schwerhörig und schwer von Begriff,

»Sie – hatten – einen – schweren – Unfall! Sie – sind – seit –
zwei – Tagen – hier! Sie – waren – mehrere – Minuten – tot!
Sie – waren – in – keiner – Bar! Sie hal-lu-zi-nie-ren.«

Fidus seufzte. »Menschenskind, das weiß ich selber. Ich
spreche auch nicht von diesem Tod, dem von vor zwei Tagen,
sondern von dem anderen Tod. Ich war schon einmal hinüber, verstehen Sie, bin in einen See eingebrochen, bin ersoffen und saß dann ein paar Monate in einer Höhle mit ...«

»Vielleicht bist du besser still, Fidus«, ging Klara dazwischen und fügte an: »Es stimmt, Herr Doktor. Er hatte angeblich im Zweiten Weltkrieg eine Nahtoderfahrung.«

»Klara!«, protestierte Fidus – er sah sich schon im grünen
Wägelchen, Abtransport in die Irrenanstalt. Er versuchte sich
aufzusetzen, doch nur die Idee, seine Muskeln anzuspannen,
ließ ihn vor Schmerz aufstöhnen. Er kreischte: »Nicht *angeblich!*«

»Gut, mein Mann hatte eine Nahtoderfahrung, und darüber hat er vor zwei Jahren mit Dalí in einer Bar gesprochen – hast du damals mit ihm wirklich über *deinen* Tod gesprochen?«

»Ja. Auch.«

»Haben Sie Kopfschmerzen?«, fragte der Arzt.

»Bevor Sie mir ins Hirn geleuchtet haben? Nein«, antwortete Fidus und wandte sich an Klara, »du hast mich gerade
deinen Mann genannt, das hast du noch nie getan.«

Die Schwester sah zweimal hin und her, der Arzt ebenso.
Dann trabten sie ohne weitere Worte davon. Erst als sie sich
ein Stück entfernt hatten, sagte Klara lächelnd: »Wir sind ja
auch nicht verheiratet. Ist mir so rausgerutscht.«

»Hat sich schön angehört.«

»Ungewohnt.«

»Entschuldige, Klara.«

227

»Du musst dich für gar nichts entschuldigen, Fidus, ich muss mich entschuldigen.«

»Wegen Enrique?«

Klara blickte ihn erschrocken an. »Du wusstest es?«

»Ja. Ich habe euch vor drei Tagen auf dem *Plaça de Vicenç Martorell* gesehen, ich dachte, du verlässt mich nach den Feiertagen – hast du ihn wirklich an dem Abend verlassen?«

»Wie? Woher – das kannst du doch nicht wissen?«

»Du hast es mir doch hier erzählt, hier am Bett – oder nicht?«

»Du warst wach? Ich dachte du … Dein Atem war so schnell, ich dachte … Ich dachte, du stirbst, Fidus, und ich war so allein und ich war so verzweifelt, und ich musste es dir erzählen, ich konnte es nicht mehr für mich behalten, ich weiß nicht, wie ich so dumm sein konnte, ich glaube, ich hatte Angst vor deiner Liebe – aber es ist vorbei, wirklich.«

»Bist du wirklich schwanger?«

»Ja.«

»Miststück.«

»Fidus!«

»Schlampe!«

»Sprich katalanisch!«

»*Gossa!*«

* * *

»Warum hast du das denn nie erzählt?«, fragte ich. Ich saß auf Opas Bettkante, es war tief in der Nacht. »Oder wusste Papa das alles?«

»Nun ja, die Episode haben wir gerne ausgespart. Deine Großmutter hatte eine Liebesaffäre, die sie den Rest ihres

Lebens gegrämt hat. Ich habe den Balken abgesägt, auf dem ich saß, Junge, damit geht man nun wirklich nicht hausieren. Dieses Detail kannte nicht einmal deine Großmutter. Sie hat geglaubt, ich sei vom Gerüst gefallen. Und ich will auch nicht, dass Alfred das erfährt. Also behalt es bitte für dich, es wäre mir unangenehm.«

»Ich schreibe das alles in einem Buch nieder, darauf kannst du dich verlassen.«

»Wenn ich tot bin, kannst du machen, was du willst.«

»Richtig tot oder …?«

Opa lächelte. »Beim nächsten Mal mache ich keine halben Sachen mehr.«

Ich schwieg einen Moment, ich spürte meinen Puls, ich wagte nicht es auszusprechen, aber die Frage stand im Raum, noch bevor ich richtig entschieden hatte, ob ich sie stellen wollte: »Du bist aber schon mein richtiger Opa?«

Fidus sah mich eine Weile an, als schien er die Frage nicht zu verstehen. Dann fiel der Groschen. »Natürlich, Alo. Natürlich bin ich dein Opa. Überleg doch mal, das wäre eine lange Schwangerschaft gewesen. Der große Schnee lag im Winter 1962, dein Vater wurde im Sommer 1969 im Zoo geboren.« Opa seufzte, setzte sich auf und schlug dabei die Bettdecke weg. Ich rutschte zur Seite und reichte ihm die Hand. Mit einem Ruck warf er seine Beine über den Bettrahmen, kurz rutschte sein Pyjamahemd nach oben. Die rosafarbene Narbe auf seinem Bauch blitzte auf. Er rollte eine Weile mit den Zehen und massierte sich die Oberschenkel. Dann fuhr er leise fort: »Wir haben das Kind verloren. Wir waren sehr traurig, auch ich. Das Kind war zwar von Enrique, aber mich hätte dieses Detail nicht interessiert. Sechs Jahre später wurde Klara wieder schwanger. Wir blieben noch ein paar Jahre in Barcelona, es war wunderschön, aber irgendwie ging unsere Zeit dort zu Ende. Es war ein komisches Gefühl. Kaum war Alfredo geboren, wollten wir zurück in die Pfalz. Nur wie? Ich hatte mich nie für Geld interessiert. Meine Eltern waren früh gestorben, meine Schwester lebte mit ihrem Mann in Kiel. Es gab keine Hinterlassenschaft. Klara wurde Anfang der Siebziger bei der Erbteilung des Hofs ihrer Eltern ein kleines Grundstück bei Brunnweiler zugestanden, ein besserer verwaldeter Acker, auf dem eine Bruchbude stand, keinen Pfennig wert. Dort habe ich dann unser Haus gebaut. Das meiste habe ich selbst gemacht. Es war nicht leicht, das Leben neu zu beginnen.«

»Opa«, platzte ich hervor, »ich habe beschlossen, in die USA zu ziehen, ich will bei Bintou sein, aber ich traue mich nicht, es Papa und Mama zu sagen.«

Opa lächelte. »Aber das ist doch toll.«

»So einfach ist das nicht.«

»Warum?«

»Papa ist krank, Mama hat sich von ihm getrennt, ich studiere …«

»Du bist aber doch nicht verantwortlich für das Glück deiner Eltern.«

»Ich fühle mich aber verantwortlich.«

»Papperlapapp. Fred fängt sich schon wieder, dann sieht die Welt anders aus.«

»Und ich habe Bintou noch nichts von der Idee erzählt …«

In Opas Augen blitzte es schelmisch. »Nun, das wäre eher ein Punkt, den du vorher klären solltest.«

»Ich weiß.«

»Wie viel Angst hast du?«

»So halbviel.«

»Gehört dazu, Junge«, sagte er und tätschelte meinen Oberschenkel, »wie spät ist es eigentlich?«

»Halb drei.«

»Ist es denn die Möglichkeit? Früher hatte ich die Fähigkeit, immer und überall zu schlafen. Seit meinem Neunzigsten bin ich nachts wach und tagsüber müde. Es ist eine gute Zeit für ein *Worschtbrot*, was denkst du?«

»Da bin ich dabei.« Ich schwieg einen Augenblick. »Hast du eigentlich wegen Enrique so eine Wut auf Künstler?«

»Wut? Ich weiß nicht, von was du sprichst«, entgegnete Fidus knapp.

Ich zog die Augenbrauen nach oben. »Ich habe mit dem Pflegeheim telefoniert, und ich habe die Malsachen in den Händen gehabt, die du im Krankenhaus entsorgt hast.«

»Hast du mir etwa nachspioniert?«

»Ich … ja.«

Opa kniff die Lippen zusammen. »Gut, ich wollte meine Spuren verwischen, aber *Wut* würde ich das jetzt nicht nennen.«

»Du hast die Kunst eines Blinden gestohlen …«

»Blind? Das ist Unsinn, Alo. Wer erzählt denn so was, etwa die Heimleiterin? Der Künstler kleckert nur mit verbundenen Augen auf seinen Leinwänden rum. Drei Bilder habe ich selbst gemalt und ausgetauscht. Es hat Tage gedauert, bis den Betrug irgendwer bemerkte.« Opa lächelte schelmisch, er tippte mir mit seinem Zeigefinger sanft auf die Brust. »Das Beste ist, als der Künstler kam, um die Sache aufzuklären, wusste er erst gar nicht, ob das dritte Bild, das ich gefälscht hatte, von ihm ist … Er heißt auch noch *Enrico*. Da musste ich doch etwas unternehmen. Man kann Gerechtigkeit ja nicht allein dem Tod überlassen.«

»Die Eifersucht hast du nicht so ganz überwunden, oder?«

»Die nehme ich mit ins Grab.«

Ich lachte. »Und wo sind die verschwundenen Bilder?«

»Die finden sich bald, ich habe sie im *Flügelraum* aufgehängt.«

»Flügelraum?«

»Dort werden die Sterbenden hin verlegt, bei denen es ein bisschen länger dauert. Üble Sache. Ist ein Zimmer mit großen Fenstern, damit die Seele rausfliegen kann. Seele rausfliegen. So ein romantischer Käse. Aber das Zimmer ist hübsch eingerichtet, geräumig, immer mit frischen Blumen – was sagt das denn über die Einrichtung aus? Erst wenn man stirbt, kommt man ins schönste Zimmer? Damit man sich auf was freuen kann?«

Ich lachte und senkte meine Stimme. »Sag's mir, Opa, ich will es wissen, auch wenn die Antwort niederschmetternd ist: Was passiert nach dem Tod?«

»Niederschmetternd? Nein. Ich denke, Sterben war beim ersten Mal einfach gewöhnungsbedürftig, beim zweiten und dritten Mal war es immer noch höchst unangenehm, aber ich konnte mich mehr auf die Details konzentrieren«, entgegnete Opa, überlegte kurz und sah mich mahnend an. »Nimmst du Drogen, Junge?«

Ich dachte an die Joints, an denen ich schon gezogen hatte. »Nein, Quatsch, noch nie«, log ich.

»Gut, lass es auch sein. Auch ich habe nichts für Drogen übrig, aber in Barcelona trank ich in der *Bar Marsella* einmal zu viel Absinth, haben damals alle getrunken, das ist so ein grüner Schnaps mit eigentümlicher Wirkweise. Es fühlte sich an, als sei der Raum gebogen. Überall waren Lichtstreifen und die Zeit war aufgelöst im Nichts. Ich war am Anfang und das Ende war überall. Der Weg in den Tod ist so ähnlich. Oder der Weg zurück ins Leben? Woher soll ich's wissen? Mehr Nennenswertes kann ich nicht berichten«, sagte Opa.

Rote Flecken erblühten auf seinem ganzen Gesicht.

VIER

MAN KANN NICHT UNVORSICHTIG GENUG SEIN

Bintou versenkte den Fetzen eines zerzupften Hefebrötchens in ihrer Tasse mit Milchkaffee, meine Mutter saß bei ihr. Sie hatte ihre Lesebrille samt Frauenmagazin von sich geschoben. Die beiden tratschten ausgelassen. Ich las auf meinem E-Reader Opas Höhlenkrimi und behielt nebenbei das Display meines Smartphones im Auge. Die Klinik wollte mich gleich zurückrufen. Da trabte Fred durch den Raum. Das dritte Mal, wenn ich richtig gezählt hatte. Er trug schwarze Schuhe, schwarze Hose, schwarzen Rollkragenpullover. Zu einer Tür kam er rein, schaute sich eine Weile um und verschwand durch eine andere Tür – rotierend wie ein Panther im Käfig. Fidus hatte ich ins Badezimmer laufen sehen. Das Radio hatte er sehr laut gestellt. Würde er um Hilfe rufen, würden wir ihn nicht hören. Es war fast Mittag, und wir hatten lange geschlafen. Bintou wegen ihres Jetlags. Ich, weil ich bis um halb vier mit Opa Fidus Brotzeit gemacht hatte. Da vibrierte das Telefon.

»Alo Bergmann?«, vergewisserte sich eine männliche Stimme, als ich das Gespräch annahm.

»Am Apparat.«

»Frau Doktor Otto-Coşkun hat jetzt Zeit für Sie, ich verbinde.«

Wartemusik erklang. Es war die Melodie von *Hotel California*. Herzlichen Dank auch. Handelte das Lied nicht vom nackten Albtraum des *American Dream*? Da wäre mir ja sogar ein hysterisches Sturmgefidel wie Vivaldis »Jahreszeiten« lieber gewesen. Ich war intuitiv aufgestanden und lief mit dem Telefon am Ohr im Kreis umher. Mein Hirn steuerte wie von selbst die Textzeilen hinzu: *Welcome to* ... Da kam mein Vater wieder zu einer Tür herein, er hielt an, ließ mich passieren, nickte mir dabei sogar freundlich zu – er war der charmante Herr am Fußgängerüberweg – dann ging er durch den Raum und war verschwunden. Es klingelte an der Tür. Meine Mutter stand auf. Die Synthesizer-Eagles dudelten vor sich hin. Ich nutzte die Gelegenheit, tänzelte leichtfüßig zum Esstisch, hauchte Bintou einen Kuss auf die Wange und streichelte ihr den Rücken. Sie lächelte, schien glücklich. Es lief also, doch, die ganze Sache lief irgendwie. Allen Sorgen zum Trotz. Nur dann ... Dann war meine Mutter wieder da. Mit rotem Gesicht. Knallrot. Zweihundert Grad, Umluft. Neben ihr stand – ja, wer eigentlich? Das war die große Frage, und ich wusste nicht, ob ich die Antwort wissen wollte. Sein schwarzes langes Haar hatte er zusammengebunden. Er trug weiße Lackschuhe, eine beigefarbene enge Hose mit rosafarbenen Nähten. Unter seinem Mantel, der in der Mitte zugeknöpft war, erkannte ich ein lachsfarbenes Hemd. In der Hand hielt er eine Schachtel Pralinen.

»Herr Bergmann?«, hörte ich die Stimme der Ärztin aus dem Telefon plärren, starrte aber unverwandt den Pralinenmann an, »Hallo? ... Herr Bergmann? ... Hallo?«

»Ich bin da, ich bin da, Verzeihung, guten Morgen.«

»Guten Morgen, was kann ich für Sie tun? Geht es Ihrem Vater gut?«

In diesem Moment kam mein Vater wieder zur Tür herein. Ich blickte ihn an, er sah den Pralinenmann und drückte mit seiner Zunge seine Unterlippe nach vorn, fuhr mit seiner Zunge von links nach rechts. Hinter ihm tauchte Opa auf. Seine krausen weißen Haare waren feucht und schmiegten sich an seinen Kopf wie eine Duschmatte.

»Morgen, Morgen«, trällerte er, aber auch er spürte sofort die Anspannung im Raum.

Alle sahen sich an, alle schwiegen. Und ich war mal wieder hin- und hergerissen. Der Anstand gebot, das Zimmer für mein Telefonat zu verlassen, mein Bauchgefühl befahl mir, das Gespräch so laut wie nur möglich zu führen, um allen anderen etwas Zeit zu verschaffen, sich zu sortieren. »Frau Doktor Otto-Coşkun!«, brüllte ich also in den Hörer, »wie schön, dass Sie mich zurückrufen, Sie haben ja sicher viel zu tun!«

»Schon in Ordnung, ich habe jetzt kurz Zeit, geht es Ihrem Vater gut?«

»Prinzipiell schon«, sagte ich, lächelte den Mann mit Pralinenschachtel an, er hatte die Hände zusammengelegt und presste die Pralinenschachtel gegen seinen Unterbauch. Er lächelte zurück. Nicht unsympathisch, ganz und gar nicht. Ich fügte an: »Aber so ein paar Wesensänderungen sind an ihm schon noch auffällig.«

»Hat sich das Fluchen etwas gebessert?«

»Nicht wirklich.«

»Machen Sie sich deswegen keine Sorgen«, begann die Ärztin, »ich habe den Fall nochmals mit einem Spezialisten besprochen.« *Ah-ha*, stieß ich hervor. »Er hat ein eingängiges Sprachbild benutzt. Stellen Sie sich das Gehirn wie ein hoch-

235

komplexes, verästeltes Schienennetz vor.« *Okay.* »Bei einer kurzzeitigen Unterversorgung des Gehirns mit Sauerstoff fallen gestörte Verbindungen im Nahverkehr den Angehörigen weniger auf, das sind etwa fehlende oder sogar falsche Erinnerungen aus der Kindheit, über die man im Alltäglichen ja auch nicht so oft spricht.« *Das ist ja interessant.* »Bei Ausfällen von Haupttrassen muss das Gehirn umleiten, das sind vor allem auch Sprachroutinen, vor roten Ampelanlagen wie Fluchen macht das Gehirn keinen Halt.« *Hui.* »Aber Koprolalie ist laut meinem Kollegen nur eines von unterschiedlichsten Symptomen, die nach einem Hirntod dokumentiert wurden.« *Ach, wirklich?* »Es gab Fälle von totalem Sprachverlust über Lispeln bis hin zu einem Rückfall ins Babygebrabbel – auch Phantastereien müssten nicht zwingend beunruhigen.«

»Das klingt ja erst einmal … beruhigend?«, sagte ich laut und nickte übertrieben, »wir haben aber zum Beispiel festgestellt, dass das Fluchen nur auf die deutsche Sprache beschränkt ist. Wenn er Englisch spricht, dann ist es wie weggeblasen. Haben Sie dafür eine Erklärung?«

»So ad hoc nicht, aber das ist ja interessant«, sagte die Ärztin dumpf, vernuschelte fast die Wörter. Sie pausierte einen Moment, holte hörbar Luft, »aber das ist doch toll, dann reden Sie doch erst einmal nur Englisch!«

»Das machen wir ja, aber irgendwann muss mein Vater ja mal wieder zum Bäcker. Oder in den Supermarkt. Oder zur Arbeit. Er kann ja nicht nach England ziehen.«

»Berlin würde in diesem Fall reichen«, gab die Ärztin sarkastisch zurück.

»Sehr witzig.«

Die Stimme der Ärztin spannte sich, ihre Telefonfürsorge schien sich dem Ende zuzuneigen. »Geben Sie ihm etwas Zeit, Herr Bergmann. Das ist alles noch sehr frisch, ich hätte ihn gerne noch länger hierbehalten, das wissen Sie ja sicher. Ihr Vater hat sich selbst entlassen. Und wenn das Fluchen nur auf die Muttersprache beschränkt ist, haben Sie zumindest eine Option, um normal zu konversieren.«

Es folgte kurzes Geplänkel, ich beendete das Gespräch. Kaum hatte ich aufgelegt, ging Opa, ohne zu zögern, auf den Pralinenmann zu und schüttelte ihm enthusiastisch die Hand, wie seinem Cousin zweiten Grades aus Australien, den er zuletzt in seiner Kindheit gesehen hatte. »Bergmann, Fidus Bergmann, es ist mir ein Vergnügen«, begrüßte er ihn.

»Topaz«, stellte sich der Mann vor, wobei ich nicht wusste, ob das sein Vor- oder Nachname war. »Ich bin Topaz, schön Sie kennenzulernen, Sie sind der … «

»Opa von ihm.« Fidus zeigte auf mich.

»Vater von ihm.« Fidus zeigte auf Fred.

Wieder schwiegen alle.

Es war furchtbar.

Spontane Selbstentzündung erschien mir als eine bessere Alternative, als weiter in dieser Situation auszuharren.

»Und, was sagt die Ärztin?«, fragte meine Mutter.

»Das Fluchen ist auf die Muttersprache beschränkt.«

»Ach«, entfuhr es Opa. »Muttersprache. Der Gedanke ist anregend, das klingt schlüssig.«

Ich überlegte, ließ *Muttersprache* einmal in meiner Mundhöhle rollieren, als sei es ein heiliges Mantra. »Für mich klingt das auch schlüssig«, pflichtete ich ihm bei.

Selbst Fred schien von dem Gedanken angetan. »*For me, too*«, grummelte er.

»Also für mich klingt das überhaupt nicht schlüssig«, brach es aus Topaz hervor, »ich mag meine Mutter, konntet ihr eure Mütter etwa nicht leiden?«

»Ja, wenn man es so sieht … «, sagte Opa.

»*I loved my mother, too*«, entgegnete Fred aufgebracht.

»Bei mir ist es etwas komplizierter«, sagte Opa.

»Ich mag meine Mutter auch ganz gerne«, sagte ich und sendete ein entschärfendes Lächeln zu meiner Mutter hinüber, denn ihre Gesichtsfarbe erinnerte mittlerweile an Lava. Wäre eine Fliege in ihre Nähe gekommen, hätte das Tier Feuer gefangen.

»BIST DU SCHWUL, FRED? DANN SAG ES MIR!«

Opa, Topaz und Bintou zuckten zusammen.

Der Schrei meiner Mutter hatte sie aus dem Hinterhalt erwischt und rücklings überfallen.

»Bist du jetzt völlig bekloppt?«, fragte mein Vater grimmig.

»Ach«, sagte Opa und sah interessiert zu meinem Vater. »Das ist gar nicht so selten, ich kannte mal einen … «

»Opa, das ist jetzt nicht der Zeitpunkt«, fuhr ich ihm sachte über den Mund.

»Hallo? Ich habe eine Frau«, quakte Topaz ehrlich entrüstet, »ich bin Alfreds Tanzlehrer. Ich … Ich gebe ihm seit einem Jahr Privatstunden.«

»Scchhh«, zischte mein Vater, seufzte und senkte kurz mit vorgestülpten Lippen den Kopf und hob ihn wieder, jetzt mit Zornesfalten zwischen den Augenbrauen. »Toll, ganz toll, Idee für'n Eimer, ich mache seit einem Jahr einen scheiß Salsa-Kurs, okay?«

»Hey«, protestierte Topaz.

»Was? Warum?«, fragte Mutter.

»Wegen dir! Wegen der Eintönigkeit unserer Beziehung.« Mein Vater verstellte die Stimme, äffte er gerade meine Mutter nach? »Wegen unseres faden Lebens, der Langeweile.«

»Fred, ich … «

»Was *Fred*? Das hast du dir doch immer gewünscht, dass wir mal zusammen tanzen gehen!«

»Aber doch kein Salsa!«

»Ich unterrichte auch Standard«, sagte Topaz.

»Kommst du jetzt endlich wieder heim, verdammt und zugenäht?!«, brüllte mein Vater.

»In diesem Ton sicher nicht!«

Bintou schien es allmählich etwas zu bunt zu werden. Stück für Stück hatte sie sich hinter dem Frühstückstisch hervorgekämpft. Langsam war sie zu mir herübergeschlichen. Jetzt fasste sie meine Hand und versuchte mich in Richtung Tür zu ziehen, um dem Scheidungspaar die Möglichkeit zur Aussprache zu geben.

Es war Opa, der unserer Flucht Einhalt gebot. Er hob sachte die Hand. »Bleibt mal bitte hier, auch du Bintou.« Er sprach etwas lauter und blickte in die Runde. Meine Mutter zupfte ihre Lesebrille vom Tisch. Bußfertig seufzte er: »Und du, Marie, bleib bitte auch mal hier. Vor allem du. Ich habe lange nachgedacht und ich muss mit euch sprechen. Ich glaube, es ist überfällig.«

* * *

Es war fertig. Das Baumhaus für Fred. Fidus stemmte die Hände in die Hüften. Er stand inmitten ihrer sattgrünen Wiese, gespickt mit erst kürzlich gesetzten Obstbäumen. Apfel, Pflaume, Birne oder Quitte. Alles blühte. Ein laues Lüftchen fegte durch ihren Garten. Es war ein Tag zum Schmetterlinge haschen, für Käsekuchen und Eistee, vielleicht mit etwas Pfefferminze, die Klara in Hülle und Fülle anbaute.

Fidus ließ sich auf einen knarzenden Klappstuhl fallen, nahm einen Schluck Wasser aus dem Steinkrug und wischte sich mit seiner schwieligen Hand den Schweiß von der Stirn. Das Baumhaus war nicht nur fertig, es war gut geworden, richtig gut, etwas windschief vielleicht, aber so stabil wie die wuchtige Stammgabel der Buche, in der es saß. Die Bodenplatte hatte er dem Wuchs des Baums angepasst, sie umfloss die Äste. Aber auch Wände und Decke hatte er stellenweise ausgefräst, um den Baum nicht zu beschädigen. Es wirkte, als sei das Haus aus dem Baum herausgewachsen.

Vielleicht mannshoch thronte das Baumhaus über dem Boden, nicht hoch also, aber Klara hatte dennoch eine robuste Strickleiter gebastelt, die Fidus an der Türschwelle befestigt hatte. Was ihm jedoch am besten gefiel: Klara hatte die Fensterklappe und die Tür weiß gestrichen. Mit den leicht rötlichen Douglasien-Brettern, die er größtenteils verbaut hatte, wirkte es fast wie ein Häuschen aus Bullerbü.

Fertig!, wollte Fidus stolz rufen, *es ist fertig, Klara, Fred, kommt schnell!* Aber er war alleine. Klara war bei der Arbeit, Fred in der Schule – es war der letzte Schultag vor den Osterferien. Fidus hatte sich die Woche Urlaub genommen, um zu Hause zu arbeiten. Eigentlich arbeitete er immer in seiner Freizeit, seit sie vor zwei Jahren in die Pfalz zurückgekehrt waren, fest entschlossen, das heruntergekommene Grundstück, das Klara geerbt hatte, in ein verwunschenes Kleinod zu verwandeln, eine Insel im tosenden Meer des deutschen Wirtschaftswunders und eine Bastion gegen das Spießbürgertum – so fühlte sich Deutschland für das Paar jedenfalls an.

Neulich hatten sie etwa Fidus' Schwester in Kiel besucht, zu ihrem Geburtstag. Sie hatte von ihrer Familie ein Dampfbügeleisen geschenkt bekommen. Und sich darüber gefreut. Was gab es zu diesem langen Nachmittag zu sagen, außer, dass es nichts zu sagen gab? Sie tranken Kaffee und aßen Frankfurter Kranz, noch vor Sekt und Wurstbroten waren ihnen die Gesprächsthemen ausgegangen. Über fünfundzwanzig Jahre hatten sie in Barcelona gelebt. Die Welt, in der sie aufgewachsen waren, hatte sich zwar verändert, aber die Menschen nicht. Waren sie beide vielleicht zu gutgläubig vor ihrer Rückkehr gewesen? Zu einfältig, zu überheblich und überzeugt von sich selbst? Ihr Leben fühlte sich wie ein Puzzleteil an, dass nicht in diese Gesellschaft passte. Sie spürten es beim Einkaufen, bei Schulveranstaltungen, bei Behördengängen – oder eben bei Kaffeetafeln an Geburtstagen: Waren Schwester und Schwager auch so angefasst vom Tod Elvis Presleys? *Nein.* Freuten Sie sich auf diesen Weltraumfilm, der in den USA gerade für Furore sorgte? *Nein.* Gingen sie auch so gerne ins Kino wie sie selbst? *Selten.* Hatten sie mitbekommen, dass Spanien ein Beitrittsantrag zur Europäischen Gemeinschaft gestellt hatte? *Nein, aber wie hieß noch mal dieser absonderliche Künstler mit Zwirbelbart?* Dalí hieß er, sie meinten mit Sicherheit Dalí! Er hatte sich in den letzten Jahren vermehrt der Historienmalerei zugewandt – mochten sie seine Bilder? *Übertriebenes Zeug.*

Am Ende sprachen sie über die RAF.

Und Bügeleisen.

Fidus und Klara zogen sich nach wenigen Monaten in Deutschland zurück, scherten sich wenig um alles andere. Sie steckten alle Energie in ihr Projekt auf Klaras Grundstück, das allmählich Kontur annahm. Am hinteren Rand wuchs auf dem Fundament der Baracke ihr Holzhaus empor. Zwei Stockwerke sollten es werden. Fidus baute es selbst. Angetrieben von Klaras Freude an Antoni Gaudí, zeichnete sich früh eine gewisse Exzentrik ab, die Fensterbänke hatte Fidus aus verwachsenem Totholz gefertigt. Einen Blumenkasten stellte man hier nicht ab. Die Fenster steckten in den Außenwänden wie die Augen in einem Picasso. Gestrichen waren die Fachwerkbalken des Hauses in Zitronengelb, weil es Klara an die farbenfrohen reetgedeckten Häuser Skandinaviens erinnerte – und so gemütlich war es auch innen. Es war verkleidet mit Holz und Teppichen, an jeder Wand hingen Bilder. Bücher stapelten sich bis unter die Decke. Täglich drehte sich der Plattenspieler. Sie hatten fließendes Wasser, es gab Abwasserleitungen und Strom, geheizt wurde mit Holzöfen, gekocht und gebacken mit einem gusseisernen Herd mit Brennholz. Sie wurden Neobohemiens, bevor es Neobohemiens überhaupt gab.

Klaras Reich war der Außenbereich. Mit den Backsteinen, die vom Sockel des Hauses übrig geblieben waren, umkränzte sie ein Gemüsebeet, groß wie ein Volleyballfeld. Kohlköpfe schraubten sich aus der Erde, Tomatenpflanzen reckten sich gen Himmel, Bohnen ließen den Kopf hängen. Es gab Kartoffeln, Radieschen, Möhren, Rhabarber oder Sellerie. Später kamen Hühner und Bienenstöcke hinzu. Auf den Beeten an den Hauswänden wuchsen Rosmarin, Thymian und Salbei, die bisweilen den ganzen Garten in ihren süßen Duft hüllten. Der Natur heilvolles Durcheinander. Es gab einen Werkzeugschuppen, einen Hackklotz, einen gemauerten Grill, auf dem Klara oft fette Schweinswürste, dicke Brotscheiben und vor allem frisch geerntete Lauchzwiebeln grillte, bis sie außen schwarz und innen süß waren: Es erinnerte Fidus an *Calçots*, die er in Barcelona lieben gelernt hatte. Er tunkte die geschmorten Lauchstängel in würzige Soße aus Paprika, Petersilie, Knoblauch, Mandeln (und Olivenöl, wenn sie irgendwie rankamen) und leckte sich die Finger, während die Rotkehlchen im Sonnenuntergang tschilpten.

Wenn Fidus in manch andere Gärten blickte – die Heere von Gartenzwergen, die festungsgleichen Zäune, die Rasen, die wirkten, als seien sie mit Nagelschere geschnitten, oder die Büsche, die aussahen wie frisierte Pudel –, dann wusste er, wie weit sie sich von der Gesellschaft hier entlebt hatten.

Einen eher kurzen Moment spielte Fidus mit dem Gedanken, endlich den Berg Bauschutt hinter dem Haus in Angriff zu nehmen, wie er es bereits gestern, vorgestern, im Herbst und im Sommer letzten Jahres geplant hatte. Mittlerweile wuchs schon Gras auf der Geröllhalde. Aber warum den Tag nicht mit dem Erfolgserlebnis des Baumhauses beenden?

Er ging hinüber zu den Kiefern, zwischen denen eine Hängematte hing. Mit Genugtuung ließ er sich hineinfallen und verschränkte die Arme vor der Brust. Der blaue Himmel flackerte durch das junge hellgrüne Blätterdach, die Vögel zwitscherten, der Wind streifte durch den Garten, und Fidus war eingeschlafen. Dazu brauchte er keine zwei Minuten, so wie er es in der spanischen *Siesta* gelernt hatte. Seit dieser Zeit konnte er immer schlafen, wenn er wollte. Im Zug, im Flugzeug, im Wartezimmer, im Auto auf einem Parkplatz, auf der Couchgarnitur vor dem Abendessen: Er schloss die Augen und döste eine halbe Stunde.

Heute erwachte er erst eine knappe Stunde später, und auch erst, als Fred ihn anstupste. Erstaunlicherweise war sein Sohn nicht allein, das erste Mal seit sie vor zwei Jahren zurückgekehrt waren, kam er in Gesellschaft. Neben ihm stand ein hübsches Mädchen. Sie trug Zöpfe, eine dicke, schwarze Strumpfhose und darüber ein rotes Kleid mit weißen Knöpfen. Im Hintergrund drehten sich noch die Reifen ihrer Fahrräder, die auf der Seite lagen. Auf dem Weg zu ihm hatten sie die Schulranzen abgeworfen.

Fidus lächelte und schwang seine Beine über die Hängematte. Er gähnte herzhaft und rieb sich das Gesicht. »Du bist früh zurück«, sagte er.

»Papa … letzter Schultag«, prustete Fred.

»Richtig, und du hast wen mitgebracht, toll – du bist?«

»Ich bin Marie«, sagte das Mädchen, »Marie Ermlich.«

Fidus brauchte nicht einmal einen Moment, um sich zu sammeln. Bei dem Namen fuhr es ihm unwillkürlich in die Glieder, obwohl er seit Jahren keinen echten Gedanken mehr an ihn verschwendet hatte. Erschrocken blickte er das Kind an, erst dann wurde ihm sein eigener Gesichtsausdruck bewusst. Schnell schaute er zu Boden und schnürte übertrieben lange seine Schuhe neu. Überkopf fragte er: »Ermlich? Das ist ja interessant?« Er schluckte. »Wie heißt denn dein Vater?«

»Horst. Und meine Mama heißt Frieda.«

Fidus atmete auf und schloss die Augen. Es war gut. Alles war gut. Es hatten ihn keine Gespenster der Vergangenheit an diesem helllichten Tag heimgesucht. Aber da sah man mal wieder, wie schnell es gehen konnte. »Kommt mal mit, ich muss euch was zeigen«, sagte er mit Elan, klopfte auf seine Oberschenkel und hievte sich aus der Hängematte.

»Boah«, entfuhr es Marie, als sie vor dem Baumhaus standen.

»Hm«, nuschelte Fred und beäugte misstrauisch das Gebilde.

»Was ist? Du hast dich doch so darauf gefreut?«, bedrängte ihn Fidus.

»Ist toll«, sagte Fred. »Hast du vielleicht etwas zum Mittagessen für uns, bitte?«

»Willst du nicht erst einmal rein?«

»Vielleicht später.«

Fidus stemmte die Hände in die Hüften. Bereits in Barcelona war sein Sohn in vielen Situationen ein Hasenfuß gewesen. Um Klettergerüste machte er einen weiten Bogen. Einmal hatte ihn beim Baden im Meer eine Qualle gestochen, danach setzte er monatelang keinen Fuß mehr ins Wasser und beschränkte sich auf den Bau von Sandburgen. Selbst seine Lehrerin hatte es bei einem Türschwellengespräch angesprochen. Fred sei ein ungemein fleißiger, wissbegieriger und – was in diesem Alter ungewöhnlich war – strukturierter Schüler, aber eben auch sehr still. Er blieb immer für sich und scheute Herausforderungen. Fidus und Klara hatten oft den Eindruck, dass es auch an seinem Aussehen lag. Seine Haare waren zwar so dunkel wie die von Klara, aber er hatte die blauen Augen seines Vaters und die helle Haut des Pfälzers geerbt – fühlte er, dass er anders war? Nicht von hier stammte? Wurde er gehänselt und verriet es nicht?

Aber auch als sie zurück in der Pfalz waren, änderte es sich nicht. In diesem Augenblick hielt Fred etwa nicht nur einen Sicherheitsabstand zum Baumhaus. Seit Klara ihm eingebläut hatte, die Eibe oder den lilafarbenen Eisenhut nicht zu berühren, weil sie ungemein giftig seien, näherte er sich den Pflanzen auf keine drei Meter mehr. Manchmal hatte Fidus den Eindruck, sein Sohn hielt einen Sicherheitsabstand zum Leben.

Fidus seufzte. »Man kann nicht unvorsichtig genug sein, Fred«, sagte er lächelnd und knuffte ihn sanft in die Seite, »komm schon, probier es doch mal aus.«

Doch es brauchte offensichtlich keine guten Worte, sondern Taten. Er hatte den Satz noch nicht einmal zu Ende gesprochen, da war Marie auf der Leiter und kletterte nach oben. Sie stieß das Fenster auf und winkte herunter.

»Dürfen da zwei rein?«, fragte Fred. »Oder bricht das dann zusammen?«

Fidus lächelte. »Klar, das hält auch einen Ochsen aus, los jetzt«, antwortete er und verwuschelte seinem Sohn die

Haare. Keine Minute später war Fred an der Leiter. Vorsichtig stieg er hinauf. Zusammen schauten sie heraus. Fidus salutierte und sagte: »Dann mach ich euch mal ein paar Butterbrote und schaue, ob noch was von der Suppe von gestern da ist – Fidus Bergmann, habe die Ehre!«

»Danke, Papa!«

Auf halber Strecke zum Haus hielt Fidus an. Er wusste gar nicht so richtig, warum, wegen des Gedankens? Oder um den Gedanken überhaupt erst denken zu können? Das laue Lüftchen wehte ihm um die Nase. Es roch nach durchwurmtem Erdreich, nach regennassem, lockerem Humus. Nach einem neuen Jahr, nach Fruchtbarkeit, einem Neuanfang, wenn man so wollte. Blick nach vorne. Frühling. Fenster auf. Lebenseskapismus. Morgens hell, abends hell. Bestäubung, Paarung, Nestbau. Das Spreizen, Recken und Öffnen von allem. Doch unvermittelt schrumpelte Fidus' Herz zusammen, die Luft wurde ihm im Brustkorb abgedrückt. Da war dieses Bild in seinem Kopf: ein kleiner Junge in Lederhosen, auf dem Arm eines Verbrechers. Und war da nicht eine gewisse Ähnlichkeit in den Gesichtszügen des Mädchens, die er nicht bestreiten konnte?

Wobei es absurd war.

Man sah, was man sehen wollte.

Fidus tat es, nur um sicherzugehen.

Plötzlich stand er wieder unter dem Baumhaus.

»Marie«, rief er hinauf. Ihr Gesicht erschien. »Hast du noch einen Opa?«

»Ja, habe ich, noch einen.«

»Ach wirklich, und wie heißt der?«, flötete Fidus.

»Opa Ernst«, fiel Maries Antwort zu ihm herunter.

Fidus Knie wurden weich. »Der wohnt aber nicht in der Rathausstraße in Neustadt?«

»Doch, genau. Opa Ernst und Oma Margot – kennen Sie sich?«

* * *

Da war er. Älter. Alt. Er kam aus demselben Hauseingang, wo Fidus ihn vor fast dreißig Jahren das letzte Mal gesehen hatte. Und was hatte Fidus erwartet? Hatte er überhaupt etwas erwartet, nachdem er den Brief bei der Behörde für Entnazifizierung eingeworfen hatte? Hatte er auf Gerechtigkeit gehofft? War Ermlich vielleicht sogar im Knast gewesen? Und wenn ja, wie lange? Ein Jahr? Zwei Jahre? Fünf Jahre? Hatte er Abbitte geleistet? War er vor der Richterbank auf die Knie gefallen und hatte bei den Völkern der Erde um Vergebung gewinselt? Und was wäre genug der Buße gewesen? Ein Strick um seinen Hals? Fidus bebte, sein ganzer Körper bebte vor Hass, Zorn und Traurigkeit, er wusste gar nicht mehr zwischen diesen Urgefühlen zu unterscheiden. Sie flossen zusammen, zu einem Gefühl ohne Namen.

Ermlich hielt sich mit seiner rechten Hand am Geländer fest, stieg die drei Stufen auf den Gehsteig hinab. In seiner linken Hand hielt er einen Gehstock wie einen Offiziersstab. Langsam ging er die Straße hinauf. Wie alt war er? Mitte sechzig? Fidus lachte verbittert. Was hatte er in Barcelona immer gedacht, Klara würde sich ihrer Vergangenheit verweigern? Er, Fidus, war viel schlimmer. So schlimm wie die ganzen Deutschen, die lieber aufrecht verhärmt das Unrecht verdrängten, als todesmutig und mit gesenktem Haupt ihre Herzen öffneten. Fidus hatte den Brief geschrieben und sich auf ihrer *Fahrradtortur* von seinen Sünden gereinigt. Die Erinnerungen an die Vergangenheit waren für ihn fortan Tollheit, Weinfeste, Altstädte. *Worschtbrot, Woi und Zwiwwelkuuche.*

Hatte Klara das alles klarer umrissen als er?

Sie war immer klüger und vor allem konsequenter gewesen.

»Du – elendes – Stück – Scheiße.«

Fidus war eine Marionette seines Gefühls. Er war Ermlich nachgegangen, auf der gegenüberliegenden Straßenseite. Dann hatte er unwillkürlich die Seite gewechselt und sich vor ihm aufgebaut. Ermlich wich kurz erschrocken zurück, richtete sich dann aber mit Hilfe seines Gehstocks zu seiner alten Größe auf.

»Gehen Sie zur Seite, sofort! Wer sind Sie überhaupt?«

Fidus blickte in Ermlichs verwesende Augen.

»Schwein, Mörder, Feigling, Sausack!«

Eine ältere Frau sah herüber.

Ein Ehepaar blieb in etwas Entfernung stehen.

Ein Mann linste sie aus der Kabine eines vorüberfahrenden Autos heraus an.

Doch als Fidus bemerkte, wie sich Ermlich duckmäuserisch umsah, brüllte er nur noch lauter.

»SADIST!«

»Vorsicht, Bürschlein«, knirschte Ermlich, dann blitzte es in seinen Augen.

»KLEINGEIST!«

»Ich kenne dich doch, du bist der, der mir damals entwischt ist.«

»DRECKIGER VERBRECHER!«

Mit Schwung holte Ermlich aus und versuchte seinen Gehstock auf Fidus herniedersausen zu lassen. Doch Fidus war schneller. Er packte den Stock. Und man sah es ihm vielleicht nicht an, weil er spindeldürr war, aber er hatte jahrelang Steine und Balken geschleppt. Mit seinen eigenen Händen hatte er vor zwei Jahren die Baracke auf Klaras Grundstück abgerissen und darauf ein Haus gebaut. Er arbeitete von morgens bis abends auf dem Bau, er arbeitete von Feierabend bis Sonnenuntergang zu Hause, dazu die Wochenenden. Seine Hände waren Schraubzwingen. Er zog, ohne mit der Wimper zu zucken, am Gehstock und Ermlich folgte, um nicht das Gleichgewicht zu verlieren. Er hatte nichts, was er Fidus entgegensetzen konnte. Kurz schien der Nazi selbst verwundert, über Fidus' Kraft.

»Und jetzt? Was jetzt? Willst du mich erschlagen?«, fragte Ermlich.

Ja.

Was jetzt?

Fidus zögerte.

Er hatte keine Idee, was er hier eigentlich tat.

Ermlich lächelte spöttisch.

»Hab sie beide aufhängen lassen, deine Freunde. Bist doch der Dritte im Bunde, oder? Haben ordentlich Dresche von den anderen gekriegt. Die ganze Nacht sind sie kopfüber an den Füßen im Lager gehangen und haben gewinselt, die Jammerlappen. War den anderen eine Lektion. Traust du dich jetzt, Bürschlein? Komm, schlag zu.«

Doch Fidus konnte gar nichts tun.

»Am nächsten Tag sind sie mehr zum Einsiedlerbahnhof gestolpert als gelaufen, habe mit ihnen an der Front als Erstes die Kanone gestopft – so geht's, wenn man vor seiner Pflicht flieht. Hätten sie sich den Befehlen nicht verweigert, wären sie vielleicht noch am Leben. Ich bin nicht schuld, dass sie tot sind. Sie sind selber schuld.«

Fidus kamen die Tränen.

»Oh, jetzt heult er.«

Fidus hielt Ermlichs Gehstock im Klammergriff.

Ermlichs Blick hielt Fidus im Klammergriff.

Dann begann er den Stock zu drehen. Mit einem Ruck

hatte er ihn aus Fidus' Hand befreit. Er stellte ihn auf den Gehsteig und ging an Fidus vorbei. Nah. Obwohl er einen Bogen um ihn hätte beschreiben können, streifte er fast seine Schulter, doch Fidus rührte sich nicht. Wie angewurzelt stand er da, mit tränennassen Wangen.

Als Fidus nach Hause kam, fand er ein Schlachtfeld in ihrer Kochecke. Scheinbar hatten sich Fred und Marie die Butterbrote selbst gemacht, als er vorhin urplötzlich davongestürmt und in ihren klapprigen Opel gesprungen war. Die Kinder waren weg.

Am späten Nachmittag kam Klara nach Hause – sie arbeitete im Tourismusbüro in Bad Dürkheim – und fand Fidus im Garten. »Sieht ganz schön wild aus in der Küche«, sagte sie.

»Das musst du mit deinem Sohn besprechen, ich mach's gleich weg.«

»Wo ist denn Fred?«

»Mit einer Klassenkameradin unterwegs.«

»Ehrlich«, gluckste Klara erfreut.

»Ja, wie geht es deinen Rückenschmerzen?«

»Nicht besser.«

»Du arbeitest zu viel im Garten.«

»Es macht mir aber Spaß.«

»Vielleicht nimmst du einfach mal ein paar Tage das Auto zur Arbeit.«

»Du hast es weiter als ich.«

»Ich fahre gerne Rad.«

Klara zögerte. »Ich überleg es mir – und wann kommt Fred wieder?«

»Weiß ich nicht. Sag mal, Klara, du hattest erwähnt, dass der Eisenhut hinten im Garten so giftig sei, wie giftig ist er denn?«

»Tödlich giftig, warum?«

»Steht sehr nah am Baumhaus.«

»Ist das Baumhaus fertig?«

»Ja, heute Morgen fertig geworden.«

»Toll, Fidus, das sehe ich mir gleich an. Aber der Eisen-hut ist ja weit entfernt davon, da musst du dir keine Sorgen machen. Wenn es dich sehr stört, dann mache ich ihn auch weg, aber er sieht so schön aus. Ich finde ihn ja auch gerade schön, weil er so giftig ist. Außerdem sind die Blüten nur halbschlimm, richtig übel sind nur die Wurzeln.«

»Da hast du wohl recht.«

* * *

Opa Fidus' Hände lagen auf dem Tisch zusammen, er sah uns nicht einmal an, hörte einfach auf zu erzählen. Alle schwiegen. Ich holte schon Luft fürs Stammeln, weil man konnte ja nicht nichts sagen, da fuhr er fort: »Wieso hatte ich ein Leben und Max und Arnulf nicht? Vielleicht habe ich ja auch deswegen ein Leben für drei geführt, die vielen Jahre, das Überleben, das ganze Reisen«, sagte er, sah Fred in die Augen und lächelte, »na ja, beim Reisen war ja deine Mutter eher die treibende Kraft, aber seit diesem Tag Ende der Siebzigerjahre, hatte ich dennoch das Gefühl, ich müsste für sechs Augenpaare die Welt bereisen. Schon seltsam, wie das Leben so spielt. Wisst ihr, was mir die ganzen Jahre nicht aus dem Kopf geht? Es ist so eine Kleinigkeit, aber manch-mal wache ich nachts deswegen auf und bin ganz verdattert. Klara lebte ja auf einem stattlichen Hof, der hieß Buckelhof, den gibt es immer noch, ist jetzt ein Gästehaus und Wein-gut. Dort war ich, einen Tag bevor wir uns in der Orff-Ka-serne zum Dienst hätten melden müssen. Klara steckte mir damals heimlich ein stattliches Stück Bauchspeck aus ihrer Vorratskammer zu. Den größten Teil ließ ich meiner Familie da, nur etwas packte ich für mich ein«, er formte mit der Hand einen Hohlraum, in den vielleicht ein Ei gepasst hätte, sein kleiner Finger zitterte, »es war nicht viel, eine Mahlzeit vielleicht. Als wir in Speyer am Bahnhof ankamen, hatte Max großen Hunger. Ich dachte damals kurz daran, ihm den Speck zu geben, wollte ihn aber für mich behalten. Stattdessen gab ich ihm mein letztes Pfefferminz – wieso habe ich ihm damals nicht einfach den Speck gegeben? Er hatte Hunger, ich nicht.« Opa hatte plötzlich nasse Augen und machte eine Handbewegung, als wollte er einen üblen Geruch fortwedeln. »Ich wusste ja auch nicht, was ihm bevorstand. Und was hätte der Speck da noch geholfen? Je länger ich grüble, umso weniger weiß ich. Egal.« Opa blickte meine Mutter an. »Tut mir leid, Marie, eigentlich wollte ich das alles mit ins Grab nehmen, tut mir leid«, sagte er kleinlaut.

Marie sah kurz umher, als suchte sie nach dem Schnapsschrank, den wir nicht hatten. »Da will man nur in Ruhe Kaffee trinken und dann *Kartoffelknepp* zum Mittagessen machen und plötzlich hat man eine Nazivergangenheit.«

»Jetzt mal halblang«, ging mein Vater dazwischen, »kann stimmen, was Fidus erzählt?«, fragte er knapp, aber auf Deutsch und tatsächlich sachbezogen und ohne zu fluchen – war der Knoten endlich geplatzt?

Mama schien die Wandlung überhaupt nicht zu bemerken, sie zuckte mit den Schultern und antwortete: »Mein Opa war nun alles andere als ein warmherziger Mensch. Ich kann nachher mal meine Schwester anrufen, ob sie vielleicht was weiß, aber nach dem Krieg wollte es ja keiner gewesen sein. Warst du deswegen all die Jahre so reserviert zu uns?«

»Ja, auch. Als ihr in eurer Jugend ein Paar wurdet und du älter wurdest, kam …«, Opa schlug die Augen nieder, »Du hast gewisse Ähnlichkeit mit deinem Großvater, Marie.«

»Das auch noch. Prima.«

»Was hätte ich sagen sollen?«, fragte Fidus niedergeschlagen, »was hätte es geändert, außer dass eure Beziehung vielleicht einen Sprung bekommen hätte? Nicht einmal Klara habe ich davon erzählt. Und Fred war auch nie gut auf mich zu sprechen. Ich hatte nie das Gefühl, dass mit dieser Sache irgendwem geholfen wäre.«

»Was meinst du damit, ich war nicht gut auf dich zu sprechen? Die Beerdigung war ja wohl nicht meine Schuld.«

»Die Beerdigung meine ich gar nicht, Fred, du warst kein sonderlich gelöstes Kind, wenn ich das so sagen darf.«

»Entschuldigung, dass ich nicht deine Erwartungen erfüllen konnte.«

»Ich hatte keine Erwartungen an dich, außer, dass du deinen Weg findest. Das hast du getan. Vielleicht hätte ich mir gewünscht, dass wir mehr des Weges Hand in Hand gehen. Ich weiß es nicht.«

»Weißt du, was ich mir gewünscht hätte? Keine geflickten Secondhand-Klamotten zu tragen. Ich hätte gerne ein Rennrad gehabt und kein klappriges, von dir in Hippiefarben lackiertes Tourenrad. Ich wollte kein Schinken-Ziegenkäse-Sandwich mit Knoblauch in meiner Lunchbox, ich wollte ein Wurstbrot. Wegen der Öfen rochen meine Klamotten immer nach Rauch, weißt du, wie die mich in der Schule genannt haben? *Mettende!* Ich wäre auch gerne auf die Dorffeste gegangen, ins Schullandheim, aber ihr habt jeden Pfennig gespart, um wieder zu irgendeinem gottverlassenen Fleckchen Erde zu reisen«, mein Vater tippte sich an den Kopf, als wollte er in seine Stirn ein Loch für einen Specht hacken,

»im Winter nach Island, im tiefsten Winter, nur weil du dir in den Kopf gesetzt hattest, Polarlichter zu sehen.«

»Die Polarlichter waren aber doch toll.«

Fred verdrehte die Augen. »Du verstehst es einfach nicht, oder? Und jetzt kommst du noch mit so einer Altnazi-Geschichte daher!«

Sie streiten, aber sprechen miteinander, dachte ich und hatte das unbestimmte Gefühl, dass egal, was jetzt noch passieren würde, etwas gewonnen wäre.

Fidus sagte: »Alles, was ich euch erzählt habe, ist so wahr, wie es meine Erinnerung noch zulässt, und ich verstehe dich, Alfredo, aber ich finde auch, dass du übertreibst. Wir haben dich doch auf die Reisen auch nur so lange mitgenommen, bis du fünfzehn wurdest, dann wolltest du ja auch gar nicht mehr.«

Fred antwortete: »Stimmt. Ich war dann vier Wochen allein zu Hause. Das war meine Kindheit, von der du da sprichst, Fidus. Ich glaube, der einzige Ort auf der Welt, in dem ich als Kind nicht war, ist Kaiserslautern gewesen. Oder Heidelberg. Dafür habt ihr mich in Kathmandu in der Altstadt verloren.«

»Wir haben dich wiedergefunden.«

»Weißt du, wie viel Angst ich hatte? Und euer – euer *Märchenschloss* war mir auch peinlich!« Die Stimme meines Vaters schraubte sich nach oben. Ich hatte plötzlich das Haus meiner Großeltern vor Augen. Ich war klein gewesen – fünf, sechs Jahre alt? – und hatte es wirklich als Märchenschloss in Erinnerung. Verwunschen. Es roch immer nach Kuchen und Holzfeuer. Als Kind besitzt man vielleicht die Fähigkeit, den Rost des Lebens zu übersehen. Ich hatte dort zugegebenermaßen auch nie geschlafen, wusste also nichts von kalten Nächten, wenn die Öfen ausgingen. Oder von spöttischen

Blicken, wenn Besuch da war. Doch mein Vater verfolgte diesen Gedanken ohnehin nicht weiter, sondern stand vom Tisch auf und zischte: »Ihr wart mir peinlich! Glaubst du, ich habe nicht gemerkt, dass die Leute über uns sprechen? Wie wir leben?«

»Aber wen interessiert's, was die Leute reden?«

»Mich, verdammt nochmal – mich hat es interessiert!«, brüllte mein Vater.

Er schob mit den Kniekehlen den Stuhl nach hinten und stapfte aus dem Raum. Auch meine Mutter stand auf, klaubte ihr Telefon von einem Sideboard und verschwand. Ich zog die Augenbrauen nach oben, verzog das Gesicht und schaute Bintou an. Sie nahm meinen Blick auf und führte ihn sanft schweigend hinüber zu Opa. Zusammengesunken saß er am Tisch. Ich legte meine Hand auf seine. Es brach mir das Herz, weil er so alt war, weil es ihm augenscheinlich so nachging, weil er so kräftig zu sein versuchte, aber es nicht mehr war. Opa war alt.

»Sie haben eine interessante Familiengeschichte«, sagte Topaz, den ich schon völlig vergessen hatte. Er lehnte im Türrahmen und hatte freimütig gelauscht. Ich sah ihn an, er sagte: »Aber ich schwing dann mal besser die Hufe ... «

»Ich bringe Sie zur Tür«, sagte ich.

»Du musst mich doch nicht siezen.«

Ich brachte den Nichtschwulen-pralinenbringenden-Privatanzlehrer zur Tür. Bintou saß mit meinem Opa im Esszimmer. Ich klinkte mich aus, telefonierte kurz – man hat seine hellen Momente –, holte dann mein Notebook und suchte meine Mutter. Sie saß im Schlafzimmer auf dem Scheidungsehebett, mit dem Rücken zu mir. Ich blieb im Türrahmen stehen.

Sie telefonierte: »Dann sind wir jetzt auch nicht

schlauer ... Und Papa fragen? ... Ja, halte ich auch für keine gute Idee ... Ja, ja, wenn er nichts davon weiß, wirft es ihn vollends aus der Bahn, das können wir nicht machen ... Trotzdem danke, Brigitte ... Wie es Alfred geht? ... Er hat einen Kantschock ... Ja, *Kant-schock* ... Kennst du nicht ... Er sitzt im Gefängnis ... Nein, nicht in echt, sondern in sich selbst, wir alle übrigens ... Ja, er wird sicher bald entlassen ... Richte ich aus, sag du auch Grüße!«

Sie legte auf.

Ich klopfte an die offene Tür und ging ins Zimmer.

Meine Mutter drehte sich um.

»Und?«, fragte ich.

»Brigitte ist aus allen Wolken gefallen, sie kann sich das beim besten Willen nicht vorstellen.«

»Und du?«

»Es fällt mir schwer, aber auszuschließen ist es nicht.«

»Okay, hör zu, Mama, ich habe gerade mit dem Landesarchiv in Speyer telefoniert.« Ich räusperte mich. »Es gibt dort ... eine Entnazifizierungsakte von einem Ernst Ermlich ...«

»Nicht – dein – Ernst!«, rief meine Mutter.

»Doch. Uropa Ernst«, entgegnete ich, versuchte mich an einem Lächeln und schwenkte das Notebook. »Und wenn du willst, dann können wir online ein Benutzungsgesuch ausfüllen und einreichen. Da er schon über zehn Jahre tot ist, dürfen wir die Akte einsehen.«

»Wie schnell geht das?«

»Sie hätten morgen früh Zeit ...«

* * *

Mama saß am Steuer. Die Pfalz zog am Autofenster vorbei. Wir fuhren in Papas Kombi. Die Armaturen glänzten wie frisch gewienert, das Auto war so sauber wie ein Reinraum. Es roch auch so. Nach Desinfektionsmittel mit dem eindimensionalen Hauch künstlicher Zitrone, das in irgendeiner Chemiefabrik aus den Hähnen floss. Ich traute mich nicht einmal richtig, meine Straßenschuhe auf den Fußmatten abzustellen. Wie hoch war der Kilometerstand? Achtzigtausend? Das Auto wirkte wie neu. Jeder hing seinen Gedanken nach. Nur Opa war zu Hause geblieben. Er hatte am Abend zuvor gesagt, er wollte nicht noch einmal in die Augen von Ernst Ermlich schauen. Heute Morgen hatten wir ihn noch nicht gesehen. Also fuhren wir zu viert. Anfangs hatte ich noch versucht, ein fröhliches Gespräch zu beginnen – so was in der Art wie *Hey sollen wir heute Abend zusammen ins Weinhaus Henninger, das würde Bintou vielleicht gefallen?* –, aber niemand ging darauf ein, nicht einmal Bintou. Also ließ ich es sein.

Die Räder fraßen sich in den Asphalt, der Motor surrte, die Rebflächen lagen wie eine Einöde links und rechts der Straße. Zwischen den knorrigen, kahlen Rebstöcken stapelte sich teils noch das Gehölz vom Rebschnitt. Der Anblick erinnerte mich zu dieser Jahreszeit immer an einen Elefantenfriedhof. Knochenberge und Gerippe, die im Raureif matt weißlich schimmerten. Bintou sah kurz zu mir und nahm meine Hand. Ihr krauser Lockenkopf umrahmte sie wie eine heilige Aura. Ich überlegte, wann der richtige Moment war, ihr meine Idee von meiner Umsiedlung nach Kalifornien zu unterbreiten. Ich dachte an das Leben, das ich dort führen würde: Ewige Sonnentage auf dem San-Andreas-Graben, der das ganze Land mit Mann und Maus irgendwann verschlucken würde, es war nur eine Frage der Zeit …

Komischer Gedanke.

Komischer Morgen.

Komische Tage.

Ich war auch nervös wegen gleich und klammerte mich deswegen vielleicht an alles, was mich zerstreute.

Dann Speyer. Ein Traktor von der Größe eines Einfamilienhauses donnerte vor uns über die Kreuzung, und schon rangierte meine Mutter zwischen zwei anderen Autos in einer Parklücke, bis mein Vater mit der endgültigen Halteposition zufrieden war. *Bisschen weiter links, Marie. Ich bin noch nicht fertig, Fred.* Es war erstaunlich, wie mein Vater und meine Mutter sogar nach ihrer Scheidung koexistierten, als hätten sie sich nie getrennt. Oder bahnte sich hier gar ein Revival im Discolicht heißer Salsa-Rhythmen an? Ich wollte es nicht ausschließen. Das Landesarchiv lag am Westrand von Speyer, das war die Richtung, aus der wir kamen, wir mussten also nicht einmal durch die Stadt, um unser Ziel zu erreichen. Das Gebäude war unscheinbar, hätte alles sein können: Standort einer Fernuniversität, Fabrikationszentrum von Zahnprothesen. Forschungsanstalt für die Wollbiene.

Ein Landesarchiv lag aber auch im Spektrum des Vorstellbaren – und alle waren höflich. Wirklich. Sehr höflich sogar. Keine Nickligkeiten: Lächeln. Handschlag. Geplänkel. *Ja, ja, »hundskaldes Werrer« ... Darf ruhig Frühling werden.* Und ich fühlte mich gar nicht stigmatisiert, so wie wenn man sich fühlen sollte, wenn man nicht länger nur schuldig als Volk im hypothetischen Sinn war, sondern dann doch recht direkt beteiligt an einem Verbrechen, das sich nicht bemessen ließ. Ich war schließlich Urenkel vom übelsten Gesocks und Gesindel, das die Menschheit bisher hervorgebracht hatte. Genau genommen gehörte meine Familie jetzt zum Bodensatz dieser Gesellschaft, ich war niederer Abstammung, es gab eine direkte Blutlinie von mir zum ultimativen Grauen. Meine diffuse Verantwortung für die Vergangenheit war mit einem Mal recht konkret geworden. Ein Sandsack, vorher leer, jetzt voll, lastete auf mir. Was hatte mein Ururgroßvater gesagt? Das Leben schulterte einem nur so viel auf, wie man tragen konnte? Dann mal los.

Eine Dame trug eine Akte unterm Arm und führte uns in einen Raum. Wenn sie uns für Nazipack hielt, dann konnte sie es äußerst gut verbergen. Wobei wir ja Bintou dabeihatten, ihre Hautfarbe bürgte irgendwie für unser reines Gewissen. Und wir betrieben hier Familienforschung. Mehr nicht.

Meine Mutter konnte dennoch nicht an sich halten: »Wir wussten bis gestern nichts davon!«, platzte es aus ihr hervor. Sie schielte zur Tür, als erwartete sie ein Spezialkommando, das dahinter lauerte, bereit, uns Handschellen anzulegen.

»Da sind sie nicht die Einzigen, leider«, sagte die Archivarin und war verschwunden.

Das war's.

Raum leer.

Akte da.

Kein Spezialkommando.

»Ich schau dann da jetzt einfach mal rein«, sagte meine Mutter.

Doch sie rührte sich nicht.

Starrte nur.

»Das ist nicht die Büchse der Pandora, Mama«, entgegnete ich.

»Was ist eine Büchse der Pandora?«, fragte Bintou.

Ich holte genüsslich Luft, um klarzumachen, dass ich eine knappe, präzise, oberlehrerhafte Erklärung folgen lassen würde. Und ja, ich gebe es zu, es gefiel mir, endlich einmal mehr als Bintou zu wissen. Ich sah ihr klug in die Augen. »Kommt aus der griechischen Mythologie, die Büchse enthält alles Übel – Seuchen, Krankheiten, Tod – das entweicht, sobald man sie öffnet, und bringt Unheil über die Menschheit, weil Prometheus …«

Bei Bintou fiel der Groschen. »Ah, *Pandora's box, right?*«

»Ja. Genau.«

Meine Mutter blickte immer noch auf die Akte. »Irgendwie passt der Vergleich.«

»Mama, jetzt mach schon.«

Kurz überlegte ich, die Akte selbst aufzuschlagen, nur damit es getan war, aber das war nun wirklich nicht meine Aufgabe. Ich würde es vielleicht tun, wenn meine Mutter mich darum bitten würde, aber bis dahin war es ihre Bürde.

Die Bürde der Pandora.

»Dann wollen wir mal«, sagte sie, ging einen Schritt nach vorne und schlug die Mappe auf. Kurz sah ich ein schwarz-weißes Passfoto aufblitzen. *Jetzt* wurde mir ein zutiefst anklagender Blick zuteil, er kam allerdings von keiner Archivarin, sondern von meiner Mutter selbst. Sie pfählte mich regelrecht: »Das ist er, das – ist – dein – Urgroßvater!« rief sie, klappte die Akte wieder zu und ließ ihre Hand darauf liegen, als wollte sie die Dokumente versiegeln.

»Hilft doch jetzt alles nichts«, sagte ich.

Doch meine Mutter hörte mich gar nicht, schon marterte sie meinen Vater: »Hast du das Bild gesehen? Hast du es gesehen? Das war Opa Ernst!«, kreischte sie, »das war dein … äh … Schwiegeropa?«

»Stiefopa«, sagte mein Vater, »glaube ich.«

»Stiefopa?«, entfuhr es meiner Mutter, »das klingt aber komisch.«

»Ist das jetzt so wichtig, Marie?«

»Nein, ich bin nur so nervös.«

»Jetzt lass uns reinschauen«, sagte mein Vater.

Er trat einen Schritt vor, alle traten einen Schritt vor. Wir versammelten uns um die Akte. Es roch nach altem Papier, als wir sie aufschlugen. Darin war ein Personalbogen meines Urgroßvaters enthalten, auf dem man nun auch nicht lange zwischen den Zeilen lesen musste. Er war bei der SS. Das stand da, Schwarz auf Weiß. *SS. Schutzstaffel.* Schlägertrupps voller stumpfer Lemminge, voller Rüpel, Sadisten, Tyrannen, Schläger, Mörder, Dummen und Degenerierten. Letzteres stand da natürlich nicht, ich erwähne es nur der Vollständigkeit halber.

Ich vertiefte mich in das Passfoto meines Urgroßvaters, als könnte es mit mir aus der Vergangenheit kommunizieren. Tat es aber nicht. Ich verkniff mir einen Kommentar darüber, dass da wirklich eine gewisse Ähnlichkeit zwischen ihm und meiner Mutter bestand, sie wirkte aber eher wie die hübsche Ausfertigung desselben Modells. Eine Mitgliedschaft in der NSDAP gehörte ebenfalls zu der Akte. Eintritt 1927, Mitgliedsnummer 12173. Dann zog meine Mutter ein Bündel handgeschriebene Papiere hervor. *Was ist denn das?*, fragte sie – oder so etwas Ähnliches, denn schon riss ich ihr den Brief förmlich aus der Hand.

»Das ist Opas Handschrift, erkenne ich sofort, ich habe doch seine ganzen Briefe gelesen«, rief ich, »ich kann es nicht glauben!« Das konnte ich wirklich nicht, denn wenn es bis zu diesem Zeitpunkt noch Zweifel an seiner Geschichte gab, waren sie hiermit aus der Welt. Ich überflog den Brief, reichte Papier für Papier an Bintou weiter. Es stand alles darin. Ich sah Worte wie *Max, Arnulf, Orff-Kaserne, Drachenfels, Förster, Höhle, Juden.* »Das ist der Brief, den er geschrieben hat, bevor er und Oma mit ihren Rädern nach Frankreich aufgebrochen sind!«

»Aber wieso wurde Ernst dann nie bestraft, das verstehe ich nicht? Oder wissen wir davon nur nichts?«, fragte meine Mutter.

»Er wurde nicht bestraft«, sagte mein Vater und gab ihr ein maschinengetipptes Papier.

Die Augen meiner Mutter sprangen zum Ende des Dokuments. »Wer ist Lothar Greule?«, fragte sie.

Bei mir begann es zu rattern. Ich hatte den Namen gehört, ich wusste nur nicht mehr, wo. Dann sah ich den Briefkopf der Pfarrgemeinde, und der Groschen fiel: »Das war der Pfarrer aus Brunnweiler, richtig? Opa hat vor ein paar Tagen über ihn gesprochen, als er erzählte, wie die Kirchenglocke von den Nazis abmontiert wurde. Greule schien deswegen nicht sonderlich betrübt.«

»Das glaube ich«, sagte mein Vater und zeigte auf das Dokument, »der Pfarrer hat der Entnazifizierungsbehörde geschrieben, dass dein Urgroßvater ein guter Christ war, stets bemüht um die anderen Gemeindemitglieder. Er war sonntags in der Kirche, half nach dem Krieg beim Neubau des Gemeindehauses – was ihr da in Händen haltet, nennt sich *Persilschein*. Akte geschlossen. Ernst Ermlich rehabilitiert.«

Mutter schüttelte den Kopf, nicht nur in diesem Augenblick, auch immer wieder fortkehrend in den folgenden Minuten schüttelte sie den Kopf. Vater seufzte in Endlosschleife, schmatzte mit den Lippen und rührte sich anhaltend im Ohr, als sei sein Zeigefinger ein Presslufthammer. So konnte kein Ohr auf der Welt jucken. Ich sah schon die zweite Verarbeitungsphase seiner Nahtoderfahrung anbrechen. Bintou schien das alles nicht mitzubekommen. Sie wirkte konzentriert. Oder sie ignorierte das alles. Die Dokumente gingen im Kreis. Wiederholten sich auch irgendwann. Vater las Fidus' Brief und schnalzte mit der Zunge.

»Wann ist dein Opa gestorben?«, fragte Bintou.

»Das steht auf diesem anderen Blatt ... habe ich vorhin gelesen«, sagte ich.

»Ist nicht sehr alt geworden, da war Brigitte auf dem Gymnasium, ich muss in der vierten Klasse gewesen sein«, murmelte meine Mutter und sah Bintou an. »Brigitte ist meine ältere Schwester.«

»An was ist er denn gestorben?«, fragte ich.

»Herzversagen. Glaube ich.«

»Das war ja kurz nachdem du Papa kennengelernt hast, oder?«

»Ja, Papa kam in der dritten Klasse zu uns, Ernst starb ein knappes Jahr später, meine ich.«

Ich überlegte, traute mich den nächsten Gedanken kaum auszusprechen, tat es aber trotzdem: »Warum hat Opa eigentlich gestern so explizit diese Pflanze erwähnt?«

»Welche Pflanze?«, fragte Bintou.

»Eisenhut«, sagte mein Vater, »er hat von Eisenhut gesprochen, daran erinnere ich mich gut, stand hinten im Garten, furchtbares Zeug.«

»Bei dem Teil der Geschichte war ich schon völlig abwesend, ist das diese Giftpflanze?«, fragte meine Mutter und fuhr nahtlos fort, »jetzt erinnere ich mich, er hat davon erzählt, weil dein Vater sich nicht in die Nähe traute, oder?«

»Gilt als giftigste europäische Pflanzenart, wenn mich nicht alles täuscht«, fügte mein Vater an, seine Stimme gespannt, es klang wie eine Rechtfertigung.

»Nie vorher gehört«, sagte meine Mutter.

»Du meinst ... «, sagte Bintou.

»Mir kommt das nur gerade ... komisch vor«, sagte ich.

Komischer Gedanke.
Komischer Morgen.
Komische Tage.

* * *

Er würde winseln.

Er würde japsen.

Er würde röcheln.

Er würde zu schreien versuchen, aber seine Lungen wären gelähmt.

Fidus schraubte den handlichen, britischen Flachmann zu und starrte auf das kleine Einmachglas, in dem sich die Wurzeln des Eisenhuts eigentümlich blaugräulich verfärbt hatten. Drei Wochen lang hatte er sie in Tresterbrand eingelegt. Er wusste zwar nicht wirklich, was er da tat, aber wenn das Zeug nur halb so giftig war, wie es hieß, sollte das genügen. Mit Arbeitshandschuhen hatte er die Wurzeln ausgegraben, mit einem alten Küchenmesser auf einem Holzscheit im Schuppen zerschnitten. Jetzt galt es alles verschwinden zu lassen.

Fidus ging zu ihrer Feuerstelle, stapelte Zeitungspapier, trockenes Geäst und Holzscheite aufeinander. Die Flammen leckten, kaum hatte er das Zündholz an eine Papierecke gehalten. Als das Feuer groß genug war, kippte er die Wurzeln aus dem Einmachglas hinein. Eine blaue Flamme züngelte an der Schnapsfahne empor. Fidus warf das Glas hinterher, zerdepperte es mit einem weiteren Holzscheit. Dann folgten Arbeitshandschuhe, Messer und der Trichter, mit dem er sein tödliches Destillat in den Flachmann gefüllt hatte. Schwarzer Rauch kräuselte sich in die Höhe.

Lange sah er dem lodernden Feuer zu. Flammen tanzten vor seinen Augen. Es gab für Fidus keine Zweifel: Ernst Ermlichs Tage waren gezählt. Nachdem sein Entschluss feststand, hatte er einen Hexenschuss erfunden, sich krankschreiben lassen. Jede freie Minute hatte er Ermlich beobachtet und in der Rathausstraße in Neustadt herumgelungert. Täglich kam das Nazischwein zur selben Zeit aus dem Haus, ungefähr um halb vier. Jeden Tag, außer freitags, schlurfte er zum Stammtisch ins Wirtshaus. Was Rentner damals eben so taten, bis sich der Deckel über ihnen schloss. Dort blieb Ermlich bis zum Abendbrot, selten länger. Heute war Donnerstag, warum noch länger warten?

Es war so einfach. Wenn Ermlich ins Wirtshaus kam, würde Fidus schon am Nebentisch sitzen, ein Bier vor sich. Sobald er saß, würde er ihn unverhohlen anschauen. Lange würde er seinen Blick nicht ertragen. Er würde herübersehen, vielleicht auch zwei- oder dreimal, spätestens dann würde es aus Ermlich herausplatzen, irgendein Spruch, irgendeine Gemeinheit – und Fidus hätte freie Bahn.

Fidus würde aufstehen, den kleinen Flachmann geöffnet in der Hand verborgen. Dann würde er zum Stammtisch gehen; dann würde er sich über den Stammtisch beugen; dann würde er sich mit der linken Hand abstützen; dann würde er Ermlich so nahe kommen, dass er den Muff seines halbtoten Fleischs riechen konnte; dann würde er etwas sagen, etwas so ganz und gar Hässliches, dass allen anderen am Tisch die Spucke wegblieb; und dann, wenn die entrüsteten Blicke auf die beiden Männer gerichtet wären, würde er ihn am Kragen packen und im selben Moment den Inhalt des Flachmanns in Ermlichs Bier gießen. Es würde Gerangel geben, sie würden sie auseinanderbringen. Fidus würde zurück zu seinem Tisch gehen, sich setzen und warten. Mehr brauchte er nicht zu tun, außer in jeder der folgenden Minuten an Max und an Arnulf denken, damit sie in dieser Stunde hier waren.

Hier bei ihm, hier mit ihm.

Wie gute Geister.

Ernst!

Was ist mit dir?

Jemand muss den Arzt rufen!

Was hat er nur?

Luftnot!

Das ist ein Herzanfall!

Der Streit mit diesem Kerl hat ihn zu sehr aufgeregt!

Ernst, alter Junge!

Öffne seinen Hemdkragen!

Wo bleibt der Arzt?

Seine Saufbrüder und Zechkumpanen – wussten sie Bescheid und tranken trotzdem mit ihm, deckten sie das Nazischwein? Waren sie selbst des Verbrechens schuldig? – würden um ihn herumstehen. Aber nur Ermlich würde im letzten Aufbäumen seines kümmerlichen Wesens wissen, dass sich am Ende sein eigner Hass gegen ihn gewendet hatte und ihn nun genüsslich auffraß. So würde es geschehen. Und vielleicht würde Fidus sogar aufstehen, hinübergehen und zusehen, wie der letzte Rest Leben in seinen Augen flackerte.

Als von den Gegenständen nur noch Verkohltes übrig war, eine schwarze Klinge, schwarze Scherben, ein verschrumpelter Zellhaufen, nicht größer als eine Pflaume, die einmal der Trichter gewesen sein mochte, schaufelte Fidus alles in einen Metalleimer und vergrub es weit hinten im Garten. Er nahm eine Dusche, zog sich fürs Wirtshaus an und schrieb Klara eine kurze Nachricht, dass Fred im Freibad war und er kurz in die Stadt müsse, doch da fuhr bereits ihr Auto knarzend auf die geschotterte Garagenauffahrt – eine Garagenauffahrt ohne Garage, denn die hatte er noch nicht gebaut. Kein Geld, keine Lust, kein Grund. Fidus sah auf die Wanduhr, es war gerade einmal zwei, recht früh also, normalerweise kam Klara nicht vor halb sechs, eher später.

»Du bist aber zeitig heute«, sagte Fidus, als Klara zur Tür hereinkam, und fuhr sogleich, nachdem er ihre Blässe bemerkte, fort: »Geht's dir gut, hast du dir eine Grippe eingefangen?« Doch Klara sah Fidus nur verzweifelt an. »Was ist denn, sag schon?«

»Ich war in der Mittagspause beim Arzt«, flüsterte Klara, sie hatte Tränen in den Augen, »die Rückenschmerzen sind keine Rückenschmerzen.«

»Was? Was – was – was?«

»Ich habe ... Angst, Fidus.«

Tief in der Nacht, nachdem sie den Abend über heile Welt vor Fred gespielt hatten und Klara in einen unruhigen Schlaf gefallen war, schlich Fidus in den Werkzeugschuppen. Er hatte getrunken. Schon am Nachmittag. Bier, Wein, mehrere Gläser Pfaffentrunk, schließlich Himbeergeist. Der Alkohol hatte ihn durchsuppt, jede Zelle seines Körpers war lahm und doch war er klar und hellwach.

Er knipste die nackte Glühbirne an, die von einem Deckenbalken hing. Es raschelte in einem Eck. Fidus sah sich um. Da stand sein Werkzeugkasten aus Stahl, schwerer als eine Kanonenkugel, daneben lehnten Schaufeln, Besen, Rechen und Spitzhacke an der Wand. Über seiner provisorischen Werkzeugbank hatte er an einer Bretterwand mehrere Hämmer, Handsägen, Schraubendreher und Schraubenschlüssel angebracht. Dahinter war zwar ein Hohlraum, für seine Zwecke aber unbrauchbar.

Dann fiel sein Blick auf eine Zigarrenkiste aus Blech, sie stand auf einem Deckenregal, zwischen den Spritkanistern für den Rasenmäher. Sie war voll von alten Schrauben, Nägeln und Muttern. Fidus angelte die Kiste herunter, sie war schwer. Er kippte den Inhalt auf die Werkbank, der Krach ließ die Bretterwände beben. Er bettete den Flachmann zur letzten Ruhe und begrub ihn unter einem Berg Metallgekröse.

Er hatte mit dem Teufel angebandelt.

Der Teufel hatte geantwortet.

Was war nur in ihn gefahren?

* * *

»Es ist schon eigenartig, manchmal passt mein ganzes Leben in einen einzigen Gedanken, und manchmal erscheint mir mein Weg ewig lang«, sagte Fidus, sein Blick war weltmüde, als hätte er sich für immer in den zahllosen Tälern, Wäldern und Schluchten seiner Erinnerung verlaufen. Immerhin schien er bei sich zu sein, denn zunächst war er etwas verdattert gewesen, als wir wie ein Rollkommando ins Gästezimmer gestürmt waren, nach einer Rückfahrt, bei der jeder Blitzer am Straßenrand durchgebrannt und in Rauch aufgegangen wäre. Opa Fidus saß auf dem Bettrand, eine Socke aufgekrempelt zwischen den Händen. Wir bauten uns um ihn herum auf, bedrohlich, anklagend, fordernd, harsch, nur Bintou blieb auf dem Flur stehen und sah in den Raum.

»Dass ich das überhaupt fragen muss«, sagte meine Mutter knapp, denn so ganz war die Anspannung auch nach Fidus' Bericht nicht von ihr gewichen, sie hatte offensichtlich eine Beichte erwartet, »du hast meinen Großvater also nicht … vergiftet?«

»Ich habe wenig für Geistergeschichten übrig, aber ich habe damals wirklich kurz gedacht, dass Klaras erste Krebsdiagnose mit meinem Mordplan zusammenhing. Blutsbrüderschaft mit dem Teufel. Das war natürlich Unsinn, das alles waren unsinnige Gedanken. Vielmehr ist es so, dass Klaras Krankheit mich davor bewahrte, eine große Dummheit zu begehen. Stellt euch mal vor, jemand hätte gesehen, wie ich das Gift ins Bier geschüttet hätte. Und selbst wenn es niemand bemerkt hätte, was hätte das mit mir gemacht? Es hätte mich zerfressen. Am Ende hätte mich das Schuldgefühl am Schlafittchen gepackt und nie mehr losgelassen. Wie es kam, war es Fügung.«

Meine Mutter ließ nicht locker, sie konnte bisweilen hartnäckig sein: »Der Zeitpunkt ist aber schon auffällig, du erfährst von meinem Opa, und ein paar Monate später ist er tot.«

»Ich erinnere mich gut daran, Marie, sehr gut sogar. Ich habe vom Tod deines Großvaters aber erst erfahren, als dir Klara unser Beileid aussprach. Wir waren bei uns zu Hause ...«

»Daran erinnere ich mich sogar!«, rief meine Mutter.

»Und das ist die ganze Wahrheit. Fred hatte Klara wohl erzählt, dass dein Opa verstorben war. Klara hatte es mir gegenüber nicht erwähnt, es gab damals Wichtigeres in unserem Leben. Ihre Operation war gut verlaufen, die Chemotherapie stand bevor. Wir hatten andere Sorgen. Und trotzdem ... Es tut mir leid, das sagen zu müssen ... Ich war froh, dass er tot war. Ich habe mich über seinen frühen Tod gefreut, aber versteh mich richtig, noch mehr hätte ich mich gefreut, wenn er für seine Straftaten hätte büßen müssen.«

»Verübeln kann ich dir deine Gedanken nicht«, sagte meine Mutter zerknirscht und ließ sich neben Fidus auf die Bettkante sinken, als ließe jemand die Luft aus ihr heraus. Sie seufzte. Erleichtert. Bedrückt. Beides? Ich wusste es nicht. Sie fuhr fort: »Dachte wirklich einen Moment, ich finde mich nach diesem ganzen Brimborium der letzten Wochen noch in einer Kriminalgeschichte wieder.«

Fidus tätschelte vorsichtig ihren Handrücken.

Sie lächelte ihn mit zusammengekniffenen Lippen an.

Und jetzt war auch gut.

Wirklich.

ENDE.

Schluss.

Aus.

Vorbei.

Zeit aufzuhören.

»Ich habe gestern deinen Roman mit Wachtmeister Studer durchgelesen, Opa«, sagte ich stimmungshell und versuchte wieder einmal, der Spaßbringer zu sein, gute Laune zu verbreiten – es war ja immer noch so, dass meine Freundin auf der Türschwelle stand, mit mächtigen Turbinen und immensen Kosten versetzt um neuntausend Kilometer. Es war das erste Mal seit vielen Monaten, dass wir uns nicht über Videotelefonie begegneten. Bintou war auf Urlaub hier, wegen mir, wegen uns. Urlaub. Liebe. Entspannung. Frohsinn. Kerzenlicht und zärtliche Zweisamkeit. Doch bisher hatte ich sie in einen Familienzwist geworfen, der sich mittlerweile zu einem echten Drama entwickelt hatte. Bintou hatte eine Karte für eine Liebeskomödie in Kino eins gelöst, saß aber in einer Familientragödie in Kino zwei. Das musste sich ändern. Ich hatte auch echt genug von meinen gemurmelten Erklärungen und Entschuldigungen.

Fidus lächelte. »Der Studer … Das war der erste Krimi, den ich gelesen habe. Mehrmals sogar.«

»Ich weiß, ist ja auch keine sonderlich lange Lektüre, aber die Auflösung – mit dem Äschbacher und dem Autounfall – fand ich etwas unnötig.«

»Woher kennst du denn die Auflösung?«, fragte Opa, »ich habe doch die letzten Seiten herausgerissen, bevor ich es Fred geschenkt habe.«

»Ich habe mir den Krimi auf meinen E-Reader geladen.«

»Ach«, sagte Opa erstaunt und überlegte, »der Äschbacher war es also ... Ich dachte immer es ginge in der Geschichte um einen missglückten Versicherungsbetrug, so was Verrücktes.«

»Geht es ja auch, der Witschi schießt sich wegen Versicherungsbetrugs selbst an, aber erschossen wird er in Wirklichkeit vom Äschbacher – ich dachte, du hast das Buch mehrmals gelesen.«

»Habe ich ja auch, aber ich höre immer vor der Auflösung auf.«

Ich überlegte kurz, ob ich das Gesagte richtig verstanden hatte. »Warum denn das?«, entfuhr es mir.

»Mach ich schon immer so.«

»Du veräppelst mich.«

»Nein, ich lag damals in der Höhle, hatte ja nichts zu tun, außer hin und wieder Klara einen Brief zu schreiben. Also begann ich den Studer zu lesen und wusste irgendwann, wenn ich die nächste Seite umdrehe, wäre die Spannung verflogen. Also legte ich das Buch weg und fing einen Tag später wieder von vorne an. Habe ich seit jeher so gehalten. Nun ja, meistens. Manchmal kommt die Auflösung in Krimis ja auch sehr abrupt oder ist zu offensichtlich. Aber im Großen und Ganzen habe ich da ein gutes Gespür entwickelt, wann ich aufhören muss.«

»Aber – aber warum?«

»Wenn man das Ende nicht kennt, bleibt das Buch immer spannend«, sagte Opa, stülpte die Lippen nach vorn und zuckte mit den Schultern, als sei dieses winzige Detail nicht einmal der Rede wert, als sei es eine Randnotiz in seiner Geschichte – was es für ihn ja vielleicht sogar war. Er fügte hinzu: »Das Leben ist ein Krimi, Alo.«

So.

Jetzt.

Willkommen im Wirrwarr.

Ich wusste langsam nicht mehr, wo mir der Kopf stand. Ich blickte zu Bintou, sie stand im Türrahmen und lächelte. Aus Vaters Gesicht war alles herauszulesen, von himmelhochjauchzendem Erstaunen bis hin zu Tode betrübter Überraschung. Opa saß auf dem Bett, ein Fuß besockt, der andere nackt. Er rollte mit den Zehen, grub sie ein paar Mal in den Läufer. Dann bückte er sich schwerfällig nach vorn und versuchte den anderen Strumpf anzuziehen. Wir alle sahen ihm sprachlos zu, mit angehaltenem Atem, als sei *93-Jähriger zieht sich selbst eine zweite Socke an* die spannendste Episode eines Serienmarathons. Mit rotem Kopf setzte sich Opa wieder auf. Verwundert blickte er uns an. Es war so still im Raum, man konnte den Frost auf den Dachziegeln knistern hören.

»Ich würde das Ende aber jetzt ... schon gern hören«, hörte ich plötzlich Bintou sagen – Komödie hin, Tragödie her, sie hatte offensichtlich nicht vor, den Kinosaal vor dem Abspann zu verlassen.

* * *

Es gab neun Pools in der Hotelanlage auf Kuba, darunter ein Olympic-Pool, ein Relax-Pool, ein Fun-Pool, ein Wave-Pool oder ein Cross-Pool, was immer das sein mochte. An den Kids-Pool und das Planschbecken war ein Pool mit eingelassener Cocktailbar angeschlossen. Es gab in dem Hotel Souvenirshops, dazu Minimarkt, Boutique, Juwelier, zwei Friseure.

Es gab Kino, Darts, Boccia, Billard, Krimi- und Karaoke-abende. Es gab ein Amphitheater mit Shows, dazu tägliche Erwachsenanimation, Sportprogramme und Dance-Events zum Mitmachen, das »Edutainmentprogramm« mit erzieherischem Aktiv-, Entspannungs- und Kreativprogramm für Jugendliche nicht zu vergessen. Es gab ein Hotelrestaurant, in dem ganztags ein *All you can eat*-Büffet mit internationalen Spezialitäten zur Verfügung stand. Und wem das nicht genügte, der konnte sich einen Tisch in einem der sieben À-la-carte-Restaurants (American Burger Bar, französisches Bistro, italienische Trattoria, Hüttenzauber mit alpiner Küche, Sushi Bar, Asia-Streetfood oder kreolische Küche im offenen Strandpavillon) reservieren: *Genießen Sie unser vielfältiges Angebot, Bon Appétit!*

»Herr Bergmann, richtig?«, gluckste die Reisebüromitarbeiterin, »Sie wollen Ihre Flugtickets abholen?«

Fidus sah auf, als hätte ihn jemand aufgeweckt. Er war so vertieft in die Angebote für Pauschalreisen in die Karibik gewesen, dass er gar nicht gemerkt hatte, dass das Pärchen, das vor ihm dran gewesen war, das Reisebüro bereits verlassen hatte. »Ja ... Genau ... Bergmann«, sagte er, stand auf, sein Knie schmerzte. Auf dem Fenstersims brannte eine Kerze mit Zitronengrasduft, die nicht nach Urlaub, sondern nach Klostein roch. Fidus ging auf die Dame zu – wie hieß sie noch gleich? *Knaus?* – und präsentierte ihr den aufgeschlagenen Katalog. »Sagen Sie, was sind denn *Daybeds am Strand?*«

Frau Knaus lächelte wohlwollend. »Das sind breite, bequeme, gepolsterte Liegen am Strand, manchmal im Stil eines Himmelbetts, äußerst stabil.«

Fidus war verwirrt. »Betten? Und was soll das? Ist das erstrebenswerter, als im Sand zu liegen?«, fragte er. Eine andere Mitarbeiterin des Büros sah milde schmunzelnd von ihren Unterlagen auf. Als Fidus sie anblickte, verzog sich ihr Schmunzeln zu einem höflichen Lächeln, das sie sogleich wieder in ihren Papieren versenkte.

Hielt sie ihn für einen senilen Wirrkopf von anno dazumal?

Fidus war gerade einmal einundsiebzig Jahre alt.

»Manche Leute mögen den Sand nicht«, sagte Frau Knaus und zuckte mit gespitzten Lippen die Schultern. Sie war äußerst höflich, äußerst jung, äußerst geschminkt und hatte äußerst lange Fingernägel.

»Warum denn das nicht?«, fragte Fidus – oder hieß sie Frau *Knus*? Er suchte kurz den Tisch nach einem Namensschild ab, fand aber keines.

»Krümlig, dreckig, heiß, ich weiß nicht.«

»Aber warum gehen sie dann an den Strand, wenn sie den Sand nicht mögen?«

»Weil sie den Blick auf das Meer toll finden«, sagte Frau Knus.

»Und den Rest nicht? Das eine gehört zum anderen!«

»Sie können aber auch einfach ein *Daybed* buchen.«

»Papperlapapp, ohne Sand kein Strand.«

»Es gibt sogar Hotels, die *Pools mit Seaview* haben – also einen Pool mit Meerblick. Da müssen Sie gar nicht an den Strand, außer vielleicht mal zu einem Spaziergang. Das Resort, das sie gerade aufgeschlagen haben, bietet diesen Komfort zwar nicht an, aber wenn Sie sich für eine Reise in die Karibik interessieren, dann kann ich Ihnen eine wunderbare Hotelanlage in der Dominikanischen Republik ans Herz legen. Ist zwar nicht Kuba, aber man verlässt die Hotelanlage ja eh nur für eine kurze Shoppingtour oder so.«

»Danke, nein«, sagte Fidus und legte den Katalog fast erschrocken auf dem Tisch der Dame ab, als hätte er sich daran die Finger verbrannt.

»Dann wollen wir mal.« Frau Knausknus zog den Katalog zu sich und zauberte aus einem Schubfach ihres Schreibtischs einen Umschlag, auf dem ein Klebezettel geheftet war. Fidus konnte den Namen *Bergmann und BCN* darauf lesen, bevor sie das Papier abzupfte, zerknüllte und ihm den Umschlag über den Tisch reichte. »Zwei Tickets nach Barcelona, mit der Fluggesellschaft lasse ich Sie guten Gewissens reisen – der Städtetrip ist ein Geschenk für Ihre Frau, richtig?«

»Ja, sie wird morgen siebzig, ist die Rechnung …«

»Die Rechnung habe ich in den Umschlag gepackt, können Sie gerne die Tage überweisen – waren Sie schon einmal in Barcelona?«

Fidus wusste gar nicht, was er darauf antworten sollte. »Ich … Wir haben dort …«

»Wird Ihnen mit Sicherheit gefallen, Herr Bergmann, die *Sagrada Família* ist richtig, richtig toll.« Frau Knusknaus kniff kurz die Lippen zusammen, sie klang plötzlich, als sei sie bei der Telefonseelsorge, »soll ich nicht doch noch für Sie nach einem schönen Hotel Ausschau halten? Ich finde es ja nicht sehr komfortabel, wenn man in einer fremden Stadt ankommt und erst noch nach einem Zimmer suchen muss.« Sie hob die Stimme, als spräche sie mit einem schwerhörigen Greis: »Ist eine große Stadt, Herr Bergmann, da ist man froh, wenn man vorher einen Hafen hat, in den man einlaufen kann, wenn Sie verstehen, was ich meine!«

»Wir finden einen Hafen, danke – Frau …?«

»Becker. Rufen Sie mich gerne an, wenn ich noch etwas für Sie tun kann, meine Karte ist im Umschlag.«

Draußen brach die Sonne durch einen silbrigen Frühnebel. Es war ein frostiger Märzmorgen. Dennoch war Fidus mit dem Fahrrad nach Neustadt gekommen. Schon früher mochte er das Autofahren nicht sonderlich leiden. Sich gleichzeitig auf die Dinge vor einem und in den Rückspiegeln zu konzentrieren war nicht seine Welt. Mit zunehmendem Alter merkte er, dass seine Nervosität beim Fahren zunahm, weswegen im Grunde immer Klara hinterm Lenkrad saß, wenn sie gemeinsam unterwegs waren.

Fidus schob sein Fahrrad ums Häusereck, so dass die Damen aus dem Reisebüro ihn nicht mehr sehen konnten und öffnete den Umschlag. Die Reisezeiten waren korrekt. Was ihn aber vielmehr interessierte, war die Rechnung, denn seit sie beide in Rente waren, ließ der Füllstand ihres Kontos zu wünschen übrig. Fidus hatte für diesen Urlaub bei einem Nachbarn einen hohen Holzzaun um sein gesamtes Grundstück gebaut, er hatte hier gespachtelt, dort gestrichen, sogar bei der Weinlese hatte er geholfen – manchmal dachte er, dass er nach Ende seines Berufslebens wieder zum Tagelöhner geworden war, wie sein alter Herr auf seine alten Tage.

Wegen des Geldes mussten sie ihre Reiselust seit Klaras Ruhestand notgedrungen im Zaum halten. Mit Mitte sechzig hatten sie noch Tansania bereist und sogar den dritthöchsten Berg *Shira* im Kilimandscharo-Massiv bestiegen, danach waren sie einmal ein Wochenende im Schwarzwald gewesen und waren auf den Feldberg spaziert. Für mehr hatten ihre Rücklagen nicht gereicht. Auch ihr Barcelona-Trip war knapp kalkuliert. Eineinhalb Jahre hatte Fidus das Geld seiner Aushilfsjobs gespart, weswegen er jetzt zuerst die Rechnung überprüfte. Doch alles war wie besprochen. Fidus lächelte verschmitzt. Seit fünfundzwanzig Jahren waren sie nicht mehr dort gewesen. Der Knüller für den runden Geburtstag war also unterm Dach, fehlte nur noch das Drumherum für den Geburtstagstisch.

Er radelte zu einer Floristin in der Nähe, ließ sich einen üppigen Strauß aus bunten Wiesenblumen binden, von denen er in dieser Jahreszeit nicht wissen wollte, wo sie herkamen – wahrscheinlich aus Spanien. Wieder zu Hause, band er sich die Schürze um und versuchte sich an einem Sandkuchen, der mit Sicherheit wieder seinem Namen gerecht werden würde. Backen gehörte nicht zu Fidus' Stärken. Einmal hatte er die Butter im Teig durch Schweineschmalz ersetzt, in der Hoffnung, das Gebäck verwandele sich wie durch ein Wunder in die XXL-Variante katalanischer *Polvoróns*, die er so mochte. Der Kuchen verkehrte sich aber ins genaue Gegenteil. Er war speckig. Und schmeckte auch so. Nun, es war ja der Gedanke, der zählte, und alles was sein Kuchen können musste, war, die sieben Kerzen in der Senkrechten zu halten, die er darauf platzieren würde, eine für jedes Jahrzehnt.

Zur Sicherheit hatte er auch noch Fred angerufen, der Kuchen in einer Bäckerei besorgen würde – oder hatte Fred gesagt, dass Marie einen Kuchen backen würde? Er wusste es nicht mehr, sie hatten sich jedenfalls zum Kaffee und Abendbrot angemeldet, und natürlich wäre Alo dabei, den er schon seit Weihnachten nicht mehr gesehen hatte. Fidus brachte den Kuchen zum Abkühlen in die Speisekammer und setzte sich mit einem Krimi – die zweite Runde mit *Muttertag* von Alexander Heimann – in den Lehnsessel. Kurz nach Mittag kam Klara nach Hause. Fidus ging nach draußen und half ihr, die Tüten ins Haus zu tragen. Sie hatte unter anderem für das Geburtstagsessen eingekauft.

»Hast du etwa gebacken?«, fragte sie, als sie ins Haus kamen.

»Ich habe keine Ahnung, von was du sprichst«, sagte Fidus und lächelte verschmitzt.

Und dann, dann vergingen die Stunden, und Fidus wurde

das Gefühl nicht los, dass etwas nicht stimmte. Klara zog sich in den Garten zurück, pflückte Zweige und Laub aus den Beeten und trug sie zum Kompost. Sie grub ein Loch, obwohl es viel zu früh im Jahr war, um etwas zu pflanzen. Kaum im Haus, zog sie sich in die Küche zurück, und nachdem sie mit Kochen fertig war, ging sie zu Bett. *Alles gut*, sagte sie, wenn er fragte, einmal fügte sie zwinkernd an, *bin eine alte Frau*. Aber Fidus wusste längst, dass mehr im Busch war. Zu oft hatte er dieselbe Situation in den letzten Jahren erlebt, zu lange – über siebenundfünfzig Jahre – waren sie so etwas wie ein Paar, als dass man noch Scharade miteinander spielen konnte. Und trotzdem spielte Fidus mit, er wollte mitspielen, denn was war die Alternative?

»Er ist wieder da«, sagte Klara am nächsten Morgen und ließ ihre Hand samt Flugtickets auf den Tisch sinken.

Es roch noch nach dem der Rauch der sieben Kerzen, die sie ausgeblasen hatte. Auf dem Plattenspieler drehte sich ein altes Album von Billie Holiday. Die Musik war leise, lag wie ein sanftes Wispern in der Luft.

»Wer?«, fragte Fidus, so begriffsstutzig wie möglich, obwohl er die Antwort längst kannte.

»Der Krebs.«

»Du warst gestern beim Arzt?«

»Auch.«

»Oh, ja, blöd«, flötete Fidus, aber sein Puls nagte an ihm, im Ofen zischten die Scheite eines frischen Feuers, »dann verschieben wir die Reise bis nach der Chemotherapie – oder reicht dieses Mal eine Bestrahlung?«

»Wir müssen nichts verschieben«, sagte Klara sachte, »es wird keine Bestrahlung geben, auch keine Operation und keine Chemo.«

»Oh«, sagte Fidus, »gibt es etwa was Neues?«, fragte er,

jetzt so naiv wie nur irgend möglich, als würde die Wahrheit an seiner Einfältigkeit einfach zerschellen. Aber sein Atem war dünn, sein linker Arm zitterte, er konnte nichts dagegen tun, und er redete einfach weiter, nur damit Klara nicht reden konnte, »da ist in den letzten Jahren ja auch viel passiert. Die Forschung macht ja Riesenschritte … Neulich habe ich etwas von einer Stammzellentherapie gelesen. Schon verrückt, was es da alles gibt, wann hatten wir das letzte Mal Krebs? Vor acht Jahren? Ach herrje, wieder in die elende Mühle steigen, aber das kriegen wir hin … Wir haben ja Übung … Und sollen wir Fred und Marie heute schon Bescheid sagen? Ich fände es gut, wenn wir noch ein paar Tage damit warten, weil ja auch Alo dabei ist … Fred hat sich das ja auch immer sehr zu Herzen …«

»Unsere Zeit geht zu Ende, Fidus.«

Fidus sprang auf. »So ein Unsinn!«

»Fidus, bitte. Was sie noch machen können, ist keine Option für mich. Wirklich nicht. Ich will das nicht mehr, ich kann auch nicht mehr. Es ist in Ordnung.«

»Nichts ist in Ordnung!«

Fidus riss die Nadel von der Schallplatte.

Mit einem Peitschenknall wurde es still im Raum.

»Fidus, es ist der Lauf der Dinge.«

»Du bist aufgekratzt, Klara. Wie oft haben wir das durch? Fünfmal?«

»Dieses Mal ist es anders, er ist überall. Ich würde gerne sagen, ich habe mich gegen eine Therapie entschieden, aber wir haben doch letztlich keine Wahl. Und ich weiß, dass ich viel verlange, aber du musst mutiger sein als ich und mir davon abgeben, alleine schaffe ich das nicht.«

»Wir gehen zu einem Experten!«, rief Fidus aufgewühlt, lauter und bestimmter, als es seine Art war.

»Ich war bei einem Experten, Fidus, bei zweien.« Klara sah zu ihm auf, das Leuchten ihrer dunklen Augen hüllte ihn ein: »Ich freue mich auf Barcelona«, sagte sie, »es ist das schönste Geschenk, das du mir machen konntest. Im April ist die Stadt so toll.«

»Wir reisen sicher nicht nach Barcelona!«

»Doch. Genau das tun wir«, sagte Klara, so wie sie Dinge immer gesagt hatte, wenn sie beschlossene Sache waren. Sie sah Fidus sanftäugig an, nahm seine Hand, er sank auf den Stuhl zurück. Sie streichelte seine Wange, ihre Hand war kalt. »Fidus, alles, worauf ich noch hoffen könnte, wären ein paar fremdbestimme Monate. Dafür haben wir nicht gelebt. Du weißt doch viel besser als ich oder irgendwer sonst auf der Welt, dass der Tod zum Leben gehört.«

Fidus hatte feuchte Augen. Er wusste nicht, was er sagen oder tun konnte – oder auch nur, wo er hinsehen sollte. Sein Kopf sank vornüber. Er vergrub sein Gesicht an Klaras Schulter, wie er es früher getan hatte, als die Zeit noch unendlich war und er sich schwor, jeden Tag hundertmal sein Gesicht an Klaras Schulter zu vergraben und die Stille zu atmen. Wo war die Zeit? Wie waren sie nur hierhergekommen? Und sein Herz war so schwer, und sein Atem lag wie Blei in seiner Brust. »Darüber reden wir noch mal«, sagte er.

Klara zupfte an seinen Haaren und lächelte. »Glaubst du, es gibt in Barcelona noch diese Schnabelkrüge, aus denen wir am Anfang immer Wein getrunken haben? Wie hießen die noch mal? *Porró?* Das würde ich gerne noch einmal machen.«

»*Takotsubo*«, wisperte Fidus, so leise, dass Klara es nur als heiseren Atem spürte.

* * *

Fidus ließ sich in den Fluss der *Rambla* fallen und trieb im Menschenstrom die Promenade hinab. Belebt war die *Rambla* immer gewesen, deswegen kamen ja alle hierher, um zu sehen und gesehen zu werden. Letzteres gab es nicht mehr. Oder wurde Fidus nur nicht mehr gesehen, weil er jetzt als alter Knacker hier flanierte? Mochte sein. Er zog jedenfalls vorwiegend die Aufmerksamkeit von Kellnern auf sich, die mit Speisekarten vor seinem Gesicht wedelten.

Die *Rambla* hatte sich verändert. Die Blumenmädchen waren erwachsen geworden, die Tierhändler waren verschwunden. Fidus' Zeitungskiosk, wo er sich immer sein *Destino* gekauft hatte, um damit für zwei Stunden in irgendeinem Café abzutauchen, war noch an Ort und Stelle. Fidus durchforstete das Sortiment, aber die Zeitschrift gab es nicht mehr – *schon seit zwanzig Jahren nicht mehr*, erklärte der Verkäufer. Dafür gab es noch die Gaukler, wenngleich sie ihre pantomimischen Künste hinter aufwendigen Kostümen versteckten.

Schau, Klara, schau, die hast du immer so gemocht!

Dann roch er das Meer – salzig, aufgewühlt, brackig – und sah die Masten der Schiffe aus dem Hafenbecken ragen. Barcelona. Der Tag war schöner als alle Tage. Bei jedem Schritt war Klara bei ihm. Die warme Frühlingssonne stanzte einen gelben Fleck in einen blauen Himmel. Mandelbäume blühten im Park. Mimosen warfen sich über die Mauern, schillerten honiggelb und hüllten alles in ihren süßen Duft, dazu rosafarbene Lilien, weiße Heckenkirschen und weinrote Drillingsblumen. Fidus drehte sich auf dem *Plaça de Catalunya* im Kreis, schlenderte die Allee der *Carrer d'Aribau* entlang, zu ihrer alten Wohnung.

Nichts hatte sich an dem Haus verändert, außer, dass die Fassade neu gemacht worden war. Fidus ging in die *Bar Centric*, nahm auf Dalís Stuhl Platz, trank ein Glas Wein, das ihm nach der Hälfte so zu Kopf gestiegen war, dass er es stehen ließ. Er trank stattdessen drei Gläser Wasser, weil er so schwitzte. Unnatürlich schwitzte, wie er es gar nicht von sich kannte. Im *Barrio chino* verlief er sich bei der Suche nach ihrer ersten Bleibe. Wo war er nur? Alles sah so anders aus! Und dann, dann stand er plötzlich vor der Taverne, wo sie am Abend zuvor gewesen waren.

Schau, Klara, schau, da drüben haben wir gestern Abend aus dem Porró getrunken!

Mir ist der Wein übers Kinn gelaufen, und du hast gelacht!

Und da war sie immer wieder, die alte Dame Barcelona, sie versteckte sich bisweilen, aber wenn man suchte, wurde man fündig. Hier etwa: Fidus durchstreifte jede stille Altstadtgasse, die er finden konnte, und genoss es, wie die Mauern das Geräusch seiner Schritte zurückwarfen. Er hörte dem Konzert der Kirchenglocken zu. Er aß *Turróns*, die ihm die Zähne verklebten. Und *Polvoróns*, drei, vier an der Zahl. Er trank von der Schönheit der Stadt, berauschte sich an ihrem quirligen Treiben. Und als er ins Gewölbe des historischen Museums stieg, konnte er nicht an sich halten. Er musste eine Weile suchen, ging vor und zurück über die gläsernen Brücken, unter ihm das Fundament von *Barcino*, aber dann, dann war er sich seiner sicher. Er juchzte.

Schau, Klara, schau, den Quader habe ich ausgegraben!

Erinnerst du dich an die Zeit, es ist über vierzig Jahre her!

Danach war Fidus müde. Er setzte sich auf seine Steinbank in der Ausbuchtung der *Carrer dels Comtes*, flankiert vom mächtigen Kirchenschiff der *Catedral La Seu*. Mehr Bestand hatten wohl wenige Plätze auf der Welt. Zeitlosigkeit umfing ihn. Sanftes Stimmengewirr schwappte wie Wellen ans Meer. Das Gurren und die Flügelschläge der Tauben, hoch oben in den Mauerspalten, sanken zu ihm herab. Tausende Schritte von Tausenden Menschen umflossen ihn. Er hörte eine Fidel und etwas, das ihn an Gänseschnattern erinnerte. Er wusste aber nicht, ob es schon ein Tagtraum war, denn Fidus' Kopf sank vornüber.

Er brauchte eine kurze *Siesta*, bevor das Highlight des Tagesprogramms anstand, der Besuch des Zoologischen Gartens. Und vielleicht half ein Nickerchen ja auch gegen das Zittern seines Arms, das nerventötende Zucken seines rechten Augenlids und die seltsame Atemnot, die ihn bisweilen übermannte. Er war eben keine zwanzig mehr, da lief man nicht mehr stundenlang durch die Gegend.

»*Estàs bé?*«

Fidus musste mehrmals blinzeln.

Alles war verschwommen.

Er rieb sich die Augen, seine Finger waren nass.

Dann sah er ein junges Pärchen vor sich. Zwei Spanierinnen mit dunklen Augen standen Hand in Hand vor ihm. Hübsch sahen sie aus. Und wild: mit großen Ringen in den Ohren und der Nase, geflochtenen Haaren, weiten, bunten Klamotten und klimpernden, glitzernden Armreifen, als seien sie gerade mit einem Piratenschiff im *Port Vell* eingelaufen und auf Landgang. Eine der beiden sank vor Fidus in die Hocke.

»Geht es Ihnen gut?«, fragte sie noch einmal. »*Are you okay?*«

»Warum sollte es mir nicht gut gehen?«, fragte Fidus.

»Weil – Sie weinen«, sagte das Mädchen.

»Ich weine?«

»Natürlich. Wir waren die ganze Zeit da drüben. Sie weinen, schon seit Sie hier sitzen«, sagte sie und versuchte Fidus' flüchtigen Blick zu fangen.

Es dauerte, bis sie ihn hatte. Fidus sah sie an: ihren blitzenden Nasenring, ihre schönen Lippen, ihre gütigen Piratinnenaugen. Er fühlte sich, als sei er in einer anderen Zeit aufgewacht. Und warum trug er Pullover und Wintermantel, die Klamotten, die er auf dem Weg zum Flughafen anhatte?

Er war in Barcelona.

Im Frühling.

Mit Klara.

Sie war gestern blass und angeschlagen gewesen.

Sie waren am Meer spaziert.

Sie waren in einer Taverne gewesen.

Sie hatten aus einem Schnabelkrug getrunken.

Sie hatten gelacht.

Gestern Abend.

Nacht, Klara, war ein schöner Tag, hatte Fidus gesagt, als sie im Bett lagen.

Gute Nacht, Fidus, es war toll, hatte Klara geantwortet.

Früh war er wach geworden.

War aufgeregt gewesen, hatte in den Morgen gelauscht.

Er hatte gewartet, dass ihr zweiter Tag begann.

Hatte gewartet.

Und gewartet.

* * *

Liebe Klara,

es ist so dunkel.

Dein bedrückter,
aber wenn er an Dich denkt erleuchteter
Fidus

* * *

Haussperlinge, Schwalben, Finken, Gimpel, Krähen, Tauben, Spechte, Eichelhäher, Meisen, Sperber und Dohlen: Alle Vögel der Pfalz hatten sich im Garten versammelt. Es konnte nicht anders sein. Sie bevölkerten Büsche und Bäume. Was da tschilpte, war ein Terrorkommando, und der Krach hörte nicht auf. Jähzornig strampelte Fidus die Bettdecke weg, riss das Fenster auf und brüllte: »Jetzt ist aber Ruhe!«

Es half.

Stille.

Sekunden verstrichen.

Dann fiepte wieder ein erster Vogel.

Ein zweiter stimmte ein.

Und der Radau begann von neuem.

Fidus stand am Fenster, in denselben Klamotten, die er gestern und vorgestern anhatte. Im Grunde waren es dieselben Klamotten, die er noch in Barcelona getragen hatte, und dieselben Klamotten, die er im Flugzeug getragen hatte, als er allein zurückflog. War Klaras Leichnam im Laderaum? Er wusste es nicht, er wollte nicht darüber nachdenken. Es lohnte auch nicht mehr, denn auch seine Zeit war vorüber, es stand für Fidus außer Frage.

Mehr als einmal trug es ihn dieser Tage zurück auf den Drachenfels, zum Lagerfeuer und Förster Schworm, auf dessen Handfläche Schneeflocken schmolzen. Er hörte seine Stimme: *Stirbt der eine, stirbt die andere. Herzen, die ein Leben lang miteinander verbunden waren, können nicht mehr ohne einander.* Was ihm als junger Kerl wie eine Schnulze vorkam – ein rührseliges Herzschmerz-Liebesmärchen, bei dem Zopfmädchen in Blumenkleidern die Hände vor der Brust verschränkten und schmachtend seufzten –, fand Jahre später wissenschaftliche Untermauerung. Konnte es Zufall sein, dass ihm der Artikel in die Hände fiel?

Sie lebten damals schon in Barcelona. Fidus war für einige Tage in die Pfalz gereist und besuchte seine Familie. Er ging mit seinem Vater zum Kardiologen, es ging ihm nicht gut. Im Wartebereich lag unter Bergen von Publikumsmagazinen eine Fachzeitschrift, in der es um das »Takotsubo-Syndrom« ging, im Volksmund »Broken-Heart-Syndrom« genannt. Fidus las den Text drei Mal, ohne ihn wirklich zu verstehen. Er war aufgekratzt wegen des Themas. Das Fachchinesisch – *transiente Kontraktilitätseinschränkung? Hypo- bis akinetische Herzspitze? Hyperkontraktile Wandabschnitte?* – erschloss sich ihm nicht. Also hustete er laut, riss in einer kurzen Bewegung den Artikel heraus und ließ ihn in seiner Tasche verschwinden.

Zu Hause sank nach einer Stunde des Studiums der *Duden* auf den Tisch, und es bestand für Fidus kein Zweifel mehr. Davon hatte Schworm gesprochen. Vielleicht kannte der Förster auch nur das Syndrom, es war aber noch kein Forschungsgegenstand in der Wissenschaft gewesen und hatte deswegen noch keinen Namen. Fakt war: Massiver emotionaler oder körperlicher Stress galt als Auslöser des plötzlichen Herztods, etwa der Verlust eines Lebenspartners.

Klara belächelte Fidus, als er ihr davon noch an diesem Abend am Telefon erzählte. *Komm, Fidus,* sagte sie, *Liebe, Seelenverwandtschaft und das ganze Meiner Treu ist eine Erfindung westlicher Dichter, Denker und der ganzen anderen Romantiker – wusstest du, dass Liebe in Japan als moderne westliche Ideologie gilt?* Fidus beendete das Gespräch einsilbig. Er war sauer auf Klara, denn für ihn wurde Takotsubo zu einer Prophezeiung – seiner Prophezeiung, seine Obsession, sein Leitstern. Wenn es dafür nicht zu leben und vor allem zu sterben lohnte, was denn dann?

Stirbt die eine, stirbt der andere.

Das Problem war nur: Fidus starb nicht.

Seit einer Woche legte er sich am Abend ins Bett, schloss mit seinem Leben ab. *Així és la vida*. Lang war sein Leben gewesen und trotzdem nur ein Wimpernschlag. Die ganze Plackerei, das Mühen, Zagen und Zaudern, das Kämpfen und Freuen, das Lachen, Zerstreuen und Genießen, alles nur, um am Ende des Wegs hier zu sein, nicht weil man es wollte, konnte oder durfte, sondern weil man diesen Weg gehen musste. Hinein ins Sterben. Hinein in den Tod. Und Fidus begrüßte ihn, den großen Unbekannten, dem er zweimal im Foyer die Hand geschüttelt hatte, um dann schnell über einen Notausgang wieder stiften zu gehen – um ein Leben für drei zu führen, Fred und Klara für zehn zu lieben. Und jetzt war es Zeit, es war in Ordnung, er war bereit. Fidus schloss die Augen, sank hinab in die Dunkelheit – *Takotsubo, Takotsubo* – und wachte morgens in einem Bett ohne Klara auf, während die Vögel mit Inbrunst den anbrechenden Tag besangen.

Warum starb er nicht?

Waren sie nicht füreinander bestimmt gewesen?

Jeden Morgen verkehrte sich sein Leben mehr zur Lüge. Noch mehr: Fidus fühlte sich um seine Liebe betrogen. Heute war es noch härter. In ein paar Stunden würde Fred vor der Tür stehen und ihn abholen – der gute Fred, den er mit der Überführung und der Beerdigung so gut wie allein gelassen hatte. Der Pfarrer würde säuseln, die wenigen Trauergäste in ihre Taschentücher schnäuzen und Fidus würde in das Loch hinabsehen – und was würde er denken?

Nichts.

Nichts würde er denken, weil es nichts mehr zu denken gab.

Und nichts mehr zu sagen.

Wenn es dafür Worte gäbe, bräuchte es keine Bücher.

Fidus ballte am offenen Fenster die Fäuste. Ein regengrauer Himmel hing über Brunnweiler. Der Garten hatte sich in den letzten Wochen verselbständigt, aus allen Winkeln krochen Kräuter und Blumen empor, aus den Knospen der Bäume schraubten sich zartgrüne Blätter. Ihr Maulwurf schien besonders gut gelaunt, die Rasenfläche hatte er mit Eifer in eine Vulkanlandschaft verwandelt. Da fiel Fidus' Blick auf den mittlerweile völlig verzogenen Werkzeugschuppen. Es brauchte nur den Schubs eines auf Krawall gebürsteten Windstoßes, und er würde zusammenfallen. Fidus dachte an die Tabakkiste. An den Berg Schrauben, Muttern, Nägel. Und er dachte an das, was noch darunterlag.

* * *

Alles war gerichtet. Der Sarg stand im Kirchenschiff, umkränzt von Blumengestecken. Alo hatte ein Bild gemalt, das zusammengerollt und mit rotem Band zusammengebunden auf dem Sargdeckel lag. Schräg hatte Fred es dort platziert, ungefähr auf der Stelle, wo er die Brust seiner Mutter vermutete. Ein Bild von Klara stand auf einem Tischchen daneben, ein wackliges Ding, das der Pfarrer aus irgendeiner Besenkammer geholt hatte. Es sah furchtbar aus, nach zerkratztem Trödel. Für diesen Fall hatte er aber vorgesorgt gehabt und von zu Hause eine weiße Häkeldecke mitgebracht, die nun das splittrige, speckige Holz überdeckte.

Alfredo, Alfred, Fred nahm noch einmal das Programm zur Hand. Im Ablauf stand als erstes Lied *Von guten Mächten wunderbar geborgen* und als letztes Lied *Der du die Zeit in den Händen hast*, so wie er es sich gewünscht hatte. Dabei war seine Mutter zeitlebens keine gute Christin gewesen, zahlte eher aus Gewohnheit ihre Kirchensteuer. Oder auch nicht? Wollte sie sich die Tür zum Glauben offenhalten? Seine eigene Rede kam in der Mitte des Gottesdienstes. Er hatte sie feinsäuberlich abgetippt. Sie würde acht Minuten dauern, sollte er nicht wieder wie in seinen Probedurchläufen zu schnell lesen. Vorsichtshalber hatte er Sprechpausen rot markiert.

Fred kontrollierte zum zehnten Mal, ob das Dokument noch in seiner Brusttasche steckte, dann knöpfte er schnell seinen Mantel wieder zu. Es war frisch in der Kirche. Eine unangenehme, dumpfe Kühle strahlte von den Mauern ab, die in die Glieder kroch. Da fiel sein Blick auf die Kerzen. Wer zündete sie an? Und wann? Das galt es noch zu klären. Fred sah auf die Uhr. Es war kurz nach halb neun. Eigentlich wollte er seinen Vater erst in einer Stunde abholen, aber so sehr er auch wütend auf Fidus war – dass er seine Mutter ans Meer nach Barcelona anstatt zu einem Tropf ins Krankenhaus gebracht hatte –, so sehr dauerte ihn sein Zustand, denn so hatte er seinen Vater nie gesehen, der kauzig, aber immer aufrecht durchs Leben gegangen war.

Als er Fidus vor drei Tagen abholte, um mit ihm die formellen Dinge für die Beisetzung zu organisieren, trug er dieselben Klamotten wie am Flughafen. Er war unrasiert, abgemagert, seine eingefallenen, grauhäutigen Wangen liefen den tiefen Augenhöhlen den Rang ab. Zusammengesunken war er im Bestattungsinstitut neben ihm hergegangen – *schauen Sie doch einmal dieses Modell an, Herr Bergmann, ist sehr beliebt und vom Typ eher ein femininer Sarg, würde Ihnen das zusagen?* Doch sein Vater sah durch den Mann hindurch. Er war abwesend, geradezu phlegmatisch und, so leid es ihm tat: Sein Vater roch. Wäre er also gleich nicht hergerichtet, wie es mit ihm abgesprochen war, hätte er noch die Zeit ihn zu einer Morgentoilette zu zwingen und ihm ordentliche Klamotten rauszusuchen.

Gerade wollte Fred los, da schwang die schwere Eisentür auf, als sei die Kirche keine Kirche, sondern ein Luftschutzbunker. Herein kamen zwei alte Frauen, die Fred erst beim dritten Hinsehen als Klaras Schwestern identifizierte. Sie hatten zeitlebens kaum Kontakt. Sie blinzelten eine Weile ins Halbdunkel hinein – die Lichter waren noch nicht angeschaltet worden, und das Kirchenschiff wurde nur über das graue Tageslicht erhellt – und kamen schließlich auf ihn zu. Eine der beiden ging recht stramm vorweg, die andere kam am Stock hintendrein. Fred ging ihnen entgegen.

»Ja ist das etwa der Alfred?«, fragte die eine Schwester – war das Margot? Er wusste es nicht, und es war ihm unangenehm. Sie trug ein schwarzes Kostüm und einen schwarzen Hut mit hauchdünner Krempe, der auf ihrem Kopf saß wie ein umgedrehter Topf.

»Ist er«, sagte Fred und rang sich ein Lächeln ab.

»Ach herrje, viel zu früh ist deine Mutter von uns gegangen.«

»Ja, sie hatte keine leichten Jahre.«

»Eiskalt hier, machen die noch die Heizung an?« Der Blick der anderen Schwester – war das Ulrike? – wanderte zu Klaras Bild. Sie schüttelte den Kopf. »War aber auch immer komisch, die Klara«, begann sie das Gespräch.

»Margot«, wies sie die Frau zischend zurecht, die Frau, die er für Margot gehalten hatte. Sie musste dann Luise sein. Oder Ulrike? Jedenfalls war sie nicht die fünfte im Bunde, Johanna, die Jüngste, die bereits vor ein paar Jahren gestorben war. Hatte er die Frauen auf Johannas Beerdigung zuletzt gesehen? Mit Sicherheit.

Doch Margot ließ sich nicht von ihrer Schwester in die

Schranken weisen: »Hat ja unserem Vater das Herz gebrochen, damals, ewig her, da warst du noch nicht geboren, als sie einfach abgehauen ist«, salbaderte sie. »Unsere Mutter war mit der kleinen Johanna ganz allein.«

Fred ließ sie stehen.

Als er auf den geschotterten Weg seines Elternhauses einbog, das mittlerweile so schäbig wie eine Baracke dastand und nur durch den üppigen Garten etwas Glanzvolles bekam, beschlich Fred ein ungutes Gefühl, das er für den Moment nicht zuordnen konnte. Dann fiel ihm auf, dass eigentlich immer die Schirmlampe auf dem Sims im Wohnzimmerfenster brannte, wenn er kam. Nur heute nicht. Er stieg aus. Die Vögel zwitscherten fröhlich, als er über den knirschenden Kies zur Haustür lief. Sie war verschlossen. Auch das war ungewöhnlich. Selbst wenn seine Eltern nicht zu Hause waren, hatten sie es früher nicht für nötig erachtet, das Haus zu verschließen, was ihn in den Wahnsinn getrieben hatte.

Er zog an der Kordel der Türglocke, das helle Gebimmel ließ die Vögel kurz verstummen. Doch nichts geschah. Erneut zog Fred an der Kordel und ließ ein beherztes Klopfen folgen. Dann ging er zwei Schritte ums Hauseck, legte die Hand über die Augen und näherte sich dem Fenster zur offenen Küche, durch das er fast das gesamte Untergeschoss überblicken konnte. Es war eine dunkle Landschaft aus Tisch, Sesseln oder Stühlen. Staub tanzte im faden Morgenlicht. Auf einem Sideboard lag ein aufgeschlagenes Buch, daneben stand ein halbvolles Glas Wasser, das seines Wissens schon vor drei Tagen dort gestanden hatte.

Freds Atem ließ die Scheibe beschlagen, doch auch so konnte er sehen, dass sich nichts regte. Genervt ging er zur Haustür zurück, riss an der Kordel, trommelte gegen die Tür.

»Fidus, steh auf, du musst dich fertig machen – los jetzt!«, rief er und befeuerte die Kordel mit einer Inbrunst, als wäre er Glöckner und läutete zur Christmesse. »Aufstehen, Fidus, los!«

Dann regte sich etwas. Endlich. Es polterte dumpf, irgendwo im Haus. Fred war schon drauf und dran, die Tür einzutreten, weil er dachte, sein Vater sei gefallen. Da hörte er das vertraute Knarzen der Holztreppe, die bei jedem Schritt unter der Last ächzte. Einen Augenblick später drehte sich der Schlüssel im Schloss, und die Tür schwang auf. Fidus sah schlimm aus. Seine Augen waren blutgeädert, sein Gesicht blass, seine Haare standen zu Berge. Sein Oberteil war feucht und schillerte gelblich. Hatte er sich erbrochen?

»Hast du etwa getrunken?«, fuhr ihn Fred an.

Sein Vater sah sich um, etwas Wildes, geradezu Blutrünstiges lag in seinen Augen. »Was … willst du, du …?«

»Ich hole dich zur Beerdigung ab. Und es ist gut, dass ich so früh gekommen bin, so kannst du unmöglich in die Kirche, sieh dich mal an.«

»Der Pfarrer ist ein ARSCHLOCH! TOTE GEDANKEN!« Die letzten Worte brüllte Fidus so laut, dass selbst die Vögel sich andere Büsche und Bäume suchten. Es wurde ihnen hier offensichtlich zu ungemütlich.

»Papa, was ist denn mit dir?«

Fidus' Gesicht nahm plötzlich panische Züge an, er wirkte verzweifelt. Seine Arme schlackerten leblos an ihm herab, seinen Kopf hielt er leicht schräg. »*Ho sento, Fred, no hi puc fer res, no m'escoltis*«, sagte er auf Katalanisch. *Es tut mir leid, ich kann nichts dagegen tun, hör mir nicht zu.*

»Ich kann kein Spanisch, das ist doch Spanisch? Was soll das bedeuten?«, fragte Fred mit bummerndem Herz und angsterfüllter Stimme.

»He fet una estúpida, no puc suportar la vida sense la Klara,
t'estimo, però he d'anar amb ella«, rief Fidus aufgebracht. *Ich*
habe eine Dummheit gemacht, ich ertrage das Leben ohne Klara
nicht, ich liebe dich, Fred, aber ich muss zu ihr.

»*Estimo?* Das heißt Liebe, oder? Ich verstehe dich nicht,
Papa, sprich gefälligst Deutsch!«

Da wurde Fidus kreidebleich. Spuckebläschen klebten an
seiner Unterlippe. Fred sah seinem Vater ins zornverzerrte
Gesicht und tat instinktiv einen Schritt rückwärts, weil er
Angst vor ihm hatte, das erste Mal in seinem Leben. »Liebe?«,
kreischte Fidus und lachte auf, gackerte wie ein Schwachsin-
niger. »Wusstest du, dass Schnee gar nicht weiß ist? Eigentlich ist er durchsichtig. Sind nur winzige Schwebe … Schwe-
bedinger … teilchen … in der Luft … Atmosphäre, an denen
sich Wassermo-mo-moleküle ablagern und in der kalten Luft
erstarren. Dreck, Junge, Dreck! Schnee ist verpackter Dreck!
Und Liebe nicht die Summe aller Gefühle! Wusstest du nicht,
weil du ja nichts weißt, du Dummkopf.«

Fred sah sich kurz um. Es war kein weißer Blütenteppich
auf dem Rasen zu erkennen, der vielleicht an Schnee erin-
nert hätte – wie kam sein Vater auf so einen Unsinn? »Papa,
es ist Frühling!«

»Ich wollte dich nie haben!«, brüllte Fidus.

Fred schwindelte, das Kainsmal der Störenfriede brannte
auf seiner Stirn. Peinlich berührt blickte er zur Straße. Die
nächsten Nachbarn lebten so weit entfernt, schlimmstenfalls
hätte ein Fahrradfahrer den Schlagabtausch mitbekommen
können. Doch wenn es im Umkreis ein Lebewesen gab, dann
sah es Fred nicht.

»Vielleicht wäre sie dann noch am Leben!«, brüllte Fidus.

Fred war außer sich, die Diskussionen der letzten Wochen
stießen ihm auf wie Galle. »Mama wäre noch am Leben,

wenn sie sich hätte behandeln lassen … Aber du musstest ihr ja diese Reise aufzwingen!«, rief er.

»Du hast unser Leben versaut!«

»Du wäschst dich jetzt, und dann fahren wir zur Beerdigung!«, schrie Fred wutentbrannt.

Er tat einen Schritt auf seinen Vater zu, packte ihn am Arm und war ganz verwundert, wie widerstandslos er sich ins Haus schleifen ließ. Was Fred nun tat, war Affekt, keine bewusste Entscheidung. Eigentlich wollte er seinen Vater nur ins Badezimmer bugsieren, stattdessen schob er ihn in die Speisekammer und warf die Tür ins Schloss. Er angelte nach einem Stuhl und klemmte die Lehne unter die Türklinke. Fidus leistete keinen Widerstand. Drinnen war es ganz still.

Fred atmete schwer und lehnte sich an den Küchentresen. Alles drehte sich: Bilder, Gedanken, Gefühle. Dann brach es aus ihm heraus: »Wenn Mama beerdigt ist, kommst du in ein Seniorenstift, in deinem Zustand kannst du ja wohl nicht mehr alleine leben!«, hörte er sich plötzlich schreien. »Und … und euer … dieses elende Haus reiße ich ab – hättet ihr mal besser geheiratet!«

»*T'estimo,* Fred«, hörte er Fidus' Stimme, dumpf und weit entfernt.

Als seien zwischen ihnen meterdicke Wände.

*　　　* * * *

Eine Minute ging in eine andere über.

Niemand sagte etwas, wir saßen zusammen.

Mehr konnten wir nicht tun.

*　　　* * * *

Meine liebe, gute Klara,

ist unser Leben endlos traurig oder unendlich schön?

Ich schwanke zwischen diesen beiden Polen hin und her, andauernd in letzter Zeit. Vielleicht liegt es daran, dass ich tot war. Schon viele Wochen her, aber ich traute mich nicht, Dir davon zu berichten und auch jetzt möchte ich Dir die Details verschweigen. Ich kann nur sagen, es hat etwas mit mir gemacht, ich weiß nicht, was es ist. ~~Wenn ich nicht zurückkehren sollte, Klara, dann denke bitte ab und an mich, denn dann lebe ich so lange wie Du.~~ *Wenn ich bald zu Dir zurückkehre, Klara, dann lass uns glücklich sein, was immer Glück auch sein mag.*

Der Tod ist ein Loch, das sich nur mit Leben füllen lässt.

Dich grüßt und küsst,
mit einem Taubenschlag in der Brust,
wenn er an Dich denkt,
Fidus

* * *

Mein Vater war jetzt Ying und Yang. Er trug neuerdings schwarze Hose und – kaum zu glauben – ein weißes Hemd. Mit seiner Leichenblässe hätte er in einem Schwarz-Weiß-Film mitspielen können. Seit Opa Fidus' Geschichte war es ruhig um ihn geworden. Kein Fluchen mehr. Auch die Dauerschleife der Mondlandung war beendet, hatte zu einer Episode Bildbandblättern gewechselt und schien nahtlos in die Augenscheinnahme des mysteriösen Objekts gewechselt zu haben. An diesem Morgen sah ich ihn nämlich in Bademantel und Hausschuhen auf unserer Terrasse stehen, in der Hand eine Tasse Tee. Er stand mit dem Rücken zu mir. Am kristallblauen Himmel zeichnete sich noch blass ein sichelförmiger Mond ab. Sein Atem stieg vor ihm auf, der Tee dampfte in der Tasse. Es hatte heute Nacht geschneit, war eisig kalt, wie so oft in den letzten Jahren: Dezember und Januar patschnass und schmuddelig, Februar und März arktisch und schneereich.

Oben trällerte das Radio im Badezimmer in Konzertlautstärke, wie immer, wenn Opa Fidus darin verschwand. Es liefen die letzten Töne von *Don't Stop Me Now* von Queen, dann brüllte ein Radiomoderator etwas vom Wetter.

Meine Mutter saß über einer Einkaufsliste wie eine Hochschulprofessorin über ihrer zweiten Dissertation, die Lesebrille auf der Nasenspitze, den Stift wie ein Präzisionswerkzeug in den Fingern. Sie blickte auf, als ich reinkam: »Guten Morgen, ich habe euch Kaffee in eine Thermoskanne gefüllt«, sagte sie und zeigte auf ein kleines Tablett, auf dem zusätzlich zur Kanne zwei Tassen, Löffel, Zucker, Milch und ein Tellerchen mit Keksen standen.

Das gefiel mir nicht. Ich war sogar fast ein wenig angefressen statt dankbar, weil mir Kaffeekochen noch etwas Zeit verschafft hätte. Genau genommen hatte meine Mutter mir meinen letzten Moment des Sammelns genommen, nämlich ein paar Minuten am Küchentresen lehnen, während die Kaffeemaschine in röchelnd-rhythmischem Singsang die braune Brühe in die Kanne spuckte. Gleich würde ich mit Bintou über meinen Plan sprechen. Wirklich jetzt. Es gab keine Ausreden mehr. Ich war schon mit pochendem Herz aufgewacht. Sie. Ich. Wir. USA. Und würde sie zustimmen (was sie mit Sicherheit tun würde, alles andere war in meiner Vorstellung ein nicht existentes Desaster), dann könnte ich vor unserem bevorstehenden Kurztrip nach Frankreich noch meinen Eltern von meiner Umsiedlung erzählen – denn wusste ich, ob meine Eltern in drei Tagen noch hier zusammen wären?

Und wäre Opa noch hier?

Durfte er bleiben?

Auch das wusste ich nicht.

»Danke, das ist lieb«, sagte ich also etwas zerknirscht, »aber ich kann mir eigentlich schon selber Kaffee …«

Ich weiß nicht, ob ich den Satz zu Ende sprach, denn plötzlich stand mein Vater ein Stück weiter vorne, was erst einmal nicht erwähnenswert scheint, aber er hatte vom schneefreien Streifen unterhalb unserer Terrassentür einen Schritt vorwärts getan. Es war sicher kein Tiefschnee, in dem er stand, eher eine daumendicke Schneedecke, aber mit Hausschuhen …

»Papa holt sich noch den Tod«, motzte ich.

»Das hat er doch schon.«

Ich sah meine Mutter an: »Sehr witzig, guck dir das mal an.«

Meine Mutter stand auf, die Lesebrille schlitterte von ihrer Nase auf den Tisch. Mein Vater stand jetzt noch ein Stück weiter vorn, immer noch auf unserer Terrasse und nicht auf der Rasenfläche, aber eben mitten im Schnee.

»Was macht er denn da?«, fragte meine Mutter.

»Eben.«

Mein Vater tat einen Schritt nach vorn, dann noch einen. Meine Mutter reckte den Hals. Er zog den linken Fuß noch kurz hinterher, wirbelte einmal herum und machte einen Satz rückwärts. War ihm wohl doch zu kalt. Er kam ins Haus geschneit, stellte die Teetasse auf einen Sims und pustete sich in die Hände. Seine Nase war puterrot. »Kalt ist das, aber hat gutgetan«, sagte er, blickte meiner Mutter in die Augen und dann mich an. »Fahrt ihr heute *vor* oder *nach* dem Mittagessen? Guten Morgen übrigens.«

»Nach dem Mittagessen fahren wir mit dem Auto nach Straßburg, morgen dann mit der Bahn weiter nach Paris.«

Ja, wir wollten nach Paris. Ich war noch nie dort gewesen. Bintou auch nicht. Leicht fiel uns die Entscheidung nicht. Wien? Prag? Dresden? Wir hatten sogar über einen Kurztrip nach Barcelona diskutiert. Bintou wollte die Orte des Geschehens besichtigen: *El Raval, Rambla* oder das *Hospital Sant Pau*, das mittlerweile kein Krankenhaus mehr war, sondern ein Weltkulturerbe. Ich wollte vor allem mit geschwellter Brust in die *Bar Marsella* einlaufen und einer gehörigen Menge Absinth zusprechen – aus Gründen der Familienforschung. Und zu Trainingszwecken. Am Ende fiel die Wahl trotzdem auf Paris. War auch gut. Nicht so weit. Mit der Bahn gut zu erreichen. Küssen am Eiffelturm. *Louvre, Champs-Elysées, Montmartre* ansehen. Croissant, Milchkaffee, *oh làlà* und zurück.

»Und wann kommt ihr wieder?«

»In drei Tagen.«

»Prima, ich mach mich mal fertig«, sagte mein Vater mit der Art Gleichmut, die fünfundzwanzig Jahre lang meinen Vater zu meinem Vater gemacht hatte, bevor er über einem Tellerschnitzel verstorben war.

Es kam uns trügerisch vor.

Kaum war mein Vater aus dem Raum, blickten meine Mutter und ich zu unserem großen Panoramafenster als sei es eine Kinoleinwand. Wir gingen hin. Die Fußspuren meines Vaters bildeten eine Linie, beschrieben irgendwie einen Halbkreis, es sah komisch aus, nicht nach Willkür, sondern nach Konzept, als hätte er Botschaften aus dem All empfangen und den ersten Entwurf eines Kornkreises in den Schnee gezeichnet. Oder war das jetzt so ein Moonwalker-Ding? Unser Haus war die Apollo, der verschneite Garten der Mond, und mein Vater war in die Rolle des Astronauten geschlüpft?

Ich war schon drauf und dran, die Ärztin anzurufen. »Hat er sich jetzt endgültig einen Armstrong-Spleen eingefangen?«, fragte ich meine Mutter.

»Du meinst diesen Raumfahrer?«

»Ja. Ich meine wegen der Fußspuren ... Opa sprach doch davon.«

Meine Mutter schwieg einen Moment. »Quatsch«, sagte sie, ging einen Schritt vorwärts und kniff die Augen zusammen, als blendete sie das sanfte Schillern der Schneedecke im Sonnenlicht. Plötzlich lächelte sie, so von ganzem Herzen, was ihr als frischgebackene Nazi-Enkelin bislang noch nicht so recht gelungen war. Sie fuhr fort: »Wenn mich nicht alles täuscht, dann ist das der Grundschritt von Discofox, den er da in den Schnee getrampelt hat.«

Fidus öffnete die Badezimmertür im Obergeschoss. Das Radio bellte wild herab. Meine Mutter machte auf dem Absatz kehrt und verschwand in der Diele. Mein Vater tauchte in der Küche auf, immer noch im Bademantel. Er öffnete den Kühlschrank, starrte hinein und schloss ihn wieder. Tanzen im Schnee machte offensichtlich hungrig. Meine Mutter kam zurück, sie hatte ihre Haus- zu Straßenschuhen gewechselt. Irrenhaus. Oben wurde das Radio ausgestellt. Meine Mutter ging zur Terrassentür. In diesem Augenblick kam Bintou herein. Lächelnd. Angezogen. Und mir platzte der Brustkorb. Oder er war kurz davor, so fühlte es sich jedenfalls an.

Nichts, absolut nichts, lief hier mal wieder nach Plan. Irgendwie war mir plötzlich mein Shirt zu eng, fühlte sich wie ein Neoprenanzug an. Ich zupfte an mir wie ein Geisteskranker und versuchte beim Denken die kürzeste Strecke zwischen zwei Punkten zu suchen. Es gelang mir nicht. Ich musste Bintou wieder aus dem Raum bekommen, hoch ins Zimmer, zur Planerfüllung – wieso blieb sie nicht oben, wie in den letzten Tagen? Hatte doch wunderbar funktioniert, Menschenskind: Sie hielt das Bett warm, ich servierte ihr Kaffee, wir tratschten in den Morgen hinein, und heute würde ich irgendwann sagen: *Hör mal, Bintou, ich habe da so eine Idee ...*

Ich trippelte in Richtung des Tabletts, doch da schraubte Bintou bereits die Thermoskanne auf und goss sich Kaffee ein. Morgengrüße schwirrten durch den Raum, auch von Opa Fidus, der plötzlich hinter mir auftauchte. Frisch, klar und voller Elan – so voller Elan, wie man mit dreiundneunzig eben sein konnte. Auf dem Arm bugsierte er vier oder fünf Bücher. Da blühte Bintous Lächeln noch mehr auf, wurde zu einem Strahlen, das niemandem im Raum entging. Alle blickten sie an. Acht Augenpaare in gespannter Erwartung, denn auch mein Vater war mittlerweile um den Küchentresen herumgekommen. Da war was im Busch, und ich wusste plötzlich Bescheid. Der Boden verschwand unter meinen Füßen – war sie schwanger?

So kündigte sich doch normalerweise diese Nachricht an! Ich hatte jetzt schon genug von diesem Tag.

Und überhaupt, es war gut jetzt.

Schluss.

Aus.

Ende der Geschichte.

»Überraschung«, rief sie, fasste sich in die Gesäßtasche, zog ihr Telefon hervor und wedelte damit wie mit einem Taschentuch.

Ich sah schon das Ultraschallbild des Embryos vor mir, den

Ernst des Lebens, der hiermit angebrochen war, und der von meinen Eltern fortan bei jeder Gelegenheit erwähnt würde. Ich überlegte, was ein Kinderwagen kostete, ein Maxi-Cosi – und gab es da nicht aktuell riesige Probleme einen Kita-Platz zu finden?

War ich bereit dafür?

Für ein Kind?

Mit gefühlt mehr Mitte als Ende zwanzig?

Und wie sollte sie innerhalb einer Woche schwanger geworden sein und ein Ultraschallbild haben?

Hatte sie einen Schwangerschaftstest gemacht?

Und abfotografiert?

»Ich habe gerade eine Mail bekommen … Mein Antrag ist durch!«, rief Bintou. »Wenn du zustimmst – was ich sehr hoffe! –, dann kann ich mein Master-Studium in Deutschland machen, Alo! *Living in Germany would be great!* Das würde ich total gerne, weil, so wie es jetzt ist, können wir ja keine Beziehung mehr führen, was denkst du?«

Die Zeit hielt nicht an.

Klar, wie auch?

Die Zeit lief weiter, wie sie das immer tat.

Aber für einen Moment steckten die Sonnenstrahlen im Boden fest. Es dampfte kein Kaffee in irgendeiner Tasse. Der Discofox war festgefroren, der Sichelmond hatte sich im Tag versteckt. Hinter mir stand auch nicht Opa, der Einzige, den ich in meine USA-Pläne eingeweiht hatte. Meine Mutter lächelte auch nicht meinen Vater an. Nein, tat sie nicht. Und ich seufzte auch nicht erleichtert und starrte gefühlssuchend die strahlende Bintou an, obwohl ich genau das tat.

Die Zeit hielt eben nicht an.

Tat sie nie.

Da hörte ich Opa Fidus' leise Stimme an meinem Ohr: »Ist

schon in Ordnung, Alo«, flüsterte er, »mich hat das Leben eigentlich auch immer rechts überholt.« Er knuffte mich in die Seite, um sich dann an meine Mutter zu wenden, die immer noch an der Terrassentür stand, eine Hand auf der Klinke. »Sag mal, Marie«, sagte Opa, »ich war so frei und habe einmal in eurem Buchregal gestöbert, ich brauche dringend neuen Lesestoff – sind die Krimis hier gut? Das Ende ist mir nicht so wichtig.«

ENDE

DANKSAGUNG

Ohne Maze Walter[SBPC] gäbe es dieses Buch schlicht und ergreifend nicht, ich wünsche Dir sieben Leben und die Ewigkeit zur Garnitur. Als klar war, dass Fidus' und Klaras Fahrradtour in Barcelona enden würde, gab mir Gotthilf Tipps: Gràcies! Bei meinen Fragen zu Religion war mir Wilfried Köpke ein treuer Ansprechpartner. Und fürs geduldige Vermitteln, Rückenfreihalten, Puffern, Teasern, Korrigieren, Porträtieren: Eva Semitizidou, Tanja Seelbach, Matze Determann, Jasper Ehrich und natürlich Francesca[TT] – danke Euch allen!